主编　凌翔　　　　　　　当代作家精品系列·历史小说卷

柳毅传奇

张逸云　著

本书为"文艺岳家军"
人才支持计划作品

民主与建设出版社
·北京·

© 民主与建设出版社，2019

图书在版编目（CIP）数据

柳毅传奇 / 张逸云著 . —北京：民主与建设出版社，2019.12
 ISBN 978-7-5139-2853-3

Ⅰ . ①柳… Ⅱ . ①张… Ⅲ . ①长篇小说—中国—当代 Ⅳ . ① I247.5

中国版本图书馆 CIP 数据核字（2019）第 272112 号

柳毅传奇
LIUYICHUANQI

出 版 人	李声笑
著　　者	张逸云
责任编辑	周佩芳
封面设计	陈　姝
出版发行	民主与建设出版社有限责任公司
电　　话	（010）59417747　59419778
社　　址	北京市海淀区西三环中路 10 号望海楼 E 座 7 层
邮　　编	100142
印　　刷	唐山楠萍印务有限公司
版　　次	2019 年 12 月第 1 版
印　　次	2019 年 12 月第 1 次印刷
开　　本	710 毫米 ×1000 毫米　1/16
印　　张	16.25
字　　数	220 千字
书　　号	ISBN 978-7-5139-2853-3
定　　价	59.80 元

注：如有印、装质量问题，请与出版社联系。

自序　地域文化的艺术图腾

　　十多年前，陪同一位北京文友参访岳阳名胜古迹，时值江南春和景明的季节，我们登楼观湖游岛品茶，赏析历代文学巨匠们在这里留下的精品佳作，快乐之意难以言状。分别的时候，他握住我的手不无羡慕地说，岳阳具有2500多年历史，这片土地文化底蕴相当深厚，地域文化多姿多彩，充满了传奇魅力，这是一座十分难得的文学富矿。我以笑作答，回应他话里的潜台词。

　　2014年仲秋，位于西子湖畔的浙江大学，迎来了一批身份特殊的学员——四十多位浑身散发着洞庭湖乡土文化气息的作家团队。在这座百年名校，本人有幸参加了岳阳文学创作专题培训班。浙江省作协副主席王旭烽老师担纲首堂授课，重点介绍她以西湖和茶叶为题材的创作成就。她的《茶人三部曲》，获得第五届矛盾文学奖；"西湖十景"系列中篇小说一直成为旅游文学畅销书。受到启发，本人先行写了一篇题为《地域文化的俗与雅》的文章，展示出对岳阳地域文化价值再造的一些思考。

　　作品旗帜鲜明地阐述地域文化具有个性特征的排他性和独一无二的地标性，将地域文化纳入文学创作，不但能够增强作品的厚重感，还可以让故事变得可信，语言更富有特色，给读者留下更深的印象，更快地产生认同感。纵观岳阳文学发展历史，地域文化特色鲜明而浓郁。相传舜帝的妃子娥皇、女英葬于君山，屈原将其纳入创作视野，其《九歌》中称之为湘君和湘夫人，讲述了一段凄美哀婉的爱情故事，充满诗意的浪漫情调。唐代杰出诗人李白、杜甫、刘禹锡、孟浩然等，创作了大量描写洞庭湖、君山岛、岳阳楼的诗作，创造了广阔的审美空间。北宋著名思想家、文学家范仲淹笔下的《岳阳楼记》抒发出强烈的"忧乐"情思，这些历经风雨沧桑而不朽的艺术经典使后人受用无穷。

培训班结束之后，本人开始收集整理岳阳地域文化相关素材，将目光聚焦于"柳毅传书"，前后花费三年多时间，创作了长篇小说《柳毅传奇》。

"柳毅传书"是中国历史上流传最久的民间传说之一，与"梁祝""天仙配""白蛇传"并称中国民间四大传奇故事，在我国通俗艺术领域享有盛誉。唐高宗年间，李朝威著有传奇小说《柳毅传》，这是我国最早完整表现柳毅传书传奇故事的版本。作品生动描述了柳毅传书的故事情节；讲述唐代仪凤年间，落第书生柳毅，回乡途中路过泾阳，遇见龙女在荒野牧羊。龙女向他诉说受丈夫泾川君次子和公婆虐待的情形，希望柳毅带信给他父亲洞庭君。柳毅激于义愤，替她投书。洞庭君之弟钱塘君闻知此事勃然大怒，飞向泾阳，杀死侄婿，救回了侄女。钱塘君深感柳毅为人高义，要龙女嫁他为妻，但因言语傲慢，遭到柳毅严词拒绝。后来柳毅娶范阳卢氏，实际上就是龙女的化身。他俩终于成了幸福夫妇。

《柳毅传奇》经过二十多次修改打磨成稿，社会反响不错，当选"文艺岳家人才支持计划"作品。2018年4月，中国作协党组成员、副主席阎晶明，湖南省作协主席王跃文等一行来到岳阳，进行"开创新时代作协工作和文学事业发展新局面，推动文学创作从高原迈向高峰"的专题调研，作为"新文学"作家代表，本人以《柳毅传奇》为例，就文学创作摆脱同质化,从地域文化精髓中提取创作营养等问题发表意见。阎晶明副主席、中国作协社会联络部副主任冯秋子老师,同本人面对面就相关问题进行了交流,对发言材料表示肯定,决定将本人阐述的部分观点和意见写入调研报告,提交中国作家协会高层讨论。

《柳毅传奇》具有较为鲜明的个性,在忠于传奇小说《柳毅传》故事原貌的基础上大胆进行艺术创新。小说颠覆以往"柳毅传说"各种样式的写法,以柳毅成长为线索,将柳毅塑造成人性与龙性结合的共主,在人性搏击龙性,自我完善过程中,追寻道德情操完美与崇高。小说坚持传统文学创作规律,运用现实主义与浪漫主义相结合手法,塑造了一位不畏强权、坚持正义、崇尚仁义、忠于爱情的艺术形象,较好地展示了地域文化的特色和魅力。

岳阳人文深厚、风景秀丽,集名山、名水、名楼、名人、名文于一体,是中华文化重要的始源地之一,如同一幅个性鲜明,内涵丰富的地域文化图腾。本人谨以自序方式,粗略描述《柳毅传奇》创作始末和所展示的内容,同广大读者朋友分享,期待您的指正!

于 2019 年初夏夜

目 录

引子　　　　　　　001
01　前世之缘　　　005
02　天火焚凶　　　014
03　桃花手帕　　　018
04　奇怪的梦　　　025
05　情迷意乱　　　029
06　惊天巨变　　　034
07　降服龙性　　　036
08　密旨　　　　　041
09　向娘娘问计　　047
010　父子对决　　　050
011　奔赴京城　　　054
012　秘密跟踪　　　065
013　江南一枝花　　067
014　惊悚之变　　　073
015　一波三折　　　079
016　白帝子施法　　084

017	他乡遇故人	087	
018	花痴	094	
019	筹码	099	
020	无情郎君	107	
021	命悬一线	113	
022	救子之殇	121	
023	恶龙篡位	127	
024	孤注一掷	133	
025	他乡奇遇	138	
026	击杀孽龙	144	
027	桃花泪	152	
028	苦恋	156	
029	大圣救难	162	
030	飞奔洞庭府	170	
031	龙宫遇险	174	
032	苦求救兵	179	
033	故交重逢	185	
034	宝刀出鞘	191	
035	老英雄嘱托	198	

036	洞庭精兵	203
037	对阵恶龙	208
038	桃红柳绿	213
039	重返龙府	217
040	变味的酒会	222
041	一波三折	228
042	小白龙助力	235
043	迎娶美娇娘	242
尾声		248

引子

　　三月的江南，仿佛是烟雨做成的，绵绵雨丝，密密麻麻缠绕在一起，随风飘飘洒洒，古老的洞庭龙宫，犹如一叶扁舟，在浩渺的烟波中飘荡沉浮。

　　空气异常憋闷，吸一口，喉咙就有刮擦的疼痛感。幽暗的宫殿到处弥漫着刺鼻的霉味，小龙女目光空洞散乱，无精打采地靠在床头。

　　她看什么都不顺眼，闺房空荡荡的，一刻都不想待下去了。拉开房门，一头走进灰蒙蒙的雨幕中，迎面撞见爹爹和娘亲。如同急眼的兔子，她几步冲到爹爹跟前，皱眉鼓眼，粉色的脸蛋爬满了怒气。这突如其来的阵势吓得母亲庞氏两腿发软。

　　"傻丫头，你哪根神经错乱了，难道活腻了不是？"

　　丈夫什么脾气，庞氏再清楚不过了。偌大的洞庭龙宫，从来没人敢跟他较真斗狠。女儿无缘无故摆出这一道，岂不是往枪口上撞吗？老家伙喜怒无常，若惹他生气了，注定要受到重罚的，至少免不了一顿鲜血淋漓的皮肉之苦。

　　世上的事就一个"巧"字，掌握生杀予夺大权的洞庭龙君，唯独在女儿面前没有一丁点儿脾气，甚至害怕女儿跟他赌气发怒，不再理睬他了。老龙头膝下育有两男一女，最疼爱聪明漂亮的女儿龙儿姑娘。女儿是他的心头肉，从小到大骄宠着，那个模样是含在嘴里怕化了，捧在手心担心摔了，唤她的时候，轻声细语，唯恐把她给惊着似的。

小丫头一夜之间变得反常，身上那股乖巧可爱的劲儿荡然无存。洞庭龙君心里说不出的难受。女儿渐渐走远，苗条的身段消失在雨幕中，他拉住夫人迷迷瞪瞪说，"你说养女图个啥呀，一把屎，一把尿把她拉扯大，没让你高兴几天，像前世仇人似的跟你闹，这算哪门子事？"

"一报还一报，现时报啊！"

夫人见丈夫如此的神情沮丧，就像大热天喝了冰凉水，浑身舒服痛快得不行。这个天不怕地不怕的女儿到底给她出气了。

回想嫁给洞庭龙君这些年，她的眉头就不曾舒展过，跟随这条脾气暴躁、死气沉沉的老龙，一路上风风雨雨，几乎没得到他的体贴和温存，还受了不少冤枉气。在他跟前，说是有名有分，实际上连小媳妇都比不过。为了这事，她委屈得没少落泪。这就是命。女人的命是水做的，男人拿碗拿杯还是拿壶，女人的命就是什么样子。

丈夫遭到女儿的冲撞，她倒无意幸灾乐祸，老龙头就是再不济，还是自己的结发丈夫。所谓嫁鸡随鸡，嫁狗随狗，嫁个棒槌拖着走。天上斗转星移，洞庭湖潮涨潮落，一切皆由命里运程注定的，不认也得认了。

到了土埋半截的岁数，没什么大不了的，自己该咋过就咋过，一切都无所谓了。可女儿就大不一样，好像刚刚开放的花朵，后面的日子还长着呢。她不愿女儿重蹈覆辙，重复她的生活，惟愿她每天过得开开心心。最近一段时间，女儿变得古里古怪，成天耷拉着头不愿理睬人，偶尔见她眼里泪光闪烁。

刚开始，庞氏弄不清女儿到底为何，担心得要死。暗中观察了一段时间后，悬在胸口的石头落地了。日出日落，春华秋实，门前那棵柳树当初才碗口般大小，如今长到几个人合围都抱不过来。往日那个天真烂漫，懵懵懂懂的黄毛丫头，眼下脸蛋儿红润光泽，胸脯像山峰一样高高地耸立，成天把自己打扮成花朵儿一般，瞧见英俊帅气的小伙子两眼一片光亮。

女儿成年了，这个季节的女孩子性情多变，脾气古怪，一点都不稀奇。老话说得好，女大不中留，留下来就结仇，该替女儿找婆家了。可是，她一个妇道人家，面对霸道强势的丈夫，有想法都不敢说出来。

前些日子，一件事把她吓得不轻，现在想起来还是心有余悸。

那天，洞庭龙君将她请到书房，家长里短跟她唠，话题都在女儿的婚事上。龙君说得眉飞色舞，她听得两耳发麻，心里咚咚打鼓。

天色阴沉，寒风掀动衣襟，小龙女走走停停，脑子里乱糟糟的，不知道自己到底要去哪儿。

湖边柳林绿色如染，细长柔软的柳丝从头顶掠过，摇曳着嫩黄的叶子。雨水慢慢小了下来，天空开始放晴，阳光从云层深处钻出来，明晃晃的飘落在湖面，眼前的君山岛像水洗过一样清新，湖风摇动那片翠绿的竹林，发出瑟瑟声响。小龙女胸口一紧，忧伤地叹道，"美丽的娥皇女英姑娘，你俩真傻呀……"

湘君和湘夫人的故事梦幻一样缠绕在她的心头，她很早以前就听母亲讲过，可怜的二妃，在凄风苦雨中守望了上千年，心酸的泪滴溅落在枝枝青竹之上。睹物思人，小龙女心里涌起莫名的恐慌。

这些日子，她心里相当难受，睡不好，吃不香。昨天晚饭时分，丫鬟细声细气请了好几回，她一点胃口都没有，懒得搭理。

母亲心疼她，连哄带求，将她拽上了饭桌，她不情愿扒了几口，一股浑浊的气流从胃囊直朝外冲，又哇的一声吐了一地。

母亲慌了，用手贴住她的额头，惊恐万状地叫了起来。

"啃，好烫呃！"

小龙女晃晃手，支起身子回到闺房，和衣躺倒床上。

半夜时分，眼前迷迷蒙蒙，那个令她魂牵梦绕的神秘男子从空中飘然而下。

小伙子个儿高挑，眉目清秀，举手投足一派儒雅之气。

然而，他面部表情怪异，看人的眼神孤傲冷峻，目光像刀一样锋利。这个模样，令她十分的着迷。

她为他不知道失眠过多少个夜晚，流了多少泪。他总是冷冰冰的样子，从来没有拿正眼瞧过她。

她想恨他，那是咬牙切齿的恨，可始终恨不起来。

她笑自己太傻了，一个女孩子家，怎么剃头挑子一头热呢？

"柳毅，你这个讨厌鬼，到底想要干什么呀？"

她骂柳毅，骂得歇斯底里，骂完就后悔了。恍惚之间，柳毅走过来了，脚步像咚咚的鼓点敲在她的胸口。他目不斜视，径直走向湖边那片茂密的柳林。小龙女咬了咬嘴唇，黝黑的辫子往身后一甩，迈开腿朝柳毅飞奔过去。眼看就要追上了，一溜白烟冲天而起，柳毅不见了踪影。

小龙女看着波飞浪卷的湖面，只想大哭一场，可怎么都哭不出声来。

"呃呃呃……"

几只湖鸥扑打着水面，从头顶掠过，小龙女仿佛从梦中醒过来，目光追逐着湖鸥飞去的方向。

太阳把天空照得一片透亮，薄薄的云雾时开时合，一条清亮的溪流从云端冲荡而出，穿过狭长的峡谷，虚虚实实流淌，流出的各种奇异的景象。小龙女的心情慢慢开朗起来，轻启朱唇，细声地吟诵那首《清溪行》：

"清溪清我心，水色异诸水……"

01　前世之缘

秋分刚过去几天，气候就变得不正常，狂风暴雨一场接一场，从南到北到处山洪爆发，浑浊的水流铺天盖地。田地被淹没，房屋成片倒塌，遍地都是死难者的遗体。饥饿的猛兽，成群结队从山林中冲出来争抢腐烂的尸身，呲牙咧嘴地打斗撕咬，落败者伤痕累累，被滚滚而来的洪水卷走。

雨水稀疏的秋日竟然水患成灾，这号稀奇事上百年都不曾有过，朝野上下人心惶惶。密集的雨点叮叮当当敲打屋顶，如同沉重的铁锤敲击女皇武则天的胸口。

天禀异常决不是好兆头。武周江山社稷本来就不是十分的牢固，这个时候，好比一叶小舟突遇顶头的风浪，风险和危机可想而知。武则天心里一阵紧过一阵，浑身直淌虚汗。

史官老早就提醒过她，大灾之年必定祸事不断，得拿出决断的应对措施。她心里何尝不明白，深知自己正处在生死攸关的紧要时刻。

大雨如注，一阵寒风迎面吹来，武则天臃肿的身躯不由自主地颤抖了好几下。

夜色深沉，远近混沌迷蒙。不一会儿功夫，东边的天空发生了微妙的变化，一阵大风席卷而来，棉絮般厚实的云层瞬息遁迹无形了，天空冒出几缕亮色，缓缓向四周扩散。

　　武则天不敢相信自己的眼睛，慌忙将双手合二为一，面向茫茫苍天念念有词，祈求大慈大悲的玉皇大帝赐福苍生，庇佑武周大业万年昌盛。

　　她已经几天几夜没合眼了，疲乏得站着都能睡着。苍天垂爱，不灭武周。危机正在解除，她一边搂着一个男侍，一路打着哈欠，向自己的寝宫走去。

　　云散了，雨住了，明亮的月光洒满天穹，几颗流星当空划过，将九重天宫锁心殿照得通透敞亮。

　　这是一座神秘的宫殿，人称天宫禁地，没有玉皇大帝许可，谁都不能擅自进入。说是宫殿，不过是峰峦叠嶂，怪石嶙峋的山台。陡峭的山石合围，构成房屋的形状。

　　宫殿四周坑坑洼洼，散落形状各异的足迹，或虎、或豹、或龙、或麒，脚印凹陷的地方，漂浮着金色的光芒。

　　火龙毅双目紧闭，端坐于山台之上，血肉模糊的身躯火光四射，他提起腿脚，用力朝下跺去，四周变成了一片火海，空气中弥漫肉体烧焦的臭味。

　　"不就参与了嫦娥姐姐的沐浴节，我还没把她怎么的，用得着玉皇大帝大动干戈，把我往死里整吗？"

　　火龙毅埋怨玉皇大帝故意小题大做，一气之下破罐子破摔，反正烂命一条，大不了一命呜呼，早死早投生。

　　"我说火爷，您歇歇吧，再这么闹腾惊扰了玉皇大帝，就不是十八根绳索穿心那么简单了。到头来，三十六根霸王索锁死心门，您会没命的！"

　　看守诚惶诚恐蹲在锁心殿豁口处，给火龙毅递过去一碗凉水。

　　"喝点吧，您几天滴水未进，哪能受得了？"

　　火龙毅一肚子怨气正没地方撒，两眼一瞪，张大嘴巴，一团烈焰喷出几丈远。"小丫，关你什么事，滚！"

"妈呀，瞧您这脾气！"

看守连滚带爬，仓皇而逃。

玉皇大帝站在露台，将这些看得一清二楚，气得脸色发青，一招手，候在殿门口的太白金星碎步跑了过来。

"你看那小子，哪像思过悔改，分明咆哮法堂，对抗处罚！"

"启禀圣上，微臣仔细察看过，小毅子已有悔过之意。"

玉帝眉头皱起，两眼直视太白金星，脸上露出不满的神色。他一直认为，白帝子什么都好，就是原则性差了点儿。不说别的，单就在火龙毅的处理问题上态度反复。当初要办火龙毅的是他，没过几天就来求情了，出尔反尔到底几个意思？

太白金星呵呵一笑，禀道，"火龙毅脾气秉性与众不同，他若想真心改过，必然把自己逼到极限，所谓置死地而后生，还望圣上明鉴！"

"白帝子，请你往实里说，小毅子到底怎么样……"

太白金星听出玉皇大帝话里有话，捋捋银白长髯道，"如果微臣没有猜错，当朝殿中侍御史柳湘桓即日有难。"

什么都瞒不过这位智多星，玉皇大帝咳嗽一声，脸上的神色变得比原先还要凝重。

"国不可无良将，朝不可失忠心之臣呀！"

果然不出所料，玉皇大帝正在为救人的事发愁。

太白金星赶紧顺着他的话头说，"大帝圣明，柳湘桓这人当救！"

玉皇大帝两眼轻轻合上。"这件事，派谁去合适呢？"

太白金星不敢贸然接话了，这是大事，人选问题半点都不能含糊，沉吟半晌，弱弱地说了一句：

"凌霄之地人才济济，胜任者不计其数。"

玉皇大帝扫过来一眼，心生不满道："你这话不等于白说吗？"

太白金星微笑道："至少，微臣是这样看的。"

玉皇大帝重新把眼睛闭上了。

"启禀圣上，依老臣愚见，有一个人可担此重任。"

"谁呀？"

"小毅子。"

"那小子？"

玉皇大帝睁开两眼，脸上看不出什么表情。

"这些日子，在下一直暗中观察，看得出小毅子进步不小。眼下正是用人之际，如果给他改过自新的机会，应该是两全其美之策。"

玉皇大帝这把深沉玩得滴水不漏，明摆着想启用小毅子，故意弄得云里雾里，逼迫属下表态。情况已经明了，没必要遮遮掩掩了。太白金星双手抱拳道："圣上，微臣愿为小毅子担保！"

玉皇大帝嘴角现出几丝难以察觉的笑意，"白帝子，你可要想好了，担保是要负责任的。如果小毅子日后闹出什么是非，你这儿脱不了干系的！"

"化害为利，此乃正道。我相信小毅子能珍惜这一机会，救苦救难，全心向善。"

"那好，寡人准你担保！"

"属下遵命！"

太白金星告别玉皇大帝，直奔锁心殿。净白拂尘当空一扬，十八条锁心索嗖的就消失了。

脱去捆绑的火龙毅浑身一轻，扭动两只粗壮胳膊，长嗥一声，飞到太白金星跟前作揖摆尾道："感谢干爹前来搭救！"

太白金星提起拂尘，朝干儿子犄角挺立的龙头拂了几下，火龙毅会意，卷起一股强风，朝长安城方向飞去。

天色刚刚透亮，京城长安大街小巷空空落落，几声钟鸣穿透薄雾朝四处扩散，文武百官们屈身低头，进入皇宫大殿。

今日轮到殿中侍御史柳湘桓值守，他尾随众臣，走得心事重重。

柳御史只是个小官，官职从七品下，他的职责是据实记载当日朝堂之事。这几天，他的右眼皮无缘无故蠢动，弄得他心里发慌。出门前，他到隔壁房间看了妻子玉娘一眼，难受得差点掉了眼泪。老婆个头不高，矮小的身躯挺着大肚子，安静地躺在床上。可怜的女人嫁给柳湘桓十年了，一直没有孩子。女人生不出孩子，还能算女人？玉娘急得整日以泪洗面。苍天有眼，总算怀上了，这一怀就是十二个月多，孩子安安静静睡在她肚子里，根本没有出来的意思。她忧心忡忡地抚摸肚皮，跟里面的小家伙对话，求他快点儿出来。

今天终于有动静了。娃儿想从娘肚子里出来，痛得玉娘哇哇大叫。接生婆请到了，全家上下将该准备的东西一一准备妥当，就等新生命的降临。玉娘折腾了三天三夜，娃儿不急不愁，可怜的玉娘，就剩下半口气在那儿喘。柳湘桓看着夫人那凄惨的模样，心里非常难受。但上朝的事，他不敢有丝毫的懈怠。

圣神皇帝武则天要比往日早到半时辰，端坐于紫宸殿宽大的龙椅上，脸色比平日柔和不少。她目光向朝堂环视一周，不紧不慢地说："今日朝上，专门同众爱卿商议狄仁杰涉嫌谋反一案，准许直言，直言不讳者，朕当恕无罪。"

这个案子相当棘手，令武则天左右为难。依照惯例，早应公开讨论，做出适当的判定。她却犹豫不决，有意拖了一段时日。心腹重臣来俊臣三番五次上奏狄仁杰蓄意谋反，奏折上有多人联名。

如果说别人谋反，武则天多多少少信一些，状告当朝宰相狄仁杰存反叛之心，她怎么都不敢相信。狄公什么人，她是知根知底的。自己刚刚登上皇位那阵子，朝野多有争议，局势动荡不定。毕竟武周代李朝，名不正、言不顺，她日夜都感到惶恐不安，担心自己没坐稳，那些忠于李氏王朝的老臣们闹事作乱，取她项上人头。

关键节点上，狄仁杰挺身而出，上上下下做工作，理顺关系，消融不睦，助力政局稳定。试想，假如没有狄仁杰鼎立帮衬，哪来她圣神皇帝今天稳固的江山社稷。狄仁杰想造反，当初就能推翻她，还用得着等到这个时候。

狄仁杰也有让她不满意的地方。比方说，同被废皇帝，她的儿子李显走得比较近。有人密告，狄仁杰拜访过庐陵王李显几回了，两人饮酒赋诗，乐此不疲。

来俊臣执意要弹劾狄仁杰，武则天生气了，明里不好发作，找了一些借口，将案子束之高阁。

半年过去了，没见圣神皇帝什么态度，来俊臣肚子里犯嘀咕，断定圣上不吭气，就是默许他的所作所为，便调派亲信到处收集证据，意在把狄案办成铁案。查来查去，没查出来什么名堂。

满朝官员以为狄公必定顺利过关，哪料武则天突然颁布一道圣旨，将宰相狄仁杰贬为彭泽县令，惊得大伙眼珠子都快掉下来。

武则天本不想把狄仁杰怎么样，不过想借题发挥敲打他一下，让他自始至终明白，功劳再高，那也是高不过主子的。

狄仁杰被贬，负面效应也接踵而至。朝中政务千头万绪，她一个人累死累活，不吃不喝都忙不过来。原先，宫里诸多事务由狄仁杰操劳处置，她最终看看结果就行。没有狄仁杰拿主意了，她心里就没了底，忙得昏天黑地。眼下最好的选择就是赶紧纠错，让狄仁杰官复原职。于是，择了今天这个日子——月半十五日议案，希望得到大臣们的支持。说白了，让她顺势找到台阶，名正言顺把狄仁杰调回来。

朝堂上文武大臣们一声不响地跪着，像摆着一堆冷面馒头。等了半天，等来如此尴尬的场面，一股无名火气噌噌往上冒。武则天往朝堂下方扫去一眼，看见柳湘桓手拿记事本，毕恭毕敬站着，眉头挑了一下。

"柳湘桓，你们殿中侍御史总共有六个人，这份奏章唯独你没有签名，怎么回事呀？"

武则天一问，吓得柳湘桓额头冒冷汗，小半天回话道，"启禀圣上，微臣不能签。"

"为何？"

"狄大人是否谋反我不知道，故不敢草率签字。"

武则天窃喜。堂上跪了一帮草包，好歹还有个明事理的。

"到底怎么回事，你照直说。"

"微臣殿中侍朝多年，记述务求实情。狄大人心如朗月，尽职守则，对陛下忠心耿耿。"

这话搁到平时就相当正确了，理所应当给出满分。朝堂上奏的情势就大不一样，讲究前因后果，脉络分明。如果没有把来龙去脉说透彻，就让人觉得突兀，甚至荒唐。

果然，武则天脸上乌云翻滚，转动佛珠的手微微颤抖。

"照你这么说，朕还冤枉了他不成？"

武则天声音发硬，目光阴森森的吓人。

柳湘桓知道自己嘴巴闯祸了，慌忙开脱说，"或许是，或许不是吧……"

"大胆狂徒，朝堂之上公然替罪臣开脱，拖下去，打入死牢！"

两名侍卫跨上前，架住柳湘桓，拎小鸡似的将他拎出了大殿。

死牢如同孤岛，柳湘桓闭着眼睛，身子靠墙坐下，脑子里浮现玉娘痛苦的表情。

不知道遭了哪门子邪气，人家十月怀胎，玉娘怀了十二个月多。昨天，接生婆神情紧张地对他说，"柳爷，太太注定难产，你要当心点。"

柳湘桓不敢马虎，向顶头上司来俊臣告假。来大人一听，瞪眼珠对着柳湘桓发了一通大火。

"生孩子是女人家的事，你一个大老爷们凑什么热闹？眼下朝中事务繁杂，大伙忙得晕头转向，上茅房都是拎着裤子跑的，这假，不准！"

来俊臣不准假，柳湘桓不敢不从，临出门前，握住妻子的手，满脸忧郁地说，"玉娘，别急啊，你慢慢生，娃娃终归会出来的。"

做梦都没有想到，当朝宰相的案子，莫名其妙牵扯到他。柳湘桓伤心绝望，恨自己一时惊慌，没把住嘴，禁不住失声痛哭。"玉娘，那个没有出生的娃娃，我对不起你们。"

柳湘桓伤心欲绝，哭累了，不知不觉睡了过去。混沌之中，一道闪电射进了死牢，一条水灵光滑的小赤龙破窗而入，飞舞龙爪，摆弄腰身，密密麻麻的鳞甲散发出炫目的光泽。

柳湘桓从来就没见过真龙现身，吓得跌倒在地上。

"柳公，别害怕，我乃九重天宫的火龙毅，王母娘娘的坐骑。玉皇大帝断定你今日有此劫难，念你柳家几辈为人正直，仗义执言，特命我前来搭救。"

小赤龙绕着柳湘桓头顶盘旋几周，柳湘桓战战兢兢看着龙身，连大气都不敢出。

小赤龙温顺地朝柳湘桓笑笑，呼哧一声飞了出去。

柳湘桓追到窗前，但见空中霞光万道，祥云随风飘动，原野里绿色葱茏，枯死的树木绽开了新芽，到处都是欣欣向荣的景象。

小赤龙在夜空中摇头摆尾，翻滚腾挪，长吟数声之后飞向柳府那边。

"天降祥瑞，兴我武周，吾皇万岁，万岁，万万岁！"

长安城锣鼓喧天,爆竹阵阵,欢呼声连成了一片。武则天仰望长空,爬满褶皱的脸笑开了花,当即下诏,大赦天下。

柳湘桓获得释放,头也不回往家里赶,老远听见娃娃的啼哭声,高兴得连蹦带跳,一脚踩空跌落到池塘中,成了一只落汤鸡。

"生了,恭喜柳爷,太太生了一个胖嘟嘟的公子!"

家佣们欢天喜地迎上来,柳湘桓浑身透湿了,腿脚不停地发抖。他抱过儿子看过去,看过来,发现他后背有个龙形胎记,冲口道,"柳毅,我的儿呀,你就叫柳毅吧!"

襁褓里的孩子格格地笑出声来,全家人惊愕不已。

脑袋总算保住了,柳湘桓不再眷恋京城,携带家眷,回到老家湘水之滨,过着日出而作,日落而息,耕地打鱼的平民生活。

然而,他的儿子非常古怪,身上时不时冒出火焰。玉娘惊骇不已,惊慌失措地问道:"儿呀,你难道是火娃再世吗?"

火娃成了柳毅的小名儿。三岁那年,他大病了一场,接连高烧十多天,光着身子在地上打滚,头上长出两个疙瘩,俨然龙角的形状。

02　天火焚凶

　　柳湘桓望眼欲穿，终于盼到儿子降生了，这个姗姗来迟的神秘火娃，并没有给柳家人带来多少快乐，反倒平添了许多烦恼和恐惧。柳毅跟同龄的孩子截然不同，显得另类乖张，从娘肚子里出来就会些拳脚功夫，一招一式，有板有眼。十三、四岁的时候，功夫已然了得，一套路数奇特的龙形拳打得出神入化，三两个人没法近得了身。他爱打抱不平，路见不平之事，不管什么人，有多大的来头，他都会毫不犹豫上前跟人家理论。闹翻了，他的拳脚就不认人，揪住对方一顿痛打，直到人家求饶认错为止。挨过揍的人不敢找柳毅的麻烦，拐着弯儿找他父亲投诉索赔，气得柳湘桓棍棍棒棒没少往他身上招呼。他就是不长记性，该出手时就出手。有一天，他正在柳林里看书，忽然听到有人哭着喊着救命，柳毅想都没想冲了过去，只见一个獐头鼠目的男子，欲对一个长相漂亮的姑娘图谋不轨。他当当几拳打过去，打脱那人几颗门牙。

　　此人乃当地首富任霸王的心腹，人称"小霸王"，出了名的流氓地痞。

　　"小霸王"捂着嘴巴向主子告状，诬告柳毅强抢他的未婚妻，还将他打成了重伤。

　　任霸王大手一挥，十几个打手跟在他屁股后头，气势汹汹奔柳家而来。

柳湘桓打躬作揖，赔礼道歉，将家里唯一值钱的东西——耕地水牛赔给了任霸王，才勉强把祸端平息下来。

总算打发走胡搅蛮缠的任霸王，柳湘桓喝令柳毅跪下，操起放置在墙角的竹扫帚，不管轻重一顿猛抽，打得柳毅皮开肉绽。

任凭父亲抽打，柳毅眉头都没有皱一下。

儿子性情刁钻古怪，柳湘桓伤透了脑筋，文的武的，软的硬的想尽了法子，柳毅依然故我，毫无悔改之意。

柳湘桓万般无奈，请算命先生给儿子算过一回，看这家伙还有没有救。

算命先生问过柳毅的生辰八字抬脚就走。柳湘桓气喘吁吁追了半里路才追上他，硬要先生把话说明白。

算命先生满脸惊恐，用手指指天上的太阳，再往自己头顶画了几个圆圈，向柳公深深鞠了一躬说，"天机不可泄露，你还是好自为之吧！"

见多识广的算命先生如此惊慌，柳湘桓糊涂了，前前后后想了许多，儿子身世奇异，不是他这个凡夫俗子所能驾驭的，便不再动粗了。但成天提心吊胆，生怕儿子惹出什么事。

柳毅性情孤傲，那副冷冰冰的模样好似拒人千里之外。同龄人敬而远之，不敢跟他打交道。唯独有一个人喜欢跟他在一起。她就是同村的静儿姑娘。两个人同年同月出生，从小到大情投意合。

静儿聪慧漂亮、心地善良、多才多艺，柳毅对她百依百顺。

柳家人十分满意静儿，托媒人正式提亲，两家人选定黄道吉日，准备热热闹闹把儿女的婚事办了。可是，祸从天降，静儿姑娘被任霸王掳走了。

柳毅闻讯，操起锋利的鱼叉朝任府奔去，柳湘桓吓得半死，抄近道截住了儿子，死死抱住不放。

"任家有钱有势，养了一大帮打手，你一个人势单力薄，不能白白去送死啊！"

"我要救静儿，救不出来，我们就死在一起！"

柳毅奋力挣扎，父子俩纠缠半天，累得筋疲力尽。

柳毅扔掉鱼叉，含泪回到了自己的房间。

静儿看似柔弱，实际上性子刚烈。任霸王软硬兼施，她宁死不从。气急败坏的任霸王将她关到院里东边的杂屋，命家丁严密看守，一步都不能离开。

午夜时分，一轮明月当空，细长的柳枝随风而舞，静儿倚着窗户朝远望去，一阵大风吹来厚厚的云层，严严实实盖住了月亮，四周变得一片漆黑。

"毅哥哥，你在哪儿呀？"

西边厢房传来凄苦的哭泣声。静儿心头颤抖，料定任霸王又在作恶，不知哪家黄花大闺女遭了殃。

她听人说，长相奇丑无比的任霸王是个虐待狂，被他抢来的女子，不被折磨至死，也要脱层皮。任府高墙深院，打手们日夜看守，柳毅哥哥纵有三头六臂，也是奈何不得的。静儿绝望了，趁看管的家丁困乏松懈之际，撬开窗户，一头投进了任府院落的水井中。

夜深人静，人们进入了梦乡，一场大火从天而降，偌大的任府庄园变成了一片火海。

任霸王住在西厢房，大火从这间屋子烧起来的，熊熊烈火把这个罪行累累的霸王烧得连骨架都成了灰。

外头动静很大，左邻右舍的人又叫又喊，柳湘桓从睡梦中惊醒，探头朝外张望，大火烧红了半边天，任府那边发出哗哗啵啵的声响。儿子那间屋子红光闪烁，不断传出哧溜，哧溜的声音。

柳公掌灯走进儿子的卧房，发现他睡得很沉，胸口下方飘着成片红色雾气，脸上结满了汗珠。

柳湘桓慌忙推儿子，想弄醒他。柳毅侧了一下身子，迷迷糊糊道，"天火，烧，烧死他……"

风大火急，连扑救都来不及，任家烧死了三十多口。任老爷是唯一的幸存者，披头散发跑出家门，边跑边喊，"怪物啊，人面蛇身，嘴里喷火，妖魔鬼怪再世，赶紧逃命吧！"

这个飞扬跋扈，横行乡里的老恶棍，从此在江湖销声匿迹了。

03　桃花手帕

静儿的尸骨埋在柳林深处,那个靠近洞庭湖,一眼就能看见君山岛的地方。

她生前喜欢这个地方,常在这里同柳毅约会。听柳毅讲述湘君湘夫人缠绵悱恻的爱情故事,羞羞答答告诉柳毅,她要像娥皇女英追随舜帝那样,永远相伴在柳毅左右。

静儿香消玉损,成了一堆白骨,柳毅一直缓不过劲来,成天恍恍惚惚,常常一屁股坐在静儿的坟地,一坐就是老半天。跟她说说悄悄话,诉说自己的心思。

迷蒙之中,有个温柔的女声在他的耳际盘绕。

"好男人顶天立地,志在四方。毅哥哥,你能行,一定能行的!"

这是静儿活着的时候说的,柳毅一刻都没有忘记,暗暗发下誓言,就是吃再大的苦,决不辜负静儿对他的期望:埋头苦读,金榜题名,惩恶扬善。

吃过早饭,柳毅跟父母打过招呼,手持静儿送他的那支长笛,走向属于自己的那方领地。

仲春时节,嫩绿的柳枝随风轻轻摇曳。柳林深处飘来几丝弦乐,柳毅停住脚步用心去听,弦音蓦然消失了。

这是为何？

就在柳毅疑惑的时候，一阵虎啸龙吟的声音从天而降，湖面剧烈动荡，激起冲天的水柱，柳毅白皙的面孔鼓胀变形了，瞳孔迅速扩张，身上冒出滚滚的热浪。

"天呐，今天是该死的月半日！"

柳毅两条腿粘到一起，屁股长出光溜溜的尾巴。

"糟糕——！"

他大吼一声，撞向身旁的那棵老柳树。

太阳已经当顶，柳湘桓不见儿子回家，心里十分着急，踩着一路泥泞往柳林深处寻找，远远地发现，儿子背靠一棵残损的老柳树而睡，脸上的气色很不好看。

老柳树被拦腰折断，却不见刀斧的痕迹。

谁有那么大的气力，能折断这棵千年大柳树？

柳湘桓看看树，看看儿子，忽然想起算命先生那天给他说的那些话，联想到任府遭大火焚烧那件古怪之事，恍惚明白什么了。

柳毅醒过来了，伸伸懒腰，揉揉眼睛，发现父亲蹲在自己身旁。

"爹爹，你几时来的？"

柳湘桓顺势拉了儿子一把说："已是吃饭的时候了，中午吃肉，你娘的拿手厨艺，香着哩。"

母亲厨艺不一般，这顿饭菜特别香，柳毅吃了三碗还不想放下碗筷。

几个月过去，头次见到儿子放开肚皮吃饭，玉娘心里别提多高兴了。静儿惨遭不幸，对儿子打击相当大，成天失魂落魄，整个人都蔫了。

柳毅吃饱了，拍拍肚子，笑出满脸的灿烂。玉娘给丈夫沏了一杯茶，挨着儿子身边坐下来，两眼温情地看着他。

"毅儿，有件事，娘想跟你唠唠。"

柳毅知道母亲想说什么，将头沉了下去。

"你心里放不下静儿，娘能理解。俗话说，人死不能复生，你还年轻，总不能一辈子就这么下去吧？"

柳毅不想往下听，站起身就走，被父亲喝住了。

母亲柔顺地笑笑说，"张媒婆那边传话过来了，你舅舅村里王员外家有个闺女，名儿叫紫娟。长相漂亮、知书达理，琴棋书画样样都拿得出手，娘看，跟你挺般配的。"

父亲端起茶杯，喝了一口说："明天是你大舅舅的五十大寿，娘亲舅大，我们一家人过去给他拜寿，找个机会，到王员外家瞧瞧去！"

给大舅舅拜寿这是大事，柳毅心里一百个不情愿还得顺从。次日清晨，他跟着爹娘上了路。

大舅舅家住在岳州府东北面的一个村子，这一带张姓人氏占了大多数，所谓十里不问姓，满门都是张氏人。大舅舅辈份高，家道殷实，在当地有些名望，人称张老爷。

张家村处在幕阜山向江汉平原过渡地带，群山环绕，沟壑纵横，一条清水河伴着深邃悠长的峡谷流淌出来，流出一片肥沃的土地。

这条溪流发源于名叫木岭的半山腰。这里山势陡峭，怪石嶙峋，青青翠竹漫山遍野生长。山里四季鸟语花香，山石之中泉眼无数，涓涓清流汇集山凹之中，形成波澜壮阔的水域。

木岭高耸入云，山脚下一汪清泉碧波荡漾。溪流仿佛从云中飘来的，一路蜿蜒，一路欢歌，流向万里长江。

这便是云溪地名的缘由。

清溪河绕山村而过，形成河中有山，山中有河，河山交错的"迷魂阵"。初来乍到者，若没有当地的人当向导，很容易在这个神秘的地方兜圈子。

相传三国时期，曹操兴兵南下，一路披荆斩棘，所向无不披靡。吴国和蜀国遭遇大兵压境，情势非常紧急，将多年的积怨姑且搁置，联手抗击来势汹汹的魏国将士。诸葛亮草船借箭，火烧赤壁。曹军大败，三万将士如同没头的苍蝇到处逃窜，误入迷魂阵。周瑜神机妙算，巧妙布阵，调遣精兵蛰伏于此，实施各个击破，大获全胜。

迷魂阵威名远扬。后人开山劈岭，修建道路，张家村阡陌交通，联通山外，迷魂阵变成了通途。

从湘水之滨到岳州，最便捷的是穿越洞庭湖走水路。渡船在茫茫泽国航行，到了湖中心，方知洞庭之美到底在哪儿。一眼看去，天是蓝的，水是清的，蓝天泡在水中，湖水映着辽阔的蓝天，屹立在岸边的岳阳楼雕梁画栋，飞檐走壁，蔚为壮观。此情此景，就有了"洞庭天下水，岳阳天下楼"的说法。

渡船航行了一程，柳家人跟随密密麻麻的过渡人从南津港上岸。

南津港为东洞庭沿湖进入岳州府的口岸，原先是个无人打理的野渡，年代久远了，经过历朝历代自然融合，成了湘北水域通商要道。

渡口商贾云集，酒肆林立，生意兴隆，某种程度成了巴陵郡（岳州府）的代名词。岳州产的籼稻、麻油、生猪、酒曲、茶叶、瓷器、布匹，从这里装船运往湖北，江浙，上海等地。外地产的食盐、香料、丝绸、铜器以及洞庭湖区、长江一带的优质水产品从这里上岸，运往内地。

大表哥赶着马车早早候在渡口边，大家一路上谈笑风生，几个时辰就到了大舅的家。

一位体态壮硕，红光满面的长者迎了上来，看了柳毅一眼，转身问柳湘桓："我说妹夫，这就是我那亲外甥？"

柳湘桓乐呵呵地笑道："大舅哥，这还有假吗？"

大舅喜上眉梢。

"这模样啊,比画上那些公子哥还要俊呢!"

这话说得柳毅面红耳赤,施以拜寿大礼,恭祝舅舅福如东海,寿比南山。

大舅兴高采烈地说,"外甥拜舅舅理所应当,高兴呢!"

相互寒暄了一阵,张老爷笑容满面地出去了。父母走进里屋,跟先到的那些亲戚热情地打招呼。

屋里屋外人头攒动,前来拜寿的客人络绎不绝。都是陌生面孔,柳毅搭不上话,好像自己是个多余之人,独自走出院落,到外头溜达。

举目打量,村里的建筑跟湖区零星散落的构造完全不同。村子被一座绵延曲折的围墙围成一个大圈。房屋之间檩条相接,门户相连,看上去有点像防御工程。

史书上有过类似的记载。南方一些村落,尤其山区村寨,为防范猛兽和匪患,几十户同宗人家建造坚固门楼,合围合拢,大有一夫当关万夫莫开的架势。还有一种说法挺人性化,说但凡这样的建筑,表明邻里之间世代和睦,相敬如宾。这叫做不是一家人,不进一家门;进了一家门,就是一家人。乡下人,就用原始质朴的顺口溜,一代接一代往下传,沿袭同祖同宗的深厚情谊。

柳毅收回目光,沿着长满青草的小路朝前走,爬过几道山坡,一片茂密的桃树林出现在眼前。

花开岳州府,十里桃花天。桃树遍布岳阳各个角落,每年三月前后,桃花蓬蓬勃勃地开放,到处都是粉红花瓣的桃林。古人钟爱桃花,桃花在诗书典籍中多有著述。诗人常以桃花寄情,留下数不清的名篇佳作。

柳毅也对桃花情有独钟,那些描写桃花的诗卷他都爱不释手,兴致来了,合辙押韵写上几句。他在自家门口栽种了几株,施肥浇水锄草除虫,精心培育,桃树长得枝繁叶茂。每年春上,一夜春风吹红桃花,湖边的青青柳枝显得黯淡无光了。眼前的桃花，如同燃烧的火焰，令人眼花缭乱。一脚踏进林中，辨不出东西南北。

"梨花白，桃花红，春风拂面舞蹁跹。桃花一簇开无主，春光烂漫斗妍艳……"

桃林深处传出悠扬婉转的歌声，柳毅心头一喜，循声看过去，隐约可见几个妙龄女子在桃林中嬉戏，离他不远的地方有一块洁白的手帕，上面绣着几朵鲜艳的桃花。

"哪位姑娘粗心大意，把心爱之物给弄丢了？"

柳毅走过去，想弯腰去拾，瞬间犹豫起来。

"男女授受不亲，姑娘家的贴身之物，男人是不能随便触碰的。"

可是，人家丢了东西，说不定心急如焚呢？不行，我得给人家送去。

"紫娟姐姐，等等我！"

紫娟？

仿佛一缕清风从耳畔吹过去，柳毅心里颤了一下。

这名儿好耳熟。他忽然记起来昨天娘亲当着爹爹的面跟他提起过。她是王员外的闺女。

柳毅的心跳莫名地加速，伸出去的手僵住了。

恍若一道阳光照射过来，柳毅感觉面部发烫，抬起头的时候，瞬息就呆住了。

眼前站着一位桃花般美丽的少女，水汪汪的大眼睛，含情脉脉地注视着他。

"静儿？"

姑娘粲然一笑，绯红的脸上露出浅浅的酒窝。

"紫娟姐姐，那不是你的手帕吗？"

一位冲到柳毅跟前，伸手去拾地上的手帕。

"别动!"

紫娟拉住朝柳毅温婉地笑笑,领着小伙伴们转身离去。

桃林深处,荡起欢快的歌声和格格的笑声。

柳毅拾起地上的桃花手帕,慌忙塞入自己的怀里。

04　奇怪的梦

　　乡下人调侃媒婆时这样说：嘴巴两张皮，自说有解意。意思是说，那些说媒拉线的人，伶牙俐齿、能说会道，死的能说活、臭的说成香、相貌平平的姑娘，让媒婆那张嘴一说，比西施貂蝉还要漂亮。张媒婆不是那种人，老人家说媒从不夸大其词，往往说一对，成一双，这辈子说合了上千桩美满姻缘。张媒婆的大恩大德在当地传为佳话，人们亲昵地称她福婆婆，取意有福之人。

　　玉娘的娘家人跟福婆婆同属一个祠堂的，说起来，还能攀上转折亲。张家老姑姑公子的亲事，自然成了本家媒人的大事了。

　　说来也巧，紫娟她娘正求福婆婆帮忙。女儿的年纪一天比一天大，婚姻大事一直没着落，那个急呀，一口气说不完。福婆婆问过俩人的生辰八字，特地到王员外那儿串了一回门。

　　别人说媒，王员外能信过两三分就算不错了，福婆婆的话王员外从头到尾信得踏实，无需多话，当即表明态度，女儿紫娟的婚姻大事全凭福婆婆做主。

　　福婆婆心里有底了，连忙给玉娘传话，择个日子到张家村走走，两家人当面鼓、对面锣，把该说的话往明里说。如是缘分到了，就把迎娶婚嫁的事情一五一十定下来。

　　大舅哥五十大寿，客人众多，柳湘桓本是性情中人，乘着兴致多喝了几杯，醉得一夜未醒。玉娘本来没指望他什么，反正有福婆婆在，就不用担心了。

　　清晨，玉娘将自己打扮一番，备了几样随手礼，让侄子备好马车，一道去接福婆婆。大哥府上离王员外家就半里路，步行过去，一袋烟的功夫都不到，玉娘坚持驾车。她这样做，自然有她的道理。一来对福婆婆尊重和照顾。老人家七十多了，腿脚不大利索，让她东奔西跑，心里有些过意不去。二来有意向王府表明，他们老柳家讲究礼仪规矩，算是表表诚意。

　　马车嘚嘚嘚一路快跑，很快就到了福婆婆家门口，玉娘从车里探出头，听到屋里传出悲伤的哭泣声，她心里一阵惊慌。

　　原来福婆婆大限已到，昨天夜里悄无声息走了。

　　今日早上，儿媳妇煮了鸡蛋糯米甜酒叫娘吃，走到床边唤了几声，无人应话。儿媳妇往床头摸了一把，吓得一屁股跌倒在地上。

　　郎中风急火急赶过来，探了下老人的脉搏，声音低沉地说，"福婆婆过了奈何桥，请孝家安排后事。"

　　一家人这才记起，福婆婆前几天就说胸口隐隐作疼，没想到走得这么快。人到七十古来稀，好歹算是顺头路，走的时候没见着多少痛苦。老人家一辈子行善积德，落得了善终。

　　玉娘给老人磕头敬香烧纸钱，带着遗憾黯然离去。

　　这个结果令柳毅有些失落。桃林之中偶遇紫娟，他感觉到，她的长相跟静儿几乎是一个模子刻出来的。来一趟张家村不容易，却是两手空空，免不了有些惆怅失落。

　　按照岳州府的习俗，喜日不能同丧事日撞道，一家人只得打道回府。船主是玉娘的表亲，既是亲戚、又顺路，船费自然就不提了。船主四十岁上下的样子，腰圆膀阔，说话铿锵有力，语速快得像放鞭子，家长里短、谁好谁坏，把乡里乡亲说了个遍。

柳湘桓不厌其烦地听他唠，自始至终陪着笑脸，不时搭讪几句。他之所以这样做，不单是船主免除了他们船费，主要满足船主的谈兴。驾船人俗称船孤佬，干的是孤独难捱，闯荡江湖的行当。船在水里飘，寂寞无边来。往往十天半个月船上就他一个人，那份孤单和寂寞，一般人难以承受。

船主唠过一阵，抹抹嘴角的唾沫，取下腰间酒葫芦抿了一小口，惬意地嗨出了一声，目光落在低头想心事的柳毅身上。

"我这表侄一表人才，不知道对上哪家姑娘了？"

柳毅的脸唰的一下红了，脑袋往下低了低。

船主见柳湘桓夫妻不吭声，呵呵一笑说："郎才女貌天仙配呀，我们那儿有户好人家，表姐、表姐夫，我觉得这俩孩子蛮般配的！"

柳湘桓漫不经心地笑笑，不想接话茬。

"我家婆娘有个远亲，姓王，人称王员外。这人挺仗义，只是脾气稍稍古怪了点，就是我们常说的牛脾气。他养了个姑娘，那才叫聪明漂亮呢！"

"呵呵，表弟，这事巧了！"

玉娘兴奋起来了，立马接过话头，把回娘家给大哥拜寿、福婆婆意外过世、相亲的事说了个通透。

船主喝了一口酒，哈哈笑道："这事有何难，包在我身上了！"

他话音刚落，船头颠了一下，船身跟着摆动，柳毅明显感到坐不稳了。

船主不再说话，手搭凉棚，朝西方向望了望，拎起水桶扔进湖里，打满水拎上来，舀上一瓢顺着风向慢慢往下倒。

片刻，脸色凝重道："我们不能再往前走了，得赶紧就近靠岸！"

柳毅不解地问："表舅，这是为何？"

船主看看满脸书卷气的表外甥一本正经说："西边云层厚，颜色变得快，眼看就要变天了。我刚才用湖水测了风速，风力正在加大。照我们驾船人的经验，洞庭湖很快就会爆发狂风暴雨。"

云层越压越低，天色暗了下来。湖风越来越大，浪峰时高时低，船身上下颠簸。船主不慌不忙，将风帆拉起一半顺风而行，朝邻近码头靠过去。

风大浪急，翻滚的湖水将柳家人浑身浇透了。柳毅从来没有经历过这种场面，两手死死抓住船桨。一座浪峰迎头扑过来，眼见要将整条船吞没掉。

船主两眼圆睁，使出全身气力，将船头一摆，木船从白浪边缘掠过，像长着翅膀的湖鸟，急速朝前飞去。

然而，一个巨大的浪头打了过来，嘭嘭几声巨响，船头被击中了，湖水淹进舱里，船体快速下沉。

忽然，汹涌的波浪中闪出一道鲜亮的红光，一位红衣姑娘踏浪而来，湖水快速后退。木船浮出水面，一船人安然无恙。

阳光普照，湖面变得风平浪静。红衣姑娘扭动细腰，飞离水面，飞到半空的时候回过头，深情地看了柳毅一眼。

"柳公子保重，我们会后有期！"

"静儿？"

"紫娟？"

柳毅舞动双手，朝着红衣姑娘叫嚷道，"你，你，你到底是谁？"

姑娘笑而不答，飘然而去。

"紫娟，别走，你别走……"

"毅儿，你醒醒，我们到码头了！"

柳毅揉揉干涩的眼睛说："娘，我睡着了？"

父亲假装生气地斥责道："睡着了都不老实，大呼小叫的，把我和你娘吓了一跳！"

05　情迷意乱

从大舅家回来之后，柳毅好像变了一个人，不再沉默寡言了，很乐意跟人搭讪说话。只要逮住娘，就絮絮叨叨没个完，三句话不离大舅那边的人和事。

玉娘心知肚明，小崽子对紫娟姑娘动了心思。诡秘一笑，故意抬起了杠子。

"婚姻大事是要看缘分的。缘分没有到，想也是白想。依娘看，你应该把精力集中到功课上来。"

柳毅不气不恼，几步走进自己的卧房，很快折返回来，伸出手对娘说，"给，你看看！"

"这是什么？"

柳毅脸色通红地说："手帕，桃花帕！"

玉娘惊道："姑娘家的随身之物，是从哪儿得来的？"

柳毅期期艾艾说："拾的，拾到的。"

"拾的？"

柳毅不再遮遮掩掩，直白地告诉娘，从大舅他们村子旁边的桃林中拾到的。香巾的主人就是紫娟。从当时的情形看，紫娟有意让他拾到的。

"傻小子，为啥不早跟娘说，害得娘跟你爹吵了一架！"

"你们吵啥？"

母亲苦涩地笑道："还不是为了你同王员外闺女紫娟那桩亲事。我催你爹央人前去说合，他推三推四，说你俩前世无缘，不必再花费心思。催急了就发脾气，说他找不到熟悉的媒人。"

"谁说我们无缘？媒人是现成的，那个驾船的表叔不是打了包票吗？"

玉娘心里清楚，想要丈夫低头去求人给儿子说亲，打死他都不会干，至于表弟说的那些话，只能当笑话听一听。一个船孤老，江湖上哪轮得上他说话的份。面对傲气的王员外，他的话连屁都不是。这些话她不便直截了当告诉儿子，想了想微微笑道："你表叔那人四处漂泊，一时半刻上哪儿去找他？这件事不急，娘心里有数。"

深夜，柳毅卧房传出均匀的鼻息，玉娘轻轻推了丈夫一把："他爹，我有话跟你说。"

柳湘桓将身子靠近玉娘，问她什么事。

玉娘把白天同柳毅的一番对话告诉了丈夫。

儿子能从静儿死亡的痛苦中走出来，柳湘桓当然高兴，他搂了玉娘一把说："看来咱家孩子真有这个想法了，那我们就顺水推舟呗！"

玉娘沉吟半晌说："这件事恐怕没那么简单，想把这台戏唱好，你得听我摆弄，不知是否愿意。"

柳湘桓当即表态，夫人怎么说，他就怎么干。一句话，认认真真当好配角，把儿子的婚事搞定。

柳湘桓有这个态度，玉娘感到很欣慰。从京城长安回到老家湘水之滨，丈夫人在曹营心在汉，念念不忘朝中那些大事，除开种田打鱼之类的粗活，其他家务事，他很少操心，更不用说儿子的婚事了。她为此很烦，对丈夫不满意，没少唠叨过他，两人还拌过嘴。

老公变了，变得接地气，心思回归到了家里。她转过身子，钻进了丈夫的怀里。

"有三件事，你必须得办好才行。"

她顿了顿，有板有眼说："第一，儿子的想法是真是假得弄明白。"

"没那么复杂吧？"

玉娘推了丈夫一把说："还记得那件事吗？我们给大哥拜寿回程的船上，毅儿说了不少梦话。"

"记不得了？"

玉娘责备道："你这个当爹的总是粗枝大叶，难怪儿子不愿跟你掏心窝子。那天他不是一边喊静儿，一边喊紫娟吗？"

柳湘桓记起好像有这么回事，忙问："这能说明什么？"

"我看你的脑袋笨得跟榆木疙瘩一样。这不明摆着，我们的毅儿喜欢模样长得跟静儿相像的女孩子吗？"

柳湘桓若有所思，意味深长地哦了一声。

玉娘勾住丈夫的脖子，美滋滋地说："听毅儿说的那些话，我感觉两个孩子十有八九都有这个意思。"

"未必吧？"

柳湘桓拿开夫人的手，将身子侧向一旁。

"我倒还没完全拿准，当务之急就是摸清楚底细，看毅儿心里到底咋想的。"

柳湘桓犯难了，说他跟儿子很难聊到一块，这个底，他没法摸。

玉娘假装生气道："你平日不是以诸葛孔明自居吗？"

柳湘桓嘿嘿笑出几声说："在下愚钝，全听夫人吩咐。"

玉娘说办法很简单，她来问，柳湘桓在一旁听就行，探出儿子的真实想法，视情况商量对策。

柳湘桓连连称是。

"第二条，抓紧跟王员外联络。福婆婆这一走，我们两家的关系就断了线。所谓"一家养女百家求",不知道有多少人家惦记紫娟姑娘。我们得趁热打铁,把人家稳住再说。"

还是夫人考虑周全,句句话都在理上,柳湘桓连忙献计:"我看你那个驾船的表弟倒是挺热情的,为何不让他来穿针引线?"

"人家王员外那么讲究,说媒人的得有个身份地位!"

柳湘桓想想也是,结巴道:"哪,哪怎么办?"

玉娘见时机已经成熟了,亮出了第三个锦囊妙计。

"你前去求我大哥,让他亲自出马说媒。大哥对王员外有恩,两人关系要好,王员外不会薄他面子的。"

"兜了几个圈子,最终让老婆牵着鼻子回到了原地,主角儿明明还是我这个当爹的!"

玉娘狡黠地笑笑。柳湘桓跟着嘻笑,顺势将玉娘搂进了怀里。

玉娘挣扎着娇嗔道:"慢点儿,瞧你那副猴急相,别弄疼我了!"

夫妻俩一阵亲热过后,屋里鼾声如雷。

次日,柳湘桓收拾齐整,带上几坛高粱白出了门,不一会儿垂头丧气折返回来。

玉娘一看就落下脸,眉头皱得老高。

"怎么搞的,临阵打退堂鼓了?"

柳湘桓摇头叹气说:"湖风太大了,船家封航,没法过洞庭湖。"

柳湘桓问了船家和码头管事的,到底啥时候通航,谁都说不清楚,只知道从来没遇见过这么大的风浪。

玉娘心里清楚,洞庭湖刮大风有个特点,少则七天八天不等,长则半个多月,掀起的浪头高过屋脊,船家一律上岸躲避。她望着天上翻卷的乌云,神情沮丧道:"咱家这娃儿,算啥命哟!"

洞庭湖封航,提亲的事再次搁浅,柳毅情绪糟透了,开始厌倦读书。书本拿在手上,眼前就出现幻觉,书卷上的字迹小虫子似的游动。有时候，还闻到皮肉烧焦的臭味。

柳毅精神变得恍惚，天天晚上做噩梦，梦见静儿披头散发、在空中飞来飘去，哭着喊着要他救她。他去追赶的时候，静儿越飞越快、越飞越高，转眼就不见了。

他梦见了紫娟。那张脸，始终羞涩地微笑着，桃花一样迷人。

有几回，他梦见了一个身穿红色长衫的姑娘。那个女孩总拦住他的去路，说要跟他说话，口口声声说喜欢他，声音涩涩的刺耳朵。红衣姑娘来无踪、去无影，跟静儿紫娟一样漂亮迷人。

他的梦稀奇古怪，梦见紫娟的时候，想拉她的手；神秘的红衫姑娘突然出现了，涩涩的声音，听不清说些什么。从她面部表情可以看出来，明显在责备他，阻止他同紫娟交往。

洞庭开航遥遥无期，柳毅无聊得很，独自来到湖边岔湾。这儿风浪不大，成群结队的湖鸥呀呀呀，咯咯咯地飞舞。忽然，湖面荡起奇异的浪花，仿佛成片的桃林，一朵红云飘在桃林上方，从那儿传来涩涩的声音。

"柳毅，我乃洞庭龙君女儿，人称小龙女，就是你曾经见过的红云姑娘。这些日子，我一直跟在你的身边！"

柳毅惊愕不已，慌忙问道："你，你，你想干什么？"

"原以为你是一个重情重义的君子，现在看来，不过是金玉其外败絮其中的负心汉。静儿姑娘为你而死，至今尸骨未寒，你却移情别恋，我替静儿感到伤心难过，她死得不值当！"

停顿片刻，小龙女缓下语气说："据我所知，你同紫娟姑娘并无婚姻缘分。福婆婆早不去、晚不去，你娘去王员外家提亲那会儿，她就去世了。洞庭湖封航一个多月了，那是百年一见的大风，这就是天意。天意不可违，你赶紧收心！"

小龙女语毕，飘然而去，柳毅傻傻地站在湖岸边。一阵龙卷风吹过来，险些将他卷入湖水中。

06　惊天巨变

　　小龙女的身影变得模糊不清，狂风随即消失了。几只蝴蝶绕着堤坡上的无名花草翩翩起舞，柳毅鼻子发酸，眼泪止不住流了出来。

　　"静儿，你在哪儿呀？"

　　这时，身后传来急促的脚步声，柳毅连忙抹去脸上的泪水。玉娘步履蹒跚，一头汗水从缓坡上走下来。

　　"毅儿，你大舅那边传话过来了，王员外满口答应了这门亲事，聘礼已经备好了，我们明天就去王府求亲。"

　　柳毅冷冷地看着娘，过了半天回话说，"娘，我不想娶紫娟，这门亲事你退了吧！"

　　玉娘惊得两眼发直，哆哆嗦嗦道："毅儿，你说什么？千万别吓唬娘啊！"

　　她脚下一滑摔倒在地上，折腾了半天才爬起来。

　　柳毅扶住母亲，将头扭向一旁。

　　"我再说一遍，不娶就是不娶！"

　　"以为小孩子过家家闹着玩，你说不娶就不娶了？"

　　玉娘从来没在柳毅跟前发过火，此刻，她没法沉住气了，一把拉过儿子大声吼道："这件事是你撩起的，老老少少，大大小小惊动了多少人。

你倒好，半道上想开溜，知道里边的利害关系吗？"

柳毅瞟了娘一眼，闷头就走。

玉娘胸口一阵绞痛，眼泪滚滚而下。

"冤孽，你这回给爹妈闯下大祸了！"

不出玉娘所料，柳毅毁约的后果十分严重。王员外领着一家老小冲进张老爷府上闹开了，指着结拜兄长的鼻子恶言相向，说张老爷为老不尊、置道德于不顾、伙同外甥骗取婚约、且无端反悔，令王府上下颜面净失，无论如何要给他们一个交代。

如此变故，这是张老爷始料未及的，他急忙打躬作揖赔不是，解释这里边必有隐情，说不定还是一场误会，恳请结拜兄弟先消消气，待他把事情查清楚再说。张老爷拍着胸脯表态：如果妹夫家无理拒婚，他一定到王府负荆请罪，任由责罚。

王员外怒火冲天，哪里听得进张老爷这些解释，声称要同这位处了几十年的老兄长割袍断义，永世不再往来。

平白无故让人扇了一巴掌，气得张老爷血气直往头顶上冲，他连夜修书一封，将妹夫柳湘桓、妹妹玉娘臭骂了一通。从今往后，不许他们柳家人踏进老张家半步。

婚变的风波在持续发酵，柳家的名声一落千丈，左右邻舍都不愿跟他们往来了。柳湘桓唉声叹气，难受得拿拳头捶自己的脑袋。他们柳家祖宗十八辈修行修德，修来的口碑，让这个不孝之子全毁了。

柳湘桓伤心难过，恨不得动用家法，乱棍打死这个忤逆之子，然后一头跳进洞庭湖，向列祖列宗谢罪。

可是，这个火娃，他哪里下得了手？

柳湘桓痛苦不堪，大病一场，接连数日粒米滴水未进，差点见了阎王爷。

07 降服龙性

　　太阳好像巨大的火球悬在头顶上，喷射出灼人的热浪。地面气温陡然升高，热得人受不了。柳毅一口气喝了几碗凉水，肚皮撑得鼓鼓，依然不见解渴。

　　天太热，家里没法待下去，柳毅独自出了门，朝湖边那片茂密的柳林走去。

　　终于见到几丝凉风，仿佛静儿那双纤细柔软的手从心头拂过，柳毅的心头泛起了一些快意。柳树成片地生长，柔软的枝叶密密麻麻，树底下一片阴凉，柳毅特别喜欢这个地方。

　　三年一次的州县考试日趋临近，之后就是来年的春闱殿试，科举考试实行层层选拔，一环套一环、环环相扣、一步赶不上、步步赶不上，这个利害关系柳毅心里自然明白，不敢有丝毫的大意。

　　悔婚的风波弄得柳毅狼狈不堪，很长一段时间情绪受到影响，功课拉下了一大截。考试迫在眉睫，容不得他再分心了，他默默告诉自己，眼下只有背水一战才有胜算。

　　他有过参加科举考试的经验，说到底累积下来的教训要比经验多得多。这条道坎坎坷坷、荆棘丛生，十分的难走，好比千军万马抢着过独木桥，能够顺利走过去的只是极少数，大多数人都坠桥落水。三年前，他有过一段痛苦的体验，人还没进考场，考试早就宣告结束。这件事窝囊得现在想起来，依然感到十分的懊恼后悔。

那时，他以州试第一名的优异成绩夺得了春闱的资格，一路跋山涉水、风雨兼程往京城赶考，希望一举成名。当他千辛万苦来到京城的时候，考场大门紧闭。经过打听，十天前考试就已收官。望着那扇暗红色的大门，他一阵眩晕。

赴京赶考的日子他是掐着指头算出来的。照他计算，准时抵达京城不会有什么问题。出发那天，晨曦还没有出现他就上路了，快马加鞭奔波了一整天，已是人困马乏。眼看太阳就要落到山那边去了，他心里有些着急，嘴里唷唷几声，两腿用力夹了一下马肚子，催促心爱的枣红马快步前行。

此次赴京赶考，父亲很不放心。他毕竟才十五岁多一点，还没有出远门的经验，孤身一人奔赴千里之外，万一路上有个闪失怎么办？柳湘桓劝儿子先不着急，过几年基础打牢了再说。柳毅说什么都不干。他从十一岁就开始备考，三年一次的机会他不想放弃。既然阻止不了，只能给儿子做准备了。

柳湘桓绘制了一张行程地图，阡陌交通、河川山丘、沿途客栈，一一标识清楚。大体描述落脚点间隔距离，中间行程所需时间，反复叮嘱儿子，长途奔波，宁可少跑十里路，不贪一马鞭。意思说山高路远，什么情况都可能发生，别着急赶路，尤其不能黑在半道上。

坐骑是一匹高大硕壮威猛的马，腿脚劲道十足，跑起来呼呼的一阵风，柳毅给它取了个好听的名字——风儿。

风儿是一匹颇通人性的宝马，行进途中上坡下岭、越沟过坎，当快则快、当慢则慢，走得稳稳当当。本以为一路顺畅无阻，在横渡荆州河道的时候意外发生了。风儿一条腿被水下暗处的石片割伤，殷红的鲜血染红了荆州河水。

柳毅心疼不已，翻身下马。他想找个兽医赶紧把马腿医好。辗转几天，打听到荆楚交界地带有名精通医马之术的老兽医，赶紧前去求助。

老兽医提起马腿看了看说："只是皮外伤，并无大碍，待老夫给马腿敷上创口膏药，歇息十天半个月便可痊愈。"

时间耽搁不起，柳毅只停留了两天就匆匆上路了。

马腿上有伤，柳毅不敢放肆催促。他取出父亲绘制的地图，仔细察看了一番，发现这里正处在山谷之地，前不着村、后不着店、最近的客栈起码还有几十里。天黑之前他没法赶到落脚之地，事已至此，他索性下马步行，只能走到哪就算哪。

天黑得快，一会儿的功夫，层层夜幕笼罩了四周的山野。夜鸟喔喔喔的啼叫声在空谷回荡，柳毅头皮发麻，后背凉风嗖嗖，不由加快了脚步。

这是一条平坦的石板路，快步行走了一程，从前面山凹里飘出微弱的灯光，柳毅一阵欣喜，牵着马朝那个方向走去。

这是一座木质结构房屋，共有三间住房，室内陈设简单，里里外外一尘不染。房东是一对面目慈善的老年夫妻。柳毅连忙给二老施礼，称自己赴京赶考，想在此借住一宿。

老翁眯着眼睛将柳毅浑身上下瞧了个遍，盘问一通之后才点头同意。

柳毅卸下行李，把马拴好。老翁端上饭菜请他便餐，那是一碗黑不溜秋的蔬菜糊糊面。

老翁歉意地说："山里人的日子就是这个样子，公子只能凑合了。"

柳毅早已饥肠辘辘，闻着蔬菜糊糊面飘出的香味直流口水，一顿狼吞虎咽吃个精光。

吃饱喝足了，主人和客人拉起了家常。老翁说他姓李，老家离湘水之滨不算太远。指着身边的老婆婆说:"我这婆娘姓王,山西人氏。那年闹饥荒,她跟村里人一道出远门行乞,几顿没吃上,饿倒在路上。我把她捡了回来,一道搭火过日子。"

老婆婆不说话,温润的目光一刻都没有离开过柳毅。聊了两盅茶的功夫,李老翁接连打了几个哈欠,指着西边屋子道:"柳公子,看来你也累了,歇着去吧。"

像被传染了似的,柳毅一个接着一个打哈欠,起身进了西屋。

不知睡了多长时间,柳毅感到浑身滚烫,张开眼睛的时候,身上裸露的地方长满了水泡,发丝间开始冒烟了。他忽然记起,今天是月半劫难日。白天着急赶路,竟忘了这件天大的事情。

每个月的这天,他体内的龙性异常强烈,尤其半夜时分达到巅峰。如果不能及时控制,体内的孽龙会一飞冲天,到处行凶作恶,直到天明。受到太阳光照射,或者跳入水中,才能把龙性逼回体内。

两腿在慢慢合拢,身上散发出烧焦肉的臭味。这个情势告诉柳毅,一旦两腿合二为一,人体就会变成龙身,孽龙即刻形成了。柳毅大吼一声冲向屋外,夺路狂奔起来。他心里十分清楚,龙性出窍,杀气腾腾,第一个死的就是李老翁夫妇,他的凤儿也在劫难逃。

前面出现一道幽暗的光带,能听到哗哗的水流之声。不用想,那是一片广阔的水域。柳毅纵身一跃跳下去,身上的火焰当即熄灭了。

晨曦初露,小鸟儿轻轻地啼唱,浓郁的花香在四周云绕,柳毅感觉手臂被什么碰了几下,艰难地睁开眼睛,发现自己躺在河岸边,凤儿泪眼汪汪地站在他的跟前。

早晨醒来的时候,凤儿发现主人不见了,嘶鸣几声无人应,它咬断缰绳,嗅着主人身上的气味找了过来。

柳毅身上多处受了伤,头部裂开了口子,鲜血不停地流。凤儿将身子伏下去，柳毅挣扎着爬上马背，风儿快步将主人驼到了李老翁的家门口。

李老翁连忙将柳毅抱回里屋，帮他清洗伤口，敷药熬药，经过十多天精心治疗，伤势大体痊愈，风儿的腿伤也让李老翁治好了。

时间紧迫，柳毅不顾李老翁再三挽留，风急火急往京城赶路，还是晚到了。

柳毅痛哭了一场，眼下已没有别的办法，只得打道回府。行进到半路上，记起救命恩人李老翁，决定前去拜访。在山里转悠了老半天，那座木屋印迹无踪，大河怎么都找不着。

功名路上充满了艰辛，柳毅想起这段神奇的经历，常常唏嘘感叹。

08　密旨

　　失眠好像野蛮生长的藤蔓缠绕着玉皇大帝。躺到床上,惟愿舒舒服服进入梦乡,可他始终没法睡踏实。

　　失眠的毛病自从小毅子下凡后落下的。小伙子到了凡间,他的心被悬挂着似的放不下来了。这小子没有辜负他的期望,不伤一兵一卒就拯救了忠臣柳湘桓,并化为其子,延续柳家的香火。如果照这样的态势发展,小毅子日后必定能成气候。但是,他仍心存顾虑,说到底,对柳毅还是不大放心。

　　小伙子并非肉体凡胎,他体内孽龙的恶性还不能完全受控,处于正邪相搏的临界点。倘若疏于管教,任其邪性膨胀,难保会成为一条荼毒生灵的恶龙。如是这样的话就有违初衷,好心办了坏事。柳毅是可造之材,这点毫无疑问。既然如此就应裁去冗枝,直其主干,令其长成参天大树。

　　可是,这件事由谁来办更合适呢?

　　玉皇大帝稍作思忖就想到了太白金星。

　　吃过午饭不久,太白金星接到玉皇大帝传召,手执净白拂尘,来到了太微玉清宫。

　　宫里十分清静,玉皇大帝和王母娘娘坐在宫殿里,一副悠闲自得的样子。见太白金星正要施礼，玉皇大帝扬扬手说，"白帝子，坐下说话就是。"

太白金星谢过玉帝和娘娘，选择宫殿下方的座位，坐上去。

玉皇大帝问了天庭的一些琐碎事情，便把话题转入正题。

"柳毅即刻启程，再次赴京赶考，请问白帝子长老，这件事你是怎么看的？"

太白金星没想到玉皇大帝会问他这个问题，呵呵笑了两声，不慌不忙地说："功名利禄往往成为事业发展的动力，在下期待柳毅金榜题名，报效国家，造福黎民百姓。"

玉皇大帝闻言，立刻落下脸。他显然不满意太白金星讲的这些大道理。

"就事论事吧，这个时候，柳毅再度报考功名，利弊得失到底如何？"

太白金星一时没明白玉皇大帝的真实想法，搔搔脑袋说："但凡九窍之体，均能修炼成器。柳毅乃天地共同孕育而成，且在人体坐胎修炼了十二个多月，体内人性蓬勃。微臣以为，他若能中榜，理应是件好事。"

玉皇大帝的脸色更加凝重了。

"白帝子长老，东海龙王将小毅子托付于你，身为义父，你是有责任的。古人言，子不教，父之过、教不严，师之惰。"

太白金星一惊，明白玉皇大帝这话是什么意思，陪着笑脸回话道，"这些微臣都知道。"

玉皇大帝瞥了太白金星一眼，冷言道："你还记得柳毅火烧任府那件事吗？那是几十条人命呐！"

"此案轰动朝野和天庭，微臣记得清清楚楚，看似小毅子为情动了杀机，归根到底，他属于惩恶扬善。"

"人命关天，按当朝刑律就是死罪！"

玉皇大帝满脸怒气，太白金星吓得不轻。

王母娘娘早就沉不住气了，不待玉皇大帝把话说完就抢了过去："照玉帝的意思，任由任霸王为非作歹，鱼肉乡里才没有错？"

这话呛得玉皇大帝半天没有吭声。

"玉帝历来倡导公平正义、弘扬善德、除恶务尽，按您的说法，小毅子应算大功一件！"

玉皇大帝脸色涨得通红，向王母娘娘扫去一眼，闷声道："杀了人还想邀功，哪来的道理？"

"死的是作恶多端的任霸王和他的打手们，他们身上都负有命案血债，按律当收监问斩。巴陵郡守碍于任府在京城有靠山，放任自由，任其长期逍遥法外。若不是小毅子果断出手，不知道还有多少无辜百姓死于非命！"

王母娘娘一通狂轰滥炸，玉皇大帝赶紧闭上了嘴巴。

玉皇大帝畏惧王母娘娘，在天庭早就不是什么秘密。小毅子犯错挨罚，这件事两人意见分歧很大，一度闹得不可开交。老太太一气之下离开了太微玉清宫，回到昆仑山，不再过问天上的事情。

王母娘娘对火龙毅的溺爱，慢慢变成了负资产。火龙毅得势之后忘乎所以，在他心里只有玉皇大帝和王母娘娘，其他众多上仙，全然没放在眼里，犯糊涂的时候，竟在背后嘀咕干爹太白金星的是是非非，当面流露过轻薄之意。

不但如此，他胆大包天干出了一桩惊天动地的大事，气得王母娘娘差点背过气去。

正值仲春季节，鲜花芬芳、小鸟儿鸣唱，偌大的蟠桃园果实累累。火龙毅瞧四下无人，便同弼马温孙悟空溜进园子里，一口气偷吃了三只蟠桃。吃了也就吃了罢，反正迟早都要吃的，哪料这厮将大便敷在桃树

043

枝条上，吹出仙气，变成蟠桃的模样，以图蒙混过关，刚好让王母娘娘吃着了。

好家伙，那个臭味儿搞得王母娘娘的喉咙奇痒无比，几天都吃不下饭。

老太太查明情况，气得屁股冒烟，一伸手，拔掉他爪子上的三片龙鳞，疼得火龙毅在地上打滚，哇哇哇哭着喊着求娘娘饶命。

皮肉之苦惩戒，小毅子老实了一阵子，可他身上顽劣之性很难改变。一日，他陪娘娘外出巡游，路过广寒宫，遇见了美艳绝伦的嫦娥姑娘，他的眼睛一下子就直了。

火龙毅送娘娘回宫歇息后，只身飞奔广寒宫。嫦娥正赤身裸体沐浴，他哧溜一声扎进浴池，惊得嫦娥夺路而逃，哭着喊着向玉帝告状，口口声声称她遭到了火龙毅欺负。

玉帝大怒，责令太白金星将小毅子关进水牢惩戒，让他跟那些泥鳅、王八、鳝鱼、蚂蟥、毒蛇一块洗澡，看他以后还敢不敢胡来。

太白金星一直想找机会教训这小子。玉皇大帝这个惩罚不痛不痒，不足以触及干儿子的灵魂，便向玉皇大帝谏言，说小子毅之所以如此嚣张，根在心祸，治心当为首要。

玉皇大帝赞同太白金星的说法，下令将火龙毅打入锁心殿，十八根绳索从心脏穿过去，牢牢实实锁住他的魂魄，绞杀他体内的癫狂之性。

小毅子被拘后，太白金星重新给王母娘娘配了坐骑，虽说是千挑万选的精英，没有哪个令老人家满意。没有小毅子的日子王母娘娘吃不香、睡不安，一天都过不下去了，悄悄去锁心殿探监。她人还没有进殿，老远就被看守挡了驾，说这是玉皇大帝的命令。没有他的特别许可，任何人不得见火龙毅。

王母娘娘火冒三丈，不再理会玉皇大帝。

王母娘娘搞冷战，玉皇大帝感觉似乎一下子没了主心骨，那个日子真的不好受。

感谢太白金星从中周旋，冷战的局面不久得到了改变。

但是，对于西海王母娘娘突变的脾气性格，他心里五味杂陈，想不出好办法对付。

这些年，老人家看问题或处理问题容易感情用事，动不动就闹情绪、发脾气，本来再平常不过的事情，只要她搅进来必定变得复杂难整。

不过，就处置火龙毅这件事，王母娘娘还算识大体，她心里有气，甚至情绪很大，公堂之上并未向他发难。单就这点，他从内心感激不尽。

王母娘娘今天这番话却充满了火药味，玉皇大帝立马警觉起来。思忖片刻，淡然笑道："小毅子嫉恶如仇、爱憎分明，我心里还是有数的。火烧任府的事，我们暂且不去追究，今天只谈他赴京赶考的问题。"

王母娘娘对这个没兴趣，起身离座。

王母娘娘走远了，玉皇大帝将太白金星叫到近前，一脸严肃地说："柳毅体内的孽龙恶性绝对不可小视。倘若他考上了功名，担心会妄自尊大、为所欲为，难保不会成为一方祸害！"

原来玉皇大帝是这样想的，太白金星立马紧张起来了，忙问："照您的意思，灭了他，还是……"

玉皇大帝慌忙摇手说，"万万不可，小毅子身上的一根汗毛都不能动的！"

不能杀，也不能让他中榜，这事就难办了。

太白金星擦去额头上的冷汗说："微臣愚钝，还请玉帝明示。"

玉皇大帝压低声音道："当朝取士，考试成绩只是一个方面，还要请著名人士推荐才行。考生纷纷奔走在公卿门下，向他们投献自己的代表作品，这叫投卷。向礼部投卷的叫公卷，向达官贵人投的叫行卷。你可以从这个环节下手。"

　　太白金星领命，向玉皇大帝告辞。走出玉清宫，他的脑子一刻不停地转动。眼下，柳毅成了彻头彻尾的烫手山芋，搁在玉皇大帝与王母娘娘之间，他感到很难拿捏。

　　他对小毅子的喜爱一点都不含糊的，当初给玉帝出主意，施以酷刑，那也是真心爱护义子之举，所谓"玉不琢不成器"。玉皇大帝明白他的心意，只是把处罚当手段，关键时刻，命毅下凡拯救忠臣。救人就能救己，此乃一举两得的高招。

　　小毅子奔赴凡间后，他分出半个身子尾随着，暗中加以保护。三年前（天上三个时辰），柳毅远赴京城赶考，他掐指一算，得知这小子一点都不老道，缺乏风险意识，傻乎乎的上了路。山高岭峻，财狼虎豹时常在夜间出没，夜晚单独行走，危险很大。他便化妆成山野李姓老翁，在深山老林候着柳毅，巧妙地化解了当日的危机。

　　令他欣慰的是，柳毅体内人性盎然，奋力搏击孽龙恶性，关键节点上，做出宁为玉碎，不为瓦全的选择。

　　那天，他摘下左眼，化成一汪水，让柳毅迅速找到了抑制龙性、实现自救的办法。

　　这家伙实在顽皮，上岸的时候，用力踩了一脚，疼得他冒金星。至今，他左眼下方还有一道疤痕。

09　向娘娘问计

　　太白金星退出玉清宫，转身回头望了一眼，玉清宫巍峨雄壮，高耸入云。一阵冷风吹来，扑打着殿门外的树木，发出呜呜的啸叫声。他忽然感到有些不安。玉皇大帝布下这个局，就像巨大的陷阱，前进不得，后退无路，跳下去会深不见底。

　　玉皇大帝背着王母娘娘给他颁布密旨，按理说，没有任何问题，事实上王母娘娘那边不好交代。可以断定，玉皇大帝阻止柳毅中榜，王母娘娘并不知情。换句话说，玉皇大帝没同老婆通过气。如果是这样的话，麻烦就大了。

　　王母娘娘向来专挑软柿子捏，没准一股脑儿把这笔账算到他的头上。王母娘娘什么个性，太白金星知根知底，就是借一百个胆子给他都不敢惹。王母娘娘是个难关，怎么都绕不开。弄不好自己就会跌落陷阱之中，摔得粉身碎骨。太白金星仔细想了想，脚下生风直奔瑶池而去。

　　王母娘娘老远就看见太白金星过来了，盯他几眼冷声道，"你来了，坐吧。"

　　太白金惶恐不安地坐下，喉咙咕噜几声，却没有说话。

　　王母娘娘皱起眉头，语气生硬道，"白帝子风风火火赶过来，为何一言不发？"

太白金星腰身弯了一下，朝站立一旁的侍女们瞅了几眼，尴尬地笑笑。

王母娘娘扬扬手，侍女们悉数退了出去。

宽敞的宫殿剩下太白金星和王母娘娘两个人，他便将玉帝的那些想法和盘托了出来。

王母娘娘一听，眉头皱成了山包。

"闹了半天，老家伙还想使诈，不行，我要见他，看他究竟想把小毅子怎么样！"

太白金星慌了："娘娘息怒，容我禀报完毕，您再做定论。"

王母娘娘本已起身，太白金星如此一说，很不情愿地坐了回去。

"刚开始，我和您想的一样，不理解玉帝所作所为。后来明白过来了，玉帝这是深谋远虑，用心良苦。"

"你俩一个红脸、一个白脸、一唱一和，就想糊弄我这个老太婆！"

哐当一声，王母娘娘将手里的茶杯摔在地上。

"毅儿到底有多大的错？不就看了回那个嫦娥洗澡吗，犯得着接二连三使出重拳，欲置于死地？什么良苦用心，我看他是处心积虑，赶尽杀绝！"

本想息事宁人，没料到王母娘娘的火气如此之大，太白金星慌忙作揖，拍着胸脯说："微臣愿拿项上人头担保，玉帝绝无恶意！"

太白金星言辞恳切地解释了一番，王母娘娘强压肚里的火气，长长嘘口气道："你们想怎么干我懒得管，但有一条底线，谁都不能触碰。"

王母娘娘眼泪婆娑说，"这些年，毅儿过得多不容易，吃了那么多苦头，我心里正疼着呢！"

"娘娘您请放心，在下就是肝脑涂地，也要保小毅子平平安安。只要时间成熟了，助他仕途畅达，前程一片光明！"

王母娘娘从怀里摸出一枚闪闪发光的玉石递给了太白金星。

"这块玉石属于奇珍异宝，在天界、地界、冥界独一无二。这是当年东王公送我的定情之物。既是三界通行证，也是降妖伏魔的利器，你要好生保管，必要的时候交给毅儿，这个宝贝可助他一臂之力！"

太白金星跪道："白帝子遵命！"

王母娘娘朝里屋走去，抬起手，搭在侍女胳膊上，打了几个哈欠。"白帝子，我累了，歇息去了。"

太白金星躬身送走王母娘娘，手中拂尘轻轻摆动，一朵祥云飞过来，他纵身一跃而上，朝湘水之滨疾驰而去。

010　父子对决

柳湘桓越来越看不懂儿子了。

每个月十五这天夜里,柳毅总要消失几个时辰,不知他去了哪儿,干了什么事情。回来的时候精神萎靡,像大病了一场。

柳湘桓大为不解,问儿子这是怎么了。

柳毅只打哈欠不说话,问多了就甩脸,甚至恶语相向,父子两人搞得剑拔弩张。

柳毅的生活习惯变得异乎寻常,想吃就吃,不管是冷是热,抓着能吃的东西就往嘴里塞。若说不吃了,哪怕香喷喷的饭菜端进书房,他连眼皮都不抬一下。至于睡觉,那就更随性了。大白天鼾声如雷,推都推不醒。等到了晚上,夜游神一般晃进晃出,三更半夜都不上床。儿子白天黑夜的概念已无分别,干什么都不照规矩来,想问题往往跟常人反着来。

怎么养了这么个东西呀?傻不愣登、神经兮兮,就像豆腐掉进灰堆里,吹不得,打不得。

柳湘桓憋了一肚子怨气,早知今日,何必当初。玉娘怀胎十二个多月,累得连命都快搭上了,要知道怀的是这样的家伙,还不如不生了他。人人都说儿女是父母的骄傲,父母的快乐和幸福来自儿女,柳湘桓一丁点儿都没有觉得。他这个儿子，就像前世的冤孽，专门讨债来的。

儿子另类乖张，柳湘桓气晕了就猛抽自己的耳光，发誓不再管这个忤逆之子，让他自生自灭。冷静下来之后觉得不能这样下去，得找儿子好好沟通交流。儿子虽然混，多少还是懂些道理，只要好言好语慢慢跟他说，终归有一天会领悟的。

等了几个时辰，屋外传来熟悉的脚步声。柳毅踩着一路月光，摇摇晃晃往家里走。

柳湘桓一阵心酸，迎上前扶住了儿子。

"你娘将饭菜扣在锅里，还热着呢，吃点吧。"

柳毅推开父亲，走向自己的卧房，蒙头就睡。父子俩一个躺、一个站，无声无息地僵持着。过了一阵，柳湘桓声音柔和地说，"毅儿，我们聊聊？"

柳毅没有吭气。

"你不能老是这个样子。心里有什么不痛快跟爹说嘛，说出来就舒服了。"

柳毅将身子侧向里面，不想听父亲啰嗦。

"聋了？还是哑巴了？我问你话呢！"

柳毅好像睡着了，任凭父亲吼叫，就是不理不睬。

柳湘桓猛地揭开柳毅的被子，厉声道："《四书》《五经》让你白念了，连最基本的孝道都不懂，还想考取功名，我看你就是扶不上墙的稀泥巴！"

柳毅腾的一下爬起来，血红的眼睛盯住了父亲。

"谁是稀泥巴？谁扶不上墙？"

柳毅脸色黑沉，泪水在眼眶里打转，好像受了天大的委屈。

柳湘桓惊愕不已，儿子快十八了，从来没见过发这么大的火，他的性子一下子软了下来。

"我们不赌气好不好？你有什么想法，或者对爹爹有什么意见，平心静气地说出来。如果你说得对，爹爹就听你的。"

气氛稍微有些缓和，柳毅仍没打算理睬父亲。

柳湘桓静心想了想，儿子怨气如此之大，难道还在纠结那天打他的那一巴掌？

如果是这件事，还真怪不得他动怒了。儿子莫名其妙悔婚，伤了那么多人，他发脾气是理所当然的事情。他气得直跺脚，瞪着眼睛对着柳毅吼，声称没有这个儿子，老柳家丢不起人。

儿子根本不认错，不知从哪儿弄来一块石板立在静儿的坟头，刻上"爱妻静儿之墓，夫柳毅敬立"的字样。

柳湘桓气得两眼发黑，扬起巴掌，朝儿子扇了过去。

玉娘吓坏了，慌忙拿手挡，咔嚓，她的手臂被打折了。

柳湘桓又急又气，病倒在床上，撑着病歪歪的身子，嚷着要将这个不孝之子赶出家门。

柳毅抬腿就走。玉娘吓懵了，哭着喊着拖住儿子，死活不让他走，最后，跪在儿子跟前苦苦相求。

人是留住了，父子俩却形同陌路，见面再无二话。

柳毅同父亲的矛盾，悔婚只是表面现象。在他看来，自己同父亲完全是两个不同世界的人。父亲生性软弱，不折不扣的软骨头。任霸王无事生非、设下陷阱，几次欺负到他们家，企图霸占他家的几亩良田。父亲忍气吞声，任其胡作非为。一家人搬进芦苇荡，住着阴暗潮湿的草庐房。

曾经的朝廷命官，面对强权变得如此窝囊颓废。父亲的尊严，一下子从屋顶跌落到了地板上。他心目中的父亲，就是扶不起的阿斗。

柳毅从心底瞧不起父亲。为了保护家人，勤学苦练，把火龙拳练到了出神入化。他发现自己身上拥有一种功能，每个月十五这天体内龙性勃发，上天入地下湖无所不能。原本的苦难，只要用心驾驭，会产生能量逆转，化害为利。任霸王劫持静儿，他当时就准备出手，鱼叉都操到手上了，如果不是父亲抱住不松手，他肯定冲进了任府。

那个时候，干爹太白金星用腹语给他传话，警告他绝对不可轻举妄动。否则，不但杀不了任霸王，玉皇大帝还会派遣天兵天将收了他。

干爹的话他记住了。

这天适逢十五月圆之夜，他静卧于床，将体内龙性同天上的九昧红云相融一体，化为一场烈火，将任府烧得瓦砾不留，替静儿报了血海深仇。

父亲的懦弱无能暂且不说，有件事令他相当难受。父亲一直阻止他报考功名，并拿受到狄仁杰一案牵连，脑袋险些搬家的往事为例，频频给他亮出红灯。

眼下宦官把持朝政、皇帝昏庸、贪官污吏横行、民不聊生、老百姓盼好官，盼清官。道不同不相为谋，柳毅跟父亲已经无话可说，悄悄来到静儿的坟前，发下毒誓，决意再奔长安，摘取金榜。

"毅儿，爹爹也想通了，你想考取功名，我不拦你，不过，你要记住，爹爹说什么、做什么，永远都是为你好！"

柳湘桓说完，掩面而去。

看着父亲瘦削单薄的背影，柳毅心里泛起一阵苦涩。

011　奔赴京城

"十年寒窗无人问，一举成名天下知"。一旦金榜题名，就会加官进爵，人的命运彻底改变。

科举作为当朝选拔人才，引领学子步入仕途的考试制度，文科类别，最为关键的是在于文章这个环节。一篇惊世之作，必定冲出重围，博得皇上赏识。考生们像押宝一样，押在著书立说这个关口。柳毅博览群书，文思敏捷，笔下行云流水，在湘水之滨一带，享有笔刀的美誉。柳毅心里清楚，脂粉媚俗之作定难取胜，只有新颖别致，笔落惊风尘的篇章方能博人眼球。他大胆切入时政，剖析弊端，写就万言书《敌政策》，以汉高祖休养生息，唐高宗贞观之治为据，倡导任人为贤，减轻徭赋，厉行节约，完善科举制度等治国理政之策，文字隽永流畅，论述纵横捭阖，主考官拍案叫绝。

州县考试成功只算迈出第一步，春闱殿试至关重要。考试院规定，春闱设立会考和投卷两个环节。考生须参加统一考试，还要向上投递文章，官方称投卷。

投卷门道多，学问大，投谁不投谁，什么时点投，结果大相径庭。往往一念之差，考生的前途和命运迥然不同。柳毅曾想直接投给朝廷三品以上高官，细细琢磨之后感觉不妥。京城衙门那么大，三品、二品之类的官员就像洞庭湖里的鱼虾，一网下去数都数不过来。假如投书到这等层次的人门下，在高官如林的京师，几乎没有胜算，他一番寒窗苦读，必将化为乌有。

要么就放大招吧，一招通天，直接投卷到当朝天子。只要博得圣上欢心，就不怕不会成功。然而，给圣上投卷，属于真正意义的一锤子买卖。皇帝认可了，必定一飞冲天。假如他老人家那儿过不了，这辈子再想咸鱼翻身，比登天都难。

富贵险中求，舍不得孩子套不出狼，只要文章逆天的好，还怕搞不定当今的天之骄子？

柳毅主意已定，绞尽脑汁寻找切入角度，一番斟酌之后，选择当今最热门、最棘手的人才问题下笔，拟题为《敌贤策》。

当今社会，人才问题积弊严重。朝廷重臣，明修栈道，暗度陈仓，大肆培育党羽。一些三教九流，江湖异士被高官纳入门下，以食客身份出入京城。这些势力日益扩张，从京都长安延伸到地方，朋党相争相挟，彼此制衡，朝廷的决策很难执行到位。人才之争，成了权力与利益之争，危害之大，某种程度已经威胁到江山社稷的安危。

命题针砭流弊积习，切中要害，写完后柳毅反复看了几遍。

可是，这些文字颇具杀伤力，谁敢传到皇上手中？

要么换一种写法吧。采取隐喻，暗示，迂回的方式，间接批判时弊，让读者自己去领悟？

这样写的优势是隐匿了不少锋芒，风险固然要小许多。可这不是他的本性。他曾经郑重其事跟静儿说过，这辈子要么默默无闻，要么一鸣惊人。他不想成为人云亦云的庸俗之徒，得尊重内心，不忘初心，轰轰烈烈干出模样儿来。

冥思苦想了一段时间，认为如此锋芒毕露的文章，最好直接投给当朝宰相。

当朝宰相乃为一代名相，秉公守则，刚正不阿，父亲常在他跟前如此评价。柳毅经过冷静思考后，对投卷文书进行了全面修改，借以婿代子，沦丧家全为喻，批判宦官把持朝政，颠覆政体的危害，提出革弊之首当属废除宦官专权，重建皇帝权威，力除朋党之争。

柳湘桓悄悄看过儿子的书卷，吓得两条腿发软。老天爷，这小子不是把自己往死里整吗？天朝那是什么地方？暗流涌动，波诡云谲，稍有不慎就会死无葬身之地。他想劝儿子改弦易辙，用语舒缓一些，或者隐晦一些，把锋芒隐匿起来。儿子的脾气秉性他十分清楚，属于撞倒南墙都不会回头的那种。这个时候，他就是浑身长出嘴巴，儿子也不会听。他能做的就是在心里默默祈祷，但愿皇恩浩荡，看在柳毅赤胆忠心的份上不予问罪。

启程的日子马上就要到了，柳毅变得跟往日不大一样，晚饭后破天荒挨着爹娘坐下来，好像有好多话要说。一家人安静地坐在火塘边，彼此对望几眼，却是无言。炉膛里的水壶早已烧开了，噗噗噗地喷出热气，昏黄的灯光在狭小的房间摇曳。柳毅怔怔地看着爹娘，忽然感觉二老苍老憔悴了许多，褐色的脸上，布满了皱纹。

爹娘眼圈泛红，眼里闪着泪光，柳毅不忍心看下去，站起身一嗒一嗒地走进自己的卧房。

被子是新洗的，散发着太阳暴晒过的特殊香味。爹爹和娘亲在隔壁睡房说话，声音不大，却像吵架，隐约听到母亲的抽泣声。

儿行千里母担忧。他每次出远门，娘总是一把眼泪、一把鼻涕，弄得他走也不是、留也不行，心里怪怪的不是滋味。

每到他离家的时候，父亲的脸色总是阴沉沉的，言语少得可怜，似乎不愿多说一句话，只要娘啰嗦几句，他就发火，吼得娘泪如雨下。

这是爹和娘特有的交流方式，他们不会真吵，无非打打嘴巴仗，发泄心里的不愉快。

爹爹叫归叫、喊归喊，终归在娘这儿是要放让的。这就是恩爱夫妻之间独有的默契。

柳毅想尽快睡觉，明天得早起赶路，却无半点睡意，躺在床上翻来覆去折腾了半天，脑子陀螺般转个不停，干脆下床到屋外走走。

湖区的夜晚空旷幽深，辽阔浩渺的夜空繁星点点，柳毅一抬眼就看见了那颗明亮的星星。

这颗星星他默默守候了许多年。从懂事那天开始，只要是晴朗的夜晚，他一直盯着，盯得眼皮打架了还想看。

星星散发出粉红色的亮光，桃花一样耀眼。他不知道它叫什么名字，缠住爹娘问，始终问不出答案。

柳毅脑袋想了许久，取名为桃花星。那年，他不到十岁。

眼睛看花了，脖子酸胀发硬，柳毅将目光从远方收回来。看见门前那几株桃树。每年春上，鲜艳的桃花开得热热闹闹，景色十分迷人。这个时候，柳毅诗兴大发，写下不少桃花的文章，父亲看过之后面露喜色，连连称赞。

桃树旁边有个影子一摇一晃地摆动，那是他的风儿。

柳毅快步走过去，风儿听到熟悉的脚步声，扬起了脑袋。他抓住缰绳，张开指头，顺着风儿的脊背朝四周梳理过去。

风儿很中意主人帮它梳理身子，只需三两下，血管舒张、皮肤松弛，鬃毛变得光滑柔顺。

柳毅没把风儿当牲口，而把它当作自己的兄弟，让它由着性子来。有时候它的腿脚不大灵便，走路显得吃力，他就立马能感觉到，从马背上溜下来徒步而行。风儿来到柳家有几个年头了，主人从来没有向它使过鞭子。

"风儿，此去几千里路，又要劳顿你了！"

风儿将头摆摆，呼出了一口气。这个意思告诉柳毅：放心好了，风儿包你一路平安！

柳毅眼里一阵湿热，身子靠住这匹相依为命的宝马。

片刻，他往马背上抹了一把："我睡去了，你也歇息吧。"

柳毅回到床上，仍旧没有睡意，父母那边传来节奏分明的呼噜声。

"毅儿，你慢点儿，前头有条水沟，还有块大石头……"

这是娘的声音。

娘说梦话了？

翻过身去，睡意渐渐浓了，眼前有个人影在晃动：粉面桃花红，青丝垂腰际，玉齿轻启露笑靥，飘渺琴声天际来。

"静儿！"

柳毅猛地坐了起来，四周一片漆黑，什么都看不清楚，他沮丧地躺了回去。

"毅儿，你醒醒，起床吃饭了！"

柳毅睁开眼睛的时候，发现父亲站在他的床头前。

原来自己做梦了。天色已经大亮，这一梦，就睡过了头。

早饭的时候大家说说笑笑，吃得很轻松，玉娘按照北方出门饺子归家面的习俗，特地给儿子做了一大碗饺子。味道可口，柳毅吃得接连打出几个饱嗝。

柳湘桓牵马过来，提起马腿瞧瞧马掌，将马鞍勒紧，绑好行李后将柳毅扶上马背，反复叮嘱他路上一定多加小心。

玉娘眼含热泪走到马前，握住柳毅手说："毅儿，到了外头，脾气得收敛些。俗话说，在家百日好，出门一时难。京城那边，人生地不熟，千万别惹出什么是非来！"

柳毅点头说，"娘，知道了，您放心吧！"

柳湘桓强拉住玉娘，往马屁股上拍了一巴掌："走吧！"

柳毅摆摆缰绳，风儿嘚嘚嘚而去。走了一程回头看，发现爹和娘还站在湖边那棵老柳树下。

风儿腿脚劲道十足，当天就跑了二、三百里路，天黑前顺利投宿到一家名号叫福满楼的客栈。

店主是位银发白髯，脸色红润的长者，说话慢条斯理，声音特别有磁性。见柳毅牵马过来，二话没说，将他引到二楼一间上房安顿下来。

店里小二大概十三、四岁的样子，眼珠滴溜溜地转，一眼就知道机智灵活。

柳毅将风儿交给他叮嘱说："我这马不能拴在外头，要进马棚的，最好安排单间，马料喂豆子或者玉米。"

店小二看看眼前斯文的公子，笑道："您待马不薄呀，就像待自家的兄弟。"

柳毅拍拍马背，将马交给小二："它叫风儿，我兄弟。"

店小二乐了，嬉笑道："这位客官好有意思，怎么跟牲口称兄道弟来着？"

他见柳毅一副认真的模样，不敢怠慢，将风儿牵进一间整洁干净的马棚，上了店里的精饲料。

吃罢晚饭，柳毅从包袱里面取出《论语》，窝在被子里阅读。一刻的功夫眼皮直打架，呼呼呼睡了过去。这一夜睡得很香，次日太阳照进房间的时候才醒过来。

他三下五除二吃完早饭，背上包袱准备启程，刚走到楼梯口，被店主拦住了。

店主手里拎着一个深蓝色包袱，看样子挺沉的。

老人家面容亲切地说："柳公子，这里面有些吃的，还有些碎银两。此去京城路途遥远，这些东西，你路上应该用得着。"

店主免了食宿费用，已经让柳毅过意不去了，还要送他钱物，万万使不得，他赶紧往回推。

"这年月兵荒马乱，做生意挺不容易，晚辈不敢再让您破费了。"

"公子昨天来的时候，老夫就看出来了，你是去京城奔前程的。老朽别的帮不上，尽些微薄之力还是可以的。拿着吧，权当助学，还望公子别嫌弃。"

柳毅推脱不了，只得叩谢。这一路顺风顺水，两个月不到，抵达京城长安。

如果按时令推算，这个时候江南已是春光烂漫，鲜花绽放的季节，京城却是一片隆冬景象。寒风凛冽，雪花漫天飞舞，目之所极，皑皑白雪。

地面结了厚厚的冰层，滑滑溜溜放着寒光，行走在上面，稍有不慎就会摔得四仰八叉。前面摔了几个人，躺在地上哎哟哎哟地呻吟。

柳毅牵着风儿，小心翼翼行走。

京城同三年前的气氛很不一样。街道冷冷清清、店铺生意清淡、路人行色匆匆，低头不语，时不时见着一群身著玄衣，头扎方巾的士兵当街穿过，行人们慌忙避让。

柳毅清楚，如此装扮的是什么人，父亲曾经提到过，他们是羽林卫——皇宫禁卫军。

羽林卫脸色凝重，吆三喝四地仔细盘查往来行人，见着形迹可疑的不由分说抓起来，押上囚车带走。

难道京城发生什么大事了？

柳毅不由加快步子,朝静水山庄方向走去。

静水山庄地处长安城西北角,是京城里规模和名气都不小的私家庄园。从外地来的人,喜欢到这个地方投宿。

这里三面环山,一条大河绕庄而过。河床落差不小,水流湍急,哗哗的水流声传出很远。

所谓静水,顾名思义,静谧无声之水,这儿倒是闹腾喧哗,名号同实情刚好相反,初来乍到的人都不理解为何会是这个样子。

店家取这个名儿是有一番寓意的。京城之地,熙熙攘攘,喧嚣尘上,安静成了难得的资源。静水之意,就为闹中取静。

庄主已经年过五旬,身着长棉袍,头戴一顶貂绒帽子。一张国字大脸、眉毛浓黑,说话声音洪亮,一看就是个爽快的人。

父亲说过,庄主姓孔,他们两个颇有些交情。孔庄主曾在礼部任过职,官从六品,遭人诬告被捕入狱。柳湘桓奉命负责复查此案,调来案卷仔细审核,发现了不少疑点。怀疑此案有严刑逼供之嫌,便重新调查取证,替他洗涮了冤屈。

孔庄主出狱后心灰意冷、无意官场,想做些买卖,手头却没什么银两。柳湘桓想帮帮这个老实人,同玉娘商量后将夫人娘家陪嫁过来的几件金银首饰拿出来交给孔庄主盘成现金。孔庄主感恩万分,表示日后一定加倍奉还。

他在京城开了间小客栈,生意不错,多年经营下来,规模不断扩大,成了名号响亮的"静水山庄"。

恩公的儿子远道而来,孔庄主喜出望外,待以贵宾之礼。安排上房,命人替柳公子烧汤沐浴,以解旅途疲乏。

晚餐相当丰盛,满桌子山珍野味和陕西地方特色,孔庄主从地窖取出珍藏了二十多年的酒,他要同柳公子一醉方休。

柳毅酒量不大，几杯下去就头晕脑胀，醉眼朦胧。孔庄主兴致颇高，一杯接一杯，喝得磕巴了还不罢休。

孔庄主告诉柳毅，传说北方外族派暗探潜入了京城，皇帝特别紧张，命羽林禁军日夜巡查捉拿探子。

难怪羽林军那副草木皆兵的样子。柳毅若有所思地点头。

孔庄主为人圆融周全，做生意很有一套，同宫里往来密切。他深谙道上的规则，这年头做生意，若没有官府之人当靠山，那就是难上加难。只要达官贵人往他的店里一坐，那些地痞流氓，小官小吏就不敢来找麻烦了。

同宫里的要员往来多了，发财的门道就宽了许多，像宫里的采购，孔庄主拿下不少份额，那钱像山庄前头的河水，哗哗哗地流进他的腰包。

孔庄主这人不贪，但凡帮过忙的、出过力、跑过路的、人人都有份。如此一来，静水山庄便成了秘而不宣的第二个内宫。

孔庄主在京城官府安插耳目，一旦宫里风吹草动，他都能提前知晓。

柳毅对这些没兴趣，只是关心考务方面的事情，将红扑扑的脸凑近孔庄主说，"晚辈想向您请教一件事。"

庄主拍拍柳毅肩膀，爽爽朗朗说，"咱爷儿俩谁跟谁，见外了是吧？什么请教不请教的，有话你就直说吧。"

柳毅不再拐弯抹角，直奔主题说："晚辈想打听当朝宰相的近况。"

庄主闻言，语调低沉说："好人哪，可是，这个世道好人就不平安！"

柳毅不明白此话的意思，疑惑地看着孔庄主的眼睛。

庄主告诉他，当今宰相颇有思想和作为，提出整治朝纲、主张省刑罚、薄赋税、扶持农桑、选贤择能、提拔德才兼备之士担任地方官吏。

柳毅插话说："这个，晚辈略有耳闻"。

"刚开始，宰相的主张得到了皇帝首肯。可触及了诸多大臣和王公贵族的利益。群臣不满，联名向皇上施压，要求罢黜宰相。皇帝被谗言所惑，迫于方方面面压力，将宰相革了职，贬为地方官。"

庄主不无惋惜说："自此，国将无良相矣！"

如同一瓢凉水从头浇到脚跟，柳毅浑身几乎凉透了，急切地问道："这是什么时候发生的事情？"

"就在上个月，春节过后没有几天。"

庄主沉着脸叮嘱柳毅："世侄，老夫今日所言，绝对不能张扬出去。千牛卫的耳目无处不在，如果让他们抓住了把柄，麻烦就大了，弄不好会脑袋搬家。"

柳毅嘴里应承，心里却想，如今这个世道，都乱成什么样子了。

孔庄主清楚，柳毅千里迢迢赴京赶考，须得闯过投卷这道关卡，沉思半晌关切地问道："参加春闱，投卷可谓重中之重，不知道你准备走哪条道？"

柳毅原本打算投到宰相门下的，宰相遭贬降职，是死是活都说不准，走这条路肯定走不通了。看来只能向礼部投公卷。礼部那个地方，他谁都不认识，茫然地看着孔庄主。

孔庄主大抵明白怎么回事了，安慰道："世侄，这件事你不必太过着急，容我来想想办法。"

柳毅握住孔庄主的手，激动地说："侄儿这就拜托世伯了。"

次日，孔庄主放下手头上的事情，直接去了宫里。他有个远房表弟在吏部尚书跟前听差，同吏部尚书关系密切。表兄说明来意后，表弟当即表态，有卷就直接投过来，他负责传递。

柳暗花明，柳毅信心大增，听从庄主的建议，将书卷进行修改完善，删除那些尖锐的辞藻，以起兴的手法，旁征博引，借古喻今。定稿后，庄主备了两份礼物，一份送给表弟，还有一份价值不菲，当作吏部尚书阅卷酬劳。

吏部尚书看过柳毅的《敌贤篇》惊叹不已，称赞柳毅才华横溢，定当向皇上举荐。

离殿试还有些时日，孔庄主叮嘱柳毅，利用这段宝贵时间抓紧备考。

柳毅连忙表示，谨遵世伯教导。

012　秘密跟踪

柳毅的安危，自始至终牵动着王母娘娘的心，太白金星心知肚明，自然不敢懈怠。他隐身跟在柳毅的身边，一路上保驾护航。可是，柳毅粗心的毛病还没有完全改掉，出门第一站就出了差错。

那日，柳毅扬鞭策马快速而行，进入了湘水和荆州交界处的平原地带。多年瘟疫横行，疫情随水传播，荆州平原一带十室九空，原先的店铺关张歇业了，成为杂草丛生的荒芜之地。

太阳已经下山，天色慢慢暗下来，层层雾霭幽灵般飘来荡去，不远处传出狼嚎之声。这个时候，如果不给柳毅弄个栖身之所，危险将至。太白金星按下云头，见四周都是凹凸不平的草地，枯黄的杂草在风中摇摆。他挥动拂尘往空中画了一个圆圈，方圆数十里现出一片村落。随即拔了一根胡须，吹出仙气，眼前立起了一栋两层楼的客栈，门上的牌匾上书"福满楼"。

太白金星巡视一番，看不出什么破绽。拍了怕手掌，身子晃晃，把自己变成脸色红润、皓发白眉的店主，净白拂尘化着机智灵活的店小二。

这儿就是福满楼当年的旧址。水患和瘟疫一度肆虐，村落萧条、店铺倒闭，福满楼同样难逃厄运。太白金星按照三年前的模样和规模重立此楼。楼房周围有树木、田畴、池塘。

老远见到柳毅牵马过来投宿，店主笑脸相迎，安排二楼上好房间歇息。平原地带，夜间常有土匪和野兽出没，太白金星将柳毅安置到楼上。

柳毅安然入睡了，太白金星吹出一股仙气，在福满楼四周钉上密密麻麻的神仙桩，恶人和野兽根本没法靠近。

柳毅的房间传出均匀的鼻息，看样子睡得挺香。太白金星开始忙碌起来，他当空打出响指，几个小仙扛来面粉，和面、发面、烧火，太白金星亲自动手，做出一摞香气扑鼻的煎饼。

次日早餐过后，太白金星将收拾停当的包袱拎在手上，在楼梯口拦住了柳毅，假借助学之名，将盘缠送给了他。

柳毅平平安安进入静水山庄，太白金星这才把心放下来，伏在窗外偷听他同庄主谈话，探听到他们投卷吏部尚书的路数。孔庄主的表弟将书卷呈给吏部尚书的时候，太白金星隐身贴近，将柳毅的《敌贤策》看得明明白白。正如吏部尚书所言，锦绣华章，文采飞扬，他心里喟叹不止：如此优秀的作品，就将毁在自己手，实在可惜了！

吏部尚书非常慎重，将《敌贤策》装入了一个金色的匣子中，亲自上锁，交由书童放置书柜，嘱咐务必好生看管，确保万无一失。

013　江南一枝花

离开考的日子没有几天了，柳毅夜以继日，争分夺秒温习功课。孔庄主心疼他，照这样下去，担心会把这孩子的身子骨累垮，劝他到城里转转。

柳毅觉得庄主的话有道理，吃过晚饭，在庄主的大徒弟陪伴下一同去夜市逛逛。

夜晚的长安城昏暗冷落，街边的酒肆早就关门，倒是有几家当铺还开着，零零落落见着几个人进进出出。

大徒弟告诉柳毅，到这儿典当的大多属于绝当，出当者拿出祖传宝贝或值钱的物件，换些吃的东西。

这话仿佛针扎一般，柳毅的胸口隐隐生疼。从江南向北一路走过来，所到之处，乞讨的人成群结队。只要能吃的东西，不管生的还是熟的，乞丐们见了就哄抢，急眼了就干仗，常见人打得头破血流，哭爹叫娘。

两人在黑暗中走了一程，转过几道小街，发现前面不远的地方流光溢彩，热闹非凡。

大徒弟前一刻情绪还挺低落的，罗里吧嗦埋怨黑灯瞎火，这会儿跟打了鸡血似的来了精神，拉着柳毅说："柳公子，那儿是怡红院，京城最大的青楼。漂亮姑娘一波接一波，大都从江南那边过来的，水灵灵的模样儿,迷死人了!"

大徒弟脚步明显加快,一副急不可耐的样子。

柳毅小跑几步追上他,不解地问:"江南离这里几千里路,那些青春貌美的姑娘怎么会来到这里的?"

"这个我就不大清楚了。听住店的客人说过,那些沦落到烟花柳巷的女子,大多为生活所迫,也有遭强人掳掠卖到这儿来的。"

"这些强人连畜生都不如,罪该万死,把他们五马分尸都不为过!"

柳毅一脸怒色,愤然地说。

大徒弟倒是一副见怪不怪,无所谓的样子。"这年月笑贫不笑娼,有个地方混口饭也算不错哟!"

他瞧见柳毅的面部表情复杂,干笑两声把话题岔开了。

"听说前不久怡红院来了一位二十左右的女子,名号江南一枝花。她是院里的头牌,身价高着呢。陪唱一曲,银子二两;陪顿饭,就得花十两。出楼陪一宿,乖乖,你说多少钱?"

大徒弟故意卖关子,要柳毅猜。

柳毅露出鄙夷的神色,显然对这事不感兴趣。

大徒弟还在兴头上,提高嗓门道:"一百两,一百两啊!"

"人家被迫沦落风尘,你还好意思津津乐道?"

柳毅突然冒出一股无名之火,对着大徒弟吼了起来。

大徒弟一愣,不敢说话了。心想,你一个穷书生,装什么正经。看你仪表堂堂,指不定一肚子男盗女娼,只不过腰包里没银子罢了。

当然,这些话打死他都不敢说的。眼前的这位白面书生,来路肯定不小,连庄主对他都毕恭毕敬。自己一个徒弟身份,哪敢跟他上杆子较劲,忙赔上笑脸说:"柳公子,您看我这张破嘴,晚上喝了小二两就把持不住了,对不起啊!"

这火来得有些快，柳毅后悔了，朝大徒弟无声地笑笑。少顷，他问："江南一枝花，到底是哪里人？"

大徒弟说他不大清楚。如果公子想知道，他有个同乡在怡红院账房做事，想必能从那儿探出一些情况。

柳毅连忙打住说："不必了，我不过随便问问。"

两人正说着的时候，离怡红院门口已不到两丈远，大徒弟目不转睛朝里边看。

顺着大徒弟的目光，柳毅见到院里乌烟瘴气，男男女女打情骂俏之声不绝于耳。一阵寒风吹来，柳毅身子抖了一下，拉住大徒弟说："时候不早了，我们回去吧。"

"天仙，仙女呀……"

大徒弟拨开柳毅的手，冲着一名从怡红院里屋出来送客的女子叫了起来。

柳毅抬眼去看，目光恰好与那个女子对上了。

"静儿！"

柳毅一声惊呼，慌忙喊道："紫娟，你是紫娟！"

那个女子先是一愣，转眼泪水夺眶而出。

"江南一枝花，我的姑奶奶，你快点哟。京城十三少来了，包夜，今晚他包你的夜呢！"

老鸨扭着水桶一样粗壮的腰身，一脸讨好地牵住江南一枝花往屋里走。

江南一枝花用手帕擦了擦脸，回看了柳毅一眼，转身随老鸨去了。柳毅急忙追过去，被虎背熊腰的看门人拦住了。

寒风呼啸，天上飘着雪花，柳毅木然地站着。大徒弟不知道发生了什么，推了推，他如梦方醒。

回到静水山庄，柳毅一夜未睡，他不明白，桃花一样纯洁娇艳的紫娟姑娘，怎么会沦落为青楼女子。

次日晚上，柳毅借口出去散散心，兜里揣着仅剩的二十两银子，独自来到怡红院门口。

见柳毅衣着普通，说话文绉绉的，看门人将他拦在门外。这号兜里没几个钱，还想凑口花酒的落魄书生，怡红院是不让进的。

柳毅解释没有别的意思，他是来找熟人的。看门人眼睛瞪得老大，瓮声瓮气地问："你找谁呀？"

柳毅说他找紫娟姑娘。看门人瞥他一眼，凶巴巴说他找错地方了，他们院里根本没有这个人。

亲眼所见，怎么说没有呢？

柳毅想了想，拍了一下自己的脑袋，暗骂自己蠢死了。这种地方谁会用真名？连忙说，他就找江南一枝花。

看门人两手抄进袖笼，鄙夷地瞅瞅他，就是不让进。

阎王好见，小鬼难缠，不出点血是不行的。柳毅灵机一动，朝看门人兜里塞了一块银元说："小哥，江南一枝花是我家远房表妹，在下这回上京城赶考，受表叔所托过来看她一眼，说句话就走。"

看门人的脸色比先前和软不少，压低嗓音道："你说的是真的？"

柳毅装出一副真诚的样子，"那还有假，我们读书人以实诚为本，我可以跟你发誓！"

柳毅把手举过了头顶，脸上却火辣火烧。

"呵呵，我一眼就看出来了，你是不会诳人的。"

看门人将嘴巴凑近柳毅耳朵说："江南一枝花现在不在院里，天黑前送到院外去了，到底去了哪儿，我真的不知道。"

"你敢肯定？"

"骗你不得好死！"

看门人发完誓，不忘嘱咐柳毅，刚才他说的那些，千万不能告诉别人，否则，他的饭碗就会砸了。

柳毅仍不甘心，第三天夜里再次来到怡红院门口。这回，他终于得到了紫娟行踪的确切消息。看门人期期艾艾告诉他，江南一枝花死了，把自己吊死在后花园的桃树上。

看门人悄悄塞给柳毅一封信说："公子，对不起，我没跟你说实话，江南一枝花死活不让我说。你昨夜来的时候，她就站在二楼的暗处。你一走，她就放声大哭，谁都劝不了。江南一枝花让你好好看这封信。"

"狗娘养的，你骗我好苦！"

柳毅像头发怒的狮子，朝看门人的胸口挥出一拳，打得他四脚朝天。

柳毅逃也似的离开了怡红院，醉汉般摇摇晃晃，路上撞了几个人，挨过几拳浑然不知。脑子里一片空白，他辨不清哪是东、哪是西，不知道怎么回的静水山庄。

孔庄主见柳毅脸色苍白，嘴角残留血迹，吃惊地问道："柳公子，你这是怎么了？"

柳毅目光呆滞，半天都没有说话。

孔庄主不问了，递给他热毛巾说："擦擦吧，看你那嘴……"

柳毅这才意识到嘴巴疼，恍恍惚惚记起进入静水山庄的时候，身子轻飘飘的，一脚踩空，身体径直朝前冲去。

柳毅扬扬手，示意不用擦了，不声不响去了自己的房间，迷迷糊糊睡了过去。醒来的时候，屋里一片明亮。

柳毅让一阵敲门声吵醒的，睡眼惺忪地拉开房门。大徒弟站在门前，像看陌生人一样看他。

"怎么啦？"

"柳公子，这信是你的吧？"

柳毅接过来，惊讶道："怎么会在你手里？"

这封信是昨晚怡红院看门人给他的——紫娟写给他的亲笔信，依稀记得当时揣在兜里。

"喏，那儿呢。"

大徒弟嘴巴朝门前那株粗壮的青皮树努努，告诉柳毅，早上倒垃圾的时候，发现地上躺着一封信，信封上有一行娟秀的字迹——湘水之滨，柳公子亲启。

毫无疑问，柳毅昨天晚上撞上青皮树，摔了一跤，信就弄丢了。

柳毅接过信，谢都没说一声就将房门关死了。

双手捧着紫娟的绝笔信，仿佛捧着紫娟的性命。柳毅急切地想打开它，双手哆哆嗦嗦，就是打不开。

他感觉自己好累，坐回床边深吸口气，将情绪稳定下来。

他屏住呼吸，左手握住信封上角，右手拆开封口，小心翼翼抽出来，只扫一眼差点晕过去了。

谜底揭开了，向来自视清高，忠于爱情的江南才子柳毅，就是断送紫娟姑娘的幸福，以至她自杀身亡的罪魁祸首。

"老天爷，罪孽啊！"

柳毅用被子蒙住头，撕心裂肺地嚎哭，两只手不停地对掐。他感觉这还不能解恨，从床上爬起来，一头朝墙上撞去。

呜哧一声，一道炫目的白光射过来，定住了柳毅的身子。

他感觉自己的身体被人移到了床上，四肢被绑住似的动弹不得。

014　惊悚之变

　　坊间流传这样一句话：家有娇女，百家相求。按照这个意思，貌美聪明的紫娟姑娘根本就不愁嫁。她偏偏嫁不出去，成了远近有名的恨嫁女。原因很简单，她有个固执任性，令人望而生畏的父亲。

　　父亲王员外性情古怪，偏执加倔犟，他挑女婿，就像鸡蛋里挑骨头。闺女紫娟原本是个百里挑一的好姑娘，这样的一手好牌，让王员外打得稀巴烂。

　　同龄女子早已婚嫁，紫娟一直待字闺中无人问津，当娘的急得团团转，拉住丈夫要他赶紧把身段放下来，跟说媒的人好好交流，问清楚男方的情况。如果两家门庭大体相当，小伙子品行端正，能够真心实意待他们的女儿就成。

　　王员外却是彻头彻尾的一根筋，他铆定的标准丝毫不可更改。气得夫人泪眼汪汪直跺脚。

　　气归气，问题终归还得解决，总不能让女儿老死在闺房中吧。她找到福婆婆，言辞恳切地求老人家出面，帮她解决这难题。

　　福婆婆深知员外夫人心里的苦处，安慰这件事包在她身上。

　　次日，福婆婆到了王府，将柳毅本人及家里的情况一五一十说给了王员外。说柳湘桓原先在京城做官，老柳家门第背景都不错。柳毅品貌出众,是湘水之滨有名的才子。

这个消息令王员外喜笑颜开,当即允诺了这桩婚事。

无巧不成书,柳毅同紫娟桃园偶然相遇,两人一见钟情,一方桃花手帕,郎有情来妾有意。

从大舅家回到柳家湾之后,柳毅变得难以自制了,满脑子装的是紫娟俊俏模样儿。紫娟同静儿长得很相像,恍然之中,同静儿成了一个人。他傻傻地问自己,莫非紫娟就是静儿的化身?

柳毅管不了那么多,一门心思想着迎娶紫娟。节骨眼上,福婆婆撒手归西了。大舅张老爷理所当然接下了外甥向王府求婚的大事。

结拜老哥登门求亲,王员外里子面子都有了,哈哈满天地应了话。还说亲上加亲,他求之不得。王员外再三表明立场,说好了的事就不能反悔生变,不然,别怪他翻脸不认人。

张老爷亮出巴掌往胸脯一拍,声音洪亮说:"这件事铁板钉钉实打实!"

兄弟两个击掌为誓,绝不反悔!

女儿的婚事总算踏实落地了,王员外特别开心,向亲戚邻里发布讯息,称他家的娟儿已经名花有主。这话说出去没过几天,柳家那边变了卦。犹如晴天霹雳,震得王员外六神无主了。清醒过来后,气势汹汹向张老爷兴师问罪,结拜几十年,情同手足的兄弟,成了势不两立的仇人。

王府闺女婚变的事,在当地成了一桩大笑话。一时间,村里村外众说纷纭,说什么的都有,一些话说得特别难听。

身上长出一百张嘴巴都没法解释清楚。况且越解释,人家就越起劲,子虚乌有,颠倒黑白瞎说一通。气急败坏的王员外,疯了一样窜来窜去,眼下只有一条路,赶紧将女儿嫁出去,嫁的越远越好。央人往百里开外的鄂州相了户骆姓人家,敲定次月初八嫁女,彩礼分文不收。他有个条件,女儿一旦嫁过去了,生是骆家人,死是骆家鬼。娘家这扇大门,永远给女儿关上。

突如其来的变故,像无情的棒子劈头盖脸打过来,打得紫娟晕头转向。她成天以泪洗面,声嘶力竭哭着说,就是死,也不嫁给姓骆的那个陌生人。

夜渐深,四周薄雾弥漫,紫娟靠在阁楼的窗台,眺望遥望的夜空。幽深的夜幕繁星闪耀,一道白茫茫的银河横贯南北。

今天是七夕节,这是女孩子特有的节日,想必镇子里那些妙龄女孩子正在祭拜牛郎和织女。

紫娟每年这个时候都会虔诚地拜祭,供上一桌子果品,闭上眼睛,在心里勾勒出未来夫君的模样儿,脸上露出羞涩的笑意。

初七过后是初八,明天就要嫁人了,她那美妙的七夕梦被无情地撕破了,被迫跟一个陌生男人同床异梦。想起这些她浑身发抖,眼泪流水似的往下淌。

月亮缓慢地朝西边移去,牛郎织女星被云层遮盖,天空变得混沌不清。

父母早已进入了梦乡,巡更的家丁插上院门,打着哈欠进了睡房。时机已到,紫娟将早已准备好的包袱系在身上,把被子卷成长条,一头系在窗户的柱子上,一头抛向楼下,顺着被条溜到了一楼。刚刚站稳身子,几间房门同时打开了,奉命在此埋伏的管家,领着一帮人突然出现在跟前,她的身子瘫软了下去。几个老婆婆,拉的拉,扯的扯,将她塞进摆在旮旯处的花轿中。

天刚蒙蒙亮,屋外响起了一串唢呐声,咿咿呀呀,仿佛有人忧伤地哭泣。这是岳州一带最古老的曲谱,新嫁娘上轿的时候,吹鼓手卖力地吹奏这个曲子,听着鼻子就会发酸。

"娘啊,娟儿不嫁姓骆的……"

075

紫娟奋力扭动身子，四肢被牢牢绑住。扭了几下，就没了气力。

娘是自己的靠山，这个时候只有娘亲才能帮到自己。可是，她的娘亲始终没有露面。娘亲十有八九被冷酷固执的父亲喝住了，兴许躲在一旁伤心地哭泣。

"娘，快来看一眼你的女儿吧！"

轿帘掀开了，伸过来一张黑沉沉的脸。紫娟看见那人是父亲，他眼里噙着泪水。

唢呐吹出呜咽的声音，比先前的还伤心难受。这叫《辞亲调》。

女儿马上就要出阁，辞别祖宗、辞别家人和生她养她的故乡，嫁作他人妇。

曲子低徊婉转、悲悲戚戚，屋里屋外七大姑八大姨，男女老少哭成了一锅粥。

按照岳州古老的习俗，出嫁女应跪到祖宗灵位前三叩首，同新郎官一道向父母跪拜，跟亲友们告别，那个场面格外的令人揪心，就是铁石心肠的人都会潸然泪下。

紫娟一滴眼泪都没有，身子被死死地绑着，她没法走下轿子。即便没有被捆绑，她也不会跪拜狠心的父亲。

王员外泪流满面，对着前来迎亲的骆公子努努嘴巴，转身钻进了屋子里。

催亲的曲子再次响起，一声"起轿"，那些送亲的亲戚邻里齐声喊道："喜轿，喜轿啰……"

炮竹应声而起，沉闷的声音很快就消失在原野里。一帮粗壮的汉子，可着劲儿地颠轿，在紫娟轿子里颠来倒去，呕吐不止，不久就迷迷糊糊睡了过去。

不知过了多久，紫娟醒了过来。

轿子里一片黑暗，四肢疼痛麻木，嘴里渴得冒烟。她扭动胳膊，不知什么时候手脚都绑松了。她用脚顶顶前头，碰到的是硬物。这是一顶特制的花轿。前后左右用木头钉死，前边开了两扇门，一把铜锁紧紧地锁着。

"落轿！"

花轿落下，轿夫们说着粗鄙话朝远处走去。

怎么回事？

紫娟有点懵了。

轿门被人敲了两下，紫娟听到叮铃咣当开锁的声音，她的神经立刻绷紧起来。

"娘子，我们到客栈了。今晚在这儿歇一宿，明日再赶路。"

"谁是你娘子！"

紫娟用力踢出一脚，骆公子嗲的一声栽倒在地上。

这脚踢中了骆公子的下裆，他全身立刻麻胀，双手捂着裤裆，倒在地上打滚。

紫娟趁机从轿里跑出来，四周一片漆黑，什么都看不清楚，她茫然不知所措。

忽然，前方晃动着几个火把，一阵急促的马蹄声由远及近。

"嘿咦，起！"

紫娟两脚离地，整个身子腾空了。一只粗壮的大手抓住她的腰带，将她横着放在马背上，她闻到了一股浓烈的酒气味。

这是一帮打家劫舍，无恶不作的山贼，紫娟被他们劫持了。半年之后，山贼将玩腻味的紫娟卖给了窑子。此时，紫娟已怀有五个月身孕。

紫娟打死都不接客，老鸨掐她，使劲地揪扯她的头发，用烧红的火钳烫她，什么法子都使尽了都不管用。最后，让她在院里做勤杂活儿，洗衣浆被，打扫卫生。

窑子里，臭烘烘的衣服和被子堆积成山，紫娟天不亮起床，傍晚才能睡觉，累得腰腿胳膊都要断了，还是洗不完。洗不完老鸨就不给饭吃，不许睡觉。没过多少日子，紫娟被折磨得只剩下一口气了。

不久，孩子生了下来，是个死婴。

紫娟的月子是在阴冷潮湿的偏房里渡过的，被子单薄，抵御不了刺骨的风寒。紫娟蜷缩着身子，双手抱住肩头，一刻不停地颤抖。寒风呼啸，屋外雪花飘飘，她几乎熬不下去了，真想一死了之。然而，柳公子的模样浮现在脑海里，从心底里感觉到温暖。她不想死，她要找到柳公子。

满月那天，老鸨领着一帮人走进紫娟的屋子，那些五大三粗的汉子拉着她就走。她被转卖到城里的大妓院，最终流落到京城怡红院，成为名噪一时的江南一枝花。

情依旧、人不同，昔日清纯的少女已是卖弄风月，病痛缠身的残花败柳。那天晚上，紫娟一眼就认出了柳公子，瞬间崩溃了。

夜已三更，一条银河横贯天空，紫娟一眼找到了织女牛郎星。一阵寒风吹来，撩起她的裙摆，她折身回屋，取出笔墨，含泪写下了一封长信，连同十块银元，一并交给了看门人，拜托他当面交给柳公子。

办完这些事情，紫娟感到浑身舒坦轻松了许多。借着迷蒙的夜光，悄悄朝后山爬去。次日早上，巡山的老头发现紫娟吊死在那株枝条枯萎的桃花树上。

015　一波三折

柳毅病倒了，躺在床上高烧不退，孔庄主满脸忧郁地看着他，不停地叹息。

柳毅回望孔庄主，从他飘忽不定的目光中窥探出了一些异常，他撑起身子，吃力地问道："世伯，啥事呀？"

孔庄主脸上的肌肉不自然地抽动了几下，声音哽咽说："孩子，有件事来得太突然了，我，我，我……"

柳毅的心眼猛地提了起来，一骨碌下床，双手抓住了孔庄主。"伯伯，我家到底发生什么事了？您说，您快说呀……"

孔庄主将脸侧向一边，屋里变得死一般寂静。半晌，他将脸转过来，抽泣地说："恩公，他，他……"

"我爹他怎么啦？"

孔庄主怔怔地看着眼前一脸惊慌茫然的小伙子，说出了一件惊天的大事。

岳州府连年遭受水患旱灾的袭扰，稻子绝收，老百姓吃了上顿愁下顿。官府不管不顾，依然横征暴敛，强征赋税。柳湘桓实在看不下去了，站出来同收缴赋税的官吏讲道理，要求据实减免，让老百姓喘口气，待来年收成好了，再予以补缴。

蛮横无理的税官以领头抗税，造成湘水之滨一带赋税严重流失的罪名，将柳湘桓抓进大牢施以酷刑，一顿乱棍打下去，柳湘桓死在牢里。

柳毅浑身不停地颤抖，只觉得胸口一紧，哇的吐出一口鲜血，扑通倒在地上。

孔庄主吓懵了，大声叫喊，要大徒弟赶快请郎中。

城南有个八十多岁的老中医，在宫里做过几年御医，医治疑难杂症的功夫独到。老先生听说柳湘桓的公子病倒在京城里，二话没说就赶到静水山庄，一番望闻问切之后眉头紧锁起来。

"柳公子脉象紊乱细微，似有若无，心律不齐，瞳孔渐次放大，有性命之忧！"

孔庄主拉住老中医，哆哆嗦嗦问："老先生，柳公子还有救吗？"

老中医摇头叹道："老夫从医数十年，疑难顽症见过不计其数。柳公子这病怪得很，恕在下才疏学浅，一时半刻找不出确切的病因……"

孔庄主一听，就要给老郎中下跪。

"柳公子是我恩公柳湘桓的独生子，恩公刚刚离世，在下就如同他的亲生父亲，恳求您一定想办法救活我家孩儿！"

老中医扶住孔庄主，动情地说，"我和柳公曾经同朝为官，钦佩他的品行和为人。依我的经验，柳公子应不至于完全无救，关键要看他身体受药的敏感性了。"

老中医从药匣子里取出秘制的特效药还魂丹，让柳毅服下，给他灌服养脾润肝滋肾的药剂。

忙了一阵，老中医揩了一把额头上的汗水，面向庄主说："老夫能做的都做了，柳公子这病实在古怪，您赶紧另请高明吧。"

老中医收拾好医疗器具准备告辞，孔庄主奉上一叠银两。老先生连忙摆手说："无功不受禄，庄主不必客气！"

柳毅仍在昏迷之中，孔庄主心急如焚。大徒弟快步走过来，说山庄来了一位模样非同寻常的长者。此人脸色红润、满头银发，走路无声无息，手执"包医世间疑难病症"的幡杖。

孔庄主急忙迎上去，双手抱拳道："见过老先生，在下的孩儿得了急症，眼下不省人事，有劳您瞧瞧。"

白髯长者抹了一把皓白胡须，温和地笑笑："庄主不必惊慌，只管领老夫前去看看就是。"

孔庄主忙将白髯长者请进柳毅卧房，老人看他一眼，面向孔庄主躬身道："老夫医治病人须得清静，烦庄主到屋外静候。"

孔庄主退了出去，半个时辰不到，白髯长者就出来了。

"贵公子此病为心伤所至，已经伤及五脏六腑，生命危在旦夕。"

庄主连忙称是，说孩儿受了很大的刺激。

"老夫已让其心魂入定，七窍渐且贯通，任督二脉大体复归正常，两个时辰后，公子自然会醒来。"

白髯长者从怀里掏出一个褐色药团说："这药名为五脏清，专门清理体内毒素。你将其搓成九个小丸子，按一日三次给贵公子服下，三日之内，保准还你一个活蹦乱跳的儿子！"

白髯长者说完，飘然而去。

两个时辰过去，柳毅手指头动了一下，眼睛慢慢睁开了。

庄主喜出望外，依照白髯长者所嘱给柳毅服下五脏清。

柳毅服药后脸色泛红、眼睛发亮，喉咙里咕噜一声，吐出一口恶臭之血，神智立刻清醒，喊着要吃东西。

接下来几日，庄主辅以药膳滋补，柳毅的身体很快得以康复。

大病一场之后，柳毅变得目光呆滞、少言寡语，常常一个人望着南边的方向发呆。

孔庄主明白他的心思，担心他忧虑过度，旧病复发，想着法子逗他开心却无济于事。

这样下去肯定不行，要想办法尽快让他从痛苦中走出来。

这天，孔庄主将柳毅请到自己的房间，说有话要跟他说。

柳毅坐定后庄主给他泡茶，自己也泡了一杯，意味深长地说："当年，你爹爱喝茶，特别喜欢我泡的那一口。"

清香润喉、生津提神，果然是好茶。柳毅喝了一口，微笑着点头，表达了赞许之意。

"你爹爹成天忙忙碌碌，难得喝杯好茶。有时候忙里偷闲，来我这小店坐坐，我就给他泡上一壶，两人边喝边聊，天南地北聊个没完。那时候的日子，过得相当快意。"

柳毅低头不语，一副心事重重的样子。

孔庄主知道他心里难过，换了语气劝慰道："你爹爹为人正直公道，宫里那些同僚都知道的。这次惨遭恶吏毒手，老伯同你一样伤心难过。"

柳毅背过脸，肩膀不停地抽动。

"人死不能复生，儿呀，你要节哀！"

庄主说这话的时候，喉咙发硬，声音干涩粗粝。

柳毅木然地看了庄主一眼，小半天才点了下头。

孔庄主说："我今天找你，就想聊聊家事。"

"家事？"

"有件事，不知恩公在世的时候跟你说过没有？"

柳毅茫然地看着孔庄主的眼睛，不知道他这话到底是什么意思。

"当年，我和你爹爹是拜过关公老爷的，义结金兰，成为生死兄弟。"

柳毅吃惊地看着孔庄主，不知道如何应话。

"你爹在朝廷担任殿中侍御史，随时可能大难临头。那个时候，你还在你娘的肚子里，恩公交代我，倘若他遭遇不测，我就是你的爹爹了！"

孔庄主拿出两人的结拜书，指着签字处模模糊糊的印记说，"这是我俩咬破指头，印上去的血迹。"

柳毅听说过歃血为盟的故事，没想到爹爹跟孔庄主结拜，弄得如此正规，连忙跪下来。

"爹爹在上，请受孩儿一拜！"

孔庄主扶起柳毅，拉住他往屋外走，伸出手朝前后院落比划了一番，神色认真地说："毅儿，往后这片房产，包括整个庄园就都归你了……"

柳毅慌了，连忙摇手："爹爹，不妥，孩儿不敢领受。"

"没有什么不妥当，我告诉你，这些本来就有你爹爹的一份。"

孔庄主拉着柳毅说："当初我辞官经商，想开个小店，手头缺钱。你爹娘慷慨解囊资助于我。我赚钱后要连本带息还给你爹，他死活都不要。"

"原来还有这样的事？"

柳毅沉思片刻说。

"我老早就想好了，有朝一日连本带息还给恩公的后人。"

柳毅听父亲说过，静水山庄的孔老板是他的好朋友，全然没说两人有如此深厚的交情。

"这次春闱，考生上千人，能上榜的没有几个。爹爹跟你说，你考个啥模样都不打紧，这个世上，有了钱就有了一切。大不了，爹爹帮你捐个一官半职。"

柳毅没有回应孔庄主，独自回到了自己房间。

016　白帝子施法

　　北方春天的气候冷热变化无常，冷起来的时候，裹着厚棉袄还冻得身子瑟瑟发抖。一旦热起来，连过渡都没有就进入了三伏天似的，比江南的夏天还要热。这几天，长安城的气温陡然升高了许多。

　　吃过早饭，柳毅独自出门。这是柳毅病愈后首次外出。天气炎热，他选择阴凉的地方慢步而行。昨天晚上，他跟爹爹说，开考在即，想到礼部那边，熟悉一下考场周边的情况，顺便了解考务细节方面的事情。此行收获不小，获悉今年春闱跟往年不大一样，殿试和投卷差不多同步进行。后天举行殿试，他走的是行卷路径，由吏部尚书面呈当朝皇帝。投卷要找准时机。早了不行，晚了不可，须得明天午饭前上报才合适。回到山庄，他将探听到的消息告诉爹爹，话里话外不乏催促孔庄主的意思。考试环节难不住他，只要行卷能够及时到位，他定当稳操胜券。

　　孔庄主呵呵一笑，拍拍柳毅肩膀说："毅儿，你表叔刚刚传话过来了，吏部尚书大人答应明早上朝之后，直接将行卷面呈圣上。"

　　有了爹爹这句话，柳毅心里踏实多了，哼着小调儿进了自己的房间。

　　地面气温还在上升，长安城就像个大蒸笼，家家户户开门开窗纳凉透气。

　　夜半时分，漫天的火烧云泛着刺眼的亮光，把城里城外照得如同白昼。一阵大风吹来,火烧云向西边方向移动,堆积起来,滚雪球似的越滚越大,越积越厚。忽然,云层深处爆出一团火光,轰隆一声巨响,火烧云炸开了花,地面卷起狂风,飞沙走石,天地一片混沌。一道闪电当空划过,伴随着轰隆的雷声,下起了瓢泼大雨,整个长安城成了水域泽国。

黎明时分,风雨停住了。庄主早就备好了马车,待柳毅吃完早餐,亲自送他去考场。

机会永远属于准备充分的人,多年寒窗苦读终于没有白费,柳毅从容作答,两个时辰不到就做完了试卷。从头至尾检查了几遍,没发现什么纰漏和错误,起身交卷离场。

柳毅第一个交卷,监考官员从头至尾阅读他的答卷,心中暗暗称奇:行文大气恢宏,主旨高屋建瓴,叙事脉络分明,论述力道精准。此等博学多才的考生极为少见。

孔庄主候在考场外头,见柳毅笑容满面走出考场,心里一江春水荡漾,高声道:"毅儿,上车,我们回家!"

柳毅撩起长衫,轻松一步登上了马车。

傍晚时分,表叔不约而来,柳毅热情地上前打招呼。表叔喝了不少酒,口齿没有平日灵便了,瞧了柳毅几眼,同孔庄主不痛不痒胡侃几句话就走了。

表叔言谈举止怪异,柳毅心里有种不祥的预感。

接下来的日子就是等待张榜,柳毅无事可做,四处游逛,不知不觉来到吏部,在门外见到了表叔。

柳毅连忙迎上去,表叔一怔,面无表情说:"你转告我表哥,就说找他有事,请他到我这儿来一趟。"

柳毅忙答道:"晚辈这就去了。"

孔庄主带上果品和上等茶叶，急忙朝表弟家赶去。几个时辰后，垂头丧气回到山庄，语气沉重告诉柳毅，书卷没有投出去。

"您说什么？"

柳毅惊呆了，一把抓住爹爹，抓得孔庄主两只胳膊生疼。

"那天突降大雨，吏部尚书府上遭了水灾，大小屋子都进了水，那些值钱的古玩字画统统泡在水里，装在匣子里行卷也未能幸免。"

"怎么会这样啊？"

柳毅一屁股瘫坐在地上，任凭孔庄主呼唤，没听见似的毫无反应。

老天爷，莫不是毛病复发了？

孔庄主吓得半死，大声道，"快请郎中！"

这时候，一道白光射入柳毅的天柱和太冲两穴，他身子扭了扭，脸色变得通红，头上直冒热气。

孔庄主还在发呆，柳毅从地上爬起来，声音脆亮说："爹爹，孩儿想喝酒。"

孔庄主连忙说："好，好，爹爹陪你喝！"

柳毅从孔庄主手中接过大肚子酒壶，脖子一仰，咕噜，咕噜，喝水似的往肚子里灌。

017　他乡遇故人

一坛山西老酒，喝得柳毅两眼发直，身子软成了棉花团，眼看就要跌倒，孔庄主一把抱住他，招呼大徒弟搭把手，两人一前一后，将他抬到床上。

柳毅感觉整个屋子都在旋转，哇哇哇地呕吐，吐得床上地上到处都是。

孔庄主好生心痛，忙不停地替柳毅擦拭清洗，收拾床单和地面，一步不离地守在他的床头边。

终于等到柳毅清醒过来了，疲惫不堪的孔庄主嘘了口气，轻声埋怨道："儿呀，看你把自个醉成了什么样子，昏睡了两天两夜，把爹爹吓死了！"

柳毅脑袋晕晕的，苍白的脸上泛出歉意，"对不起，让爹爹受惊了。"

"我倒没啥，瞧你那醉酒遭罪的样子，谁看了心里都难受！"

孔庄主站起身，接连打了几个哈欠，双手握拳捶捶腰眼，吩咐大徒弟将炖在锅里的鸡汤盛上一碗，好好给少爷补补。

大徒弟说了声"好嘞"，端过来热气腾腾的鸡汤。

真是饿了，还渴得慌，柳毅接过来就喝。

孔庄主慌忙道："慢点儿呀，小心烫着你。"

柳毅瞅爹爹紧张兮兮的样子，笑了笑，嚯嚯嚯地埋头苦干，接连吃了两碗米饭。

柳毅吃饱了，喝足了，脸色明显好看多了，他摸摸圆滚滚的肚皮，跟爹爹说，要出去办一件很紧要的事情。

干儿子刚刚醒酒，身体还很虚弱，孔庄主不放心，吩咐大徒弟跟着。

柳毅说他去看望一位老朋友，很快就会回来，不会有啥问题。

这个时候，江南已是仲春时节，长安城刚从寒气逼人的冬天苏醒过来，枯草丛中泛出零星的绿色，桃树的枝条上长出一些芽苞。柳毅蹲下身子，轻轻抚摸紫娟坟头的碑石，像抚摸她那张娇嫩的脸，泪水断线珠子似的纷纷而下。

这里是黄土高坡的一处高地，偶尔能见到三两株桃树。

"紫娟，对不起，我把你害惨了……"

春寒料峭，柳毅的脸颊冻得通红，桃枝在风中摇曳，发出呜呜的啸叫声。

"紫娟，我知道你思念自己的故乡，那里有你的亲人和少女时代的欢乐，我今天特意过来带你回家的。"

柳毅抽泣着从衣袖里掏出那面桃花手帕，从紫娟坟头取了一捧黄土，小心翼翼包好。

柳毅拜祭完紫娟，回到了静水山庄，开始收拾行李。孔庄主诧异地问："儿子，你这是干嘛？"

"孩儿重孝在身，理应回湘水守孝，打算明日就动身。"

孔庄主沉思了片刻，点头道："百善孝为先，为父不拦你。只是时间太过仓促，爹爹什么准备都没有。"

柳毅感激地看了爹爹一眼说："没事的，这条道我早就熟悉了，快马加鞭，一个多月就能回到柳家湾。"

孔庄主见柳毅去意已决,吩咐大徒弟赶紧和面压馍,打理好路上吃的东西。他返身回到自己的房间,备好银票、衣服、常用药膏、防身用的器械,取出笔墨,写了一串人的姓名交给柳毅。这是他在陕川鄂湘沿途道上的人脉,都是能说得上话的朋友。儿子孤身而行,他很不放心,这些朋友都能帮上柳毅。

次日早饭过后,孔庄主将满满当当的包袱架在风儿背上,用绳子绑得结结实实。柳毅跪在孔庄主脚下,连叩三个响头。

"爹爹的大恩大德,儿子没齿难忘。别的我就不说了,只求您老保重身体,健康长寿。三年孝满,我一定回来给您养老送终!"

孔庄主拉起柳毅说,"为父这边你就不用操心牵挂了。此去江南,路途遥远,路上倍加小心。一句话,遇事不能强出头,更不可蛮干,多用用脑子。"

柳毅哽咽地点头。

孔庄主用衣袖擦去柳毅脸颊的泪水说:"到家后,别忘了捎信回来,给爹爹报个平安!"

柳毅说声好的,一跃上马,抖动缰绳就走。风儿好像领会主人的心思,扬起四蹄飞速奔跑。孔庄主望着干儿子身影渐渐变成了小黑点,双手捂着脸嘤嘤地哭泣。

柳毅似乎听到了爹爹的哭声,想回头看看,却不敢这么做,一旦回过身去,自己可能走不了。

风儿啾啾几声,奋力狂奔,眨眼的功夫跑出了几十里。跑了一程,柳毅感觉不大对劲,路边界牌提醒他,这里已是泾阳地段。

只顾快跑,没仔细察看路线,向西南跑了一段路程。柳毅心里有些懊恼,转而想,既然错了,那就将错就错,趁机到这儿散散心。便信马由缰,听之任之朝前走去。

翻过几道山梁，走了约半里路，眼前的风景跟沿途大不一样。跃入眼帘的是一望无际的草地，毛绒绒的绵羊低头啃食嫩绿的小草，太阳当空照射过来，绿草鲜花和白色的羊群相映成趣，好一副异域风情画卷。

　　柳毅翻身下马，一甩缰绳说："风儿，去吧，好好享用大草原的美食。"

　　风儿摇着尾巴走向了草原深处，几匹小马驹昂起头，目光温和地迎接远方的"客人"。

　　草原空气清新，柳毅深呼吸一口，信步朝前走去，一条小河横亘在眼前，一群膘肥体壮的绵羊，在水边走来走去，见到柳毅后咩咩咩地叫唤，好像向这位不速之客诉说什么。一位红衣女子，神情落寞地站在河床边沿，怀里抱着一只小羊羔，嘴里哼着牧羊曲，声音涩涩。

　　柳毅蓦然一惊，这个声音特别耳熟。他来到女子跟前。

　　"小龙女？"

　　柳毅揉了揉眼睛，眼前的女子皓齿薄唇、娥眉如黛、面容清丽。细看时，姑娘衣衫单薄、形容憔悴，脸上满是忧伤和愤怒。

　　没错，这就是洞庭龙府公主小龙女。

　　小龙女同样被惊住了，做梦都没有想到，能在异域他乡见到自己日思夜想的心上人。

　　"小龙女，你，你，你这是怎么回事？"

　　公主没有直接回答柳毅，反问他说："紫娟姑娘最近可好？"

　　如同被针芒扎了一下，柳毅的心头一阵疼痛，脸色暗了下来。

　　公主似乎明白了，神情忧郁地说："天意弄人啊，小女子真是错了！"

　　柳毅冰冷的目光射向远空，似乎要穿透天上厚厚的云层，声音低沉地回话说："这件事已经翻篇，不必再提了。"

　　两人话不投机，只说几句，就没词了。

　　柳毅心里疑雾交织，他不明白，养尊处优的洞庭公主为何流落到遥远的西部草原，沦落为牧羊女？他从小龙女的衣着和面部表情看出来她过得并不好，甚至凄苦悲惨。

公主放下怀里的小羊羔，捋捋黝黑的长发，指着一堆土坡下面那块羊毛毡子说："到那儿坐坐，想必你也累了。"

这一说，柳毅着实有点疲乏，一屁股坐了上去。

公主挨着柳毅身旁坐下，身上散发出淡淡的体香。柳毅瞅她一眼，赶紧将屁股朝一旁挪。公主回过来一眼，朝他身边挪了挪，两人如此反复了几个回合，柳毅的屁股快要坐到潮湿的地上了。

"我不是草原上的恶狼，不会吃了你的！"

公主脸上现出愠怒之色，目光盯住柳毅的眼睛一动不动。

柳毅这回看仔细了，小龙女的模样跟静儿非常像，那双水汪汪的大眼睛，跟紫娟几乎没有二样。

"你，你，你，你到底是什么人？"

公主嘴角抿抿，沉思片刻，语气平缓地说："柳公子，我不是静儿、也不是紫娟，但是，我们仨前世有缘。当然，我和你之间也有一段不解之缘"

柳毅听得一头雾水，这个颇有几分魔力的女人，让人捉摸不透。

公主深情地看了柳毅几眼，目光朝向远方。

"这应该算我的家事吧。我出嫁前才知道的。娘告诉我，说她命里应该有三个女儿，可惜只留下我一个。洞庭湖受多方水流夹击，常闹水灾，一旦洪水滔天就搅得洞庭龙宫不得安宁，由于惊吓过度，我娘相继怀上的几个孩子都没了。静儿和紫娟就是我那龙宫流产，投到凡间的姐姐。可惜，红颜薄命啊！"

小龙女说得满面泪花，柳毅茫然地摇头。

"就说我们俩个吧，那个缘分不是一句两句话能说得清楚的。还记得那年炎热的夏天吗？你在洞庭湖玩水，突遭暴风雨，差点丢了性命。"

这件事发生在柳毅十岁左右，那段惊心动魄的生死经历，他终身都不会忘记。

那是百年不遇的干旱年。一个多月没下一滴雨，禾苗枯死了，树叶打着卷儿，滚滚热浪到处肆虐，大人和小孩纷纷躲进柳树林纳凉。

柳毅趁父母没留神，邀上几个玩伴，溜进林子旁边的湖中戏水。他胆子大，一个猛子扎下去，半天都不见人影。就在伙伴们伸长脖子，着急万分寻找的时候，他在远离岸边的水面露出了脑袋，洋洋得意地跟大伙招手示意。

玩了一阵，天色暗了下来。眨眼的功夫，湖面刮起了大风，掀起的浪头像座山。柳毅吓得往回游，可为时已晚，狂风裹着暴雨扑向宽阔的湖面，偌大的洞庭湖如同怒吼咆哮的雄狮，汹涌的浪头把筋疲力尽的柳毅卷到了湖心。他的两条腿开始抽筋，身子抽成一团，迅速朝下沉去。

这时，一条个头不大的红鲤鱼游到了柳毅的身边，摇动尾巴示意他坐上去。

红鲤鱼身子光溜溜的，柳毅好不容易爬上去，很快就滑落下来。

红鲤鱼哧溜一声，腮颌两旁长出坚硬的翅膀，柳毅紧紧抓住了。

红鲤鱼声音涩涩地说，"抓紧呀，我们要飞了！"

话音刚落，一道红光携着小黑点飞出水面，柳毅安然无恙回到了岸边。

此后，柳毅常独自到湖边溜达，盼望见到救命的红鲤鱼。可惜，一直没能如愿。

"你就是红鲤鱼，洞庭龙君的女儿？"

小龙女微笑着点头说："不光如此呢，我们还有一次巧遇。"

"是嘛？"

柳毅搔着脑袋，腼腆地说。

"那天，你给张老爷拜寿，回程的船上做了一个梦？"

柳毅想了想，记起来确有此事。

"你们遭遇了风暴，船舱进水了，眼看就要沉没下去。"

"那个喝退潮浪，使我们一家人转危为安的红衣女就是你呀？"

洞庭公主淡然地嗯嗯。

柳毅深信不疑了，连忙站起身来，向公主施以大礼，感谢救命之恩。

然而，三公主并不领情，撇下他独自离去。

018　花痴

小龙女前后判若两人,把柳毅搞糊涂了。

咩,咩,咩……

一阵羊叫声打破了原野的宁静,小龙女拉拉褶皱的衣襟,举起羊鞭,啪啪啪三声,羊群白云般朝她那边奔涌过来。她原先抱在怀里的那只小羊羔,站在原地一动不动地注视着柳毅,目光充满了哀求。

这人怪,连羊都怪,柳毅陷入重重迷雾中。小羊羔冲过来,咬住他的裤腿不放。他若有所悟,抱起小羊羔,快速朝小龙女那边走去。

两人一前一后夹在羊群中间,磕磕绊绊行走,成群结队的绵羊不停地叫唤,远近都是嘈杂的声音,柳毅耳朵生疼。

走了一程,眼前一片嫩绿的草地,仿佛地上铺了一层绿色的毯子,零星见到淡黄色小花。小龙女目光警惕地朝四周搜寻了一圈,抬起手往脸上揩了一把,长长地嘘了一口气,回过头来的时候,脸色柔和温润。

"刚才有人偷听我俩谈话,我只能使出这个招数,没吓着你吧?"

她朝咩咩叫的羊群猛地挥出一鞭子,绵羊们得令似的叫得更凶了,整个草原乱哄哄的。

柳毅恍然大悟,原来辽阔的大草原也不平静。他朝四周看了看,没见什么异常,凑到小龙女身边,将小羊羔还给她。

"看来你还不算书呆子，一点就通了！"

柳毅红着脸说："这只羊羔比人还聪明呢！"

小龙女轻轻抚摸羊头，小羊羔温顺地偎到她的怀里。

"这回放心了。那个暗中监视的人就怕羊咩，只要羊群咩叫，他耳朵发麻，浑身瘙痒难受，剩下的就是逃命了。"

两人见面不到一盏茶的功夫，发生了一连串奇怪的事情，柳毅看着小龙女，他心里好多话要说。

小龙女似乎看透了柳毅的心思，来到一片枯萎的草丛里坐了下来。

柳毅跟了过去。

两人坐定，小龙女抬起头，两眼看着辽阔空旷的天空，不紧不慢地讲述了自己一段痛苦的往事。

江南的春天，风和日丽、莺飞草长，往往这是多情善感的女孩子最难熬的季节。小龙女积攒了一肚子的话，就想找一个人倾诉。

她想找大哥说说自己的心事。大哥从小疼她、宠她，她什么都愿意跟大哥说。

可是，大哥已经不是原先那个性格开朗、阳光灿烂的兄长了。他同泾水龙宫的四小姐订过娃娃亲，一直为情所困，成天抱着大酒壶，借酒浇愁，从来就没有清醒过。大哥这个情形，让她感到忧伤和不安。

既然这个样子，找二哥说说。

二哥这个人倒是特别清醒，他心里一直有个念想，巴望父亲早日交班给他，成为洞庭龙宫威风凛凛的新龙王。

他想出不少的办法，千方百计讨好父亲，亦步亦趋跟着父亲学，模仿父亲走路的样子，说话的神态，处理问题的章法，甚至学父亲的城府。但是年迈的父王，没有让位于他的意思。二哥嘴上没说什么，肚子里窝了不少火气。她几次找借口同二哥套近乎，二哥却不耐烦，手背朝外扬扬手说："三妹，二哥要自个静静，求求你，有什么事找娘去说吧。"

"嘭"的一声，二哥关上了房门。

小龙女心里非常难过，一路小跑而去，眼看到了母亲的寝宫，她打住脚步，返身回到自己房间，蒙头躺到床上，咬住被头，嘤嘤地抽泣起来。

女儿的情绪变化，逃不过母亲的眼睛。一天夜里，庞氏来到小龙女的房间，目光落在女儿身上，看得小龙女脸色绯红，羞涩地将头低了下去。

母亲向后捋捋花白的发丝，目光温润而慈祥。"我的乖女儿，长得可真漂亮喽，为娘都妒忌你了！"

"娘，您这是啥话呀，让人家怪不好意思的！"

小龙女捂着粉嫩的脸蛋，直往母亲怀里钻。

"你一个大姑娘家，还这样撒娇，羞不羞？"

母亲扶起女儿，往她娇媚的脸上轻轻抚了一把，满脸严肃说："为娘今日过来，想给你说点正经事。"

小龙女收起笑容，心里咚咚打鼓。

"娘您只管说就是，龙儿听着呢。"

母亲的目光深邃而忧悒，脸上的笑意一点都不自然。

"这日子过得真快，晃眼之间，我家闺女都快十六了，为娘得给你找个婆家啰。"

母亲拉过小龙女的手说："明天东海龙王的大儿子毅过来相亲，我和你爹商量过，想让你俩见一面，看你意下如何？"

小龙女撅起嘴巴，满脸不高兴："娘，你和爹爹要赶龙儿走？"

"傻丫头，当爹娘的哪舍得让自己的心肝宝贝离开。男婚女嫁，一代传一代，娘就是再舍不得，也不能耽搁女儿的青春年华嘛。"

母亲眼睛红了，没法往下说了。

小龙女背对着母亲，气鼓鼓地嚷道："就是不嫁嘛，嫁人有什么好，龙儿一辈子都陪在爹娘的身边！"

母亲叹口气说："龙儿，你别跟娘亲耍性子，有些事情，你还不明白里边的利害关系！"

母亲告诉她，洞庭湖号称八百里。由东、西、南洞庭湖和大通湖四个湖泊组成，呈现一派水流沼泽、河网平原地貌景观。先秦之后，长江含沙量开始增高，荆北逐渐淤塞，河床抬高、江面束狭、泄洪不畅。此后，六百里都不到了。上游冲下来的泥沙越积越多，湖面小了，湖水浅了。相比浩瀚富饶的东海，连一个小子头都够不上。

东海龙王的为人庞氏是清楚的，豪爽义气、待人宽厚。听说他那个儿子也不错，女儿若是嫁过去了，那是享不尽的荣华富贵。

小龙女一听就不高兴了，恼怒地看了母亲一眼，把头低下。

母亲这辈子挺不容易，跟着性情倨傲，里里外外一手遮天的男人，除了充当生育工具，其他什么都不是。小龙女清楚，娘亲说的这些，肯定是爹爹的主意，娘亲不过是个传声筒。这个时候，她不忍心让娘亲难堪，木然地点点头。

相亲的日子到了，小龙女这儿变了卦，死活不跟火龙毅见面。她打听过，火龙毅脾气暴躁、还挺花心，嫁给这样的人，往后的日子不知道会过成什么样子。

这门亲事，洞庭龙君答应过东海龙王。女儿无端反悔，连面都不肯见，让他下不得台，盛怒之下，他拍桌打椅，将夫人臭骂了一通，指责她教女无方，把这个女儿宠坏了。

可是，天上地下水中的事情就这么蹊跷神秘，火龙毅奉命下到凡间，拯救忠臣，投胎成了柳毅，小龙女无意中还救了他几回。

097

光阴荏苒，柳毅长成清新俊逸，令人着迷的小伙子。

柳毅经常来到小龙女的梦里，总是一副冷冰冰的样子。小龙女不知道柳毅为何要这样，缠着叔叔钱塘君打听柳毅的身世。叔叔看着快要走火入魔的侄女，苦笑着摇头。

钱塘君告诉侄女，柳毅来自天上，是王母娘娘心爱的坐骑，一条让众多小仙女仰慕的小火龙。

听罢叔叔一席话，小龙女肠子都悔青了。

士别三日当刮目相看，天上和人间已然不尽相同。时至今日，她还是那个傲慢的娇公主，人家却成了温文尔雅、博学多才的玉面书生。悔不该当初听信了旁人所言，一口拒绝了火龙毅，实在太过草率了。小龙女埋怨自己当初意气用事，错失了良机。

这些年，她一直暗恋柳毅，尾随于他。发现柳毅同静儿相爱，两家还许下了婚约，心里特别难过。静儿自杀殉情后，柳毅在天子山桃园拾得紫娟的桃花香巾，两人一见倾心，演绎出郎情妾意，她心里醋意翻滚，恨不得将柳毅抢回龙宫。

小龙女万万没有想到，静儿和紫娟竟是她前世的姐姐，因她的一句话，导致柳毅性情大变，悔去婚约。至于紫娟姐姐日后的悲惨遭遇，她就不知道了。刚才见面的时候，她问及紫娟姐姐的情形，柳毅情绪低落，闪烁其词，料想结局不会好到哪儿去。

一步错，步步错，这杯苦酒是自己酿成的，此时此刻，小龙女心里有说不出的内疚和心酸。

019　筹码

考察一个人，如果不进入他的内心世界，揭开那层神秘面纱，光看表面一些东西，那是远远不够的，很可能对人产生误判，甚至做出截然相反的结论。粗略看去，洞庭龙君这人低调内敛、性情温和、本本分分的样子。但相处时间长了就会发现，这些都是假象。老龙头极具个性，向来以自我为中心，心胸狭隘、固执偏执，但凡他拿定的主意，没人能改变。

在广袤的水域，洞庭湖排名不算很靠前，但分量绝对不可小视。大湖处于中原腹地，纳湘、资、沅、澧，连大江，通巫峡，接潇湘，波澜壮阔。沿湖遍布名胜古迹，物产丰饶，名副其实的洞庭天下之水。

斗转星移，沧海桑田，洞庭沿湖周边的环境慢慢发生变化，水域面积萎缩严重。故步自封的洞庭龙君全然不当回事，成天捧着茶壶，哼哼小调儿，溜溜小鸟儿，日子过得优哉游哉。

洞庭水域日趋变小，各地小龙都非常紧张，担心照这样下去，总归有一天被外江外河冲刷过来的泥沙淤塞填埋掉。他们联名上奏，提出协同整治周边河道，保护好这片广袤水域。洞庭龙君置之不理，说多了就发脾气，责怪臣子们夸大其词、杞人忧天。

老龙君性格还有一个特点——冷酷无情。

他同夫人的关系一直非常冷漠，夫妻的情分有其名而无其实，跟陌生人没什么两样。他同两个儿子，关系也一般。在他身上，很难看出慈父的温情。久而久之，儿女们对这个没多少人情味的父亲特别冷淡，一般不愿同他接触，一家人一年半载很难聚到一块。偶尔碰上了，彼此都不怎么打招呼。这个家，似有若无，彼此都感到痛苦。

虽然家的概念越来越淡，但儿女们的终身大事老龙头还是十分在意的，这毕竟关系到他的地位。按照洞庭龙府世代相传的规矩，执掌龙君大位者，必得子孙后代开枝散叶，繁衍不息。倘若储君无后，现任龙君最多只能担任一届，随后另行选择德高望重，儿孙满堂者继任龙府之首。

遗憾的是两个儿子在婚姻问题上都不争气。大儿子迷恋表弟泾水龙宫的四女儿，那个刁钻古怪的丫头，偏偏对他的大儿子不感兴趣。大儿子苦不堪言，成天抱着酒壶以酒为伴，一副疯疯癫癫的样子。

二儿子更让他伤心。论修为、能力、气度等等都有差距，却一心想着接位当龙君，没满足他的要求所以变得异乎寻常，仿佛看破红尘。对什么都无所谓，男女情事也从来没有上过心。他亲自张罗二儿子相亲事务，让他见了上百个女孩子，哪家闺女都不愿意嫁给他。

两个儿子都不成，洞庭龙君几乎绝望了，但他心犹不甘，思来想去，想到了女儿这张王牌，只有这个漂亮乖巧的女儿才能救他。

洞庭龙君不是搞招郎入赘。招个外姓人到洞庭龙府，即便生了外孙子，照龙府历朝历代传下来的规矩，那也是白搭。

老龙君自有一番神机妙算。

女儿正是青春年少。夫人说过，女孩子大了，心眼就跟着长，千万留不得的，留下来就是麻烦。那次，安排女儿同东海龙王的公子毅相亲，两人连面都没照。这个结果正是他想要的，可以理直气壮跟东海龙王交代了：两个年轻人没有缘分，他便可名正言顺实施蓄谋已久的计谋了。

上午时分，洞庭龙君坐在书房那把老红色靠背椅上，琢磨那件难办的事。

他双眼微闭，右手抚摸银白胡须，左手指轻轻叩打茶几的边沿，像弹奏某件喜爱的乐器，指下流出节奏分明的韵律。

这是他静心休闲的方式，一抚一弹，神情悠然。

这会儿他的指法有些凌乱，指法前后的力道不尽一致，弹奏出的韵味比往日差了些许。

心律不稳则指法乱，意念浮躁，音韵的成色便会失去了根本。由音乐变奏到情绪变化，洞庭龙君深知个中道理。这些年他告诫自己，乱中入定，浮沉有度，处世处事从容不迫。今天，他这个定力被打破了，整个人陷入惶惑和昏沉之中。

老龙君深谙世道，长年的沉淀，使他摸索出调控情绪的一剂良方——品茶。这让他的五脏六腑通透爽朗，情绪变得平和舒缓。

茶几是褐色的，正中央放着一个紫色茶杯，热气腾腾、香味浓郁。

此茶为君山岛明前茶（君山银针），属于黄茶中的极品，采摘君山岛山半腰十几株茶树的细嫩芽叶，经过采、炒、揉、搓、凉、筛、闷、发酵、冷拌等九九八十一道工序，精心制作而成。君山银针具有清热降火、明目清心、消食祛痰、解毒止渴、提神醒脑之功效，当做贡品送往京城，颇受朝廷达官贵人的青睐，那些四品以上的官员都有珍藏。文成公主远嫁藏地的时候，将君山银针选为陪嫁之物，从此，洞庭君山的珍贵物产，在西域高原绽放异彩。

君山银针的身价，堪称一流的品质是不争的事实，朝廷官员将君山银针比作茗茶中的美玉和明月。有道是："金镶玉宇尘心去，浪起洞庭好月来。"君山银针香氲清高，味醇甘爽，芽竖悬汤，冲升水面，徐徐下沉，三起三落，蔚成趣观。

洞庭龙君自创独具风格的茶道：赏茶在先，闻茶其后，饮茶居次。热茶气息活络，举杯观其沉降，杯中黄芽绽开，形似花瓣，茶香顺着鼻道徐徐渗入体内。此时，闭目蓄气养神，吐故纳新，神仙一般逍遥。洞庭龙君调整好心绪，把玩茶道功法，这个时候，听到了脚步声，便收敛气息于丹田，缓缓张开眼睛。

"夫人步履匆匆，有什么紧要事情吗？"

夫人停下步子，在离洞庭龙君不远的竹椅上坐下来。

"贫妇一时心急，走得快了些，没惊扰龙君吧？"

"哦，还好。"

洞庭龙君放下茶杯，面无表情道："看你着急上火的样子，肯定为龙儿的婚事而来。"

夫人淡然笑道："您去年特意跟我谈过女儿的终身大事，没见着有后话，我心里不踏实，冒昧过来问问。"

洞庭龙君眉头蹙动了一下说："这事你别管了，老夫自有主张。"

"斗胆问一下，您相中了哪户人家？"

洞庭龙君眼里冒出一道寒光，不耐烦地说："不是说不急嘛！"

夫人拎着胆子问了半天，却自讨没趣，随便聊了几句家常事务便告辞离去。

此事刚过去几天，洞庭龙府气氛大变，出现了少有的喜庆场面。家丁们忙进忙出，楼堂馆所张灯结彩，洞庭龙君那张长满老年斑的脸露出了难得的笑意。

洞庭龙府要办喜事了？

小龙女带着几分好奇走出房间，迎面碰见大哥，拉住他问，是不是他家迎娶泾水龙府的四女儿。

大哥醉眼朦胧看她几眼，摇头晃脑而去。

到底给谁操办喜事呢，难道是他二哥？

小龙女感觉不对劲，转身回到自己的房里。

母亲敲门进来了，她两眼通红，一副疲惫不堪的样子。

"龙儿呀，不是娘狠心，这件事只能这样了。"

"这话虚头巴脑的，您什么意思？"

小龙女虽已明白几分，故意装着糊涂。

"洞庭龙府和泾水龙府两家本是世代的姻缘，相互嫁娶传了多少代了。亲戚连着亲戚，也没有什么不好。"

小龙女撅着嘴巴，心里非常难过。

庞氏搂住女儿，神情落寞地说："你若不嫁过去，你大哥跟四龙女的婚事就黄了。你二哥根本指望不上，倘若我们家儿女婚姻出了问题，再过三年，没有小龙子生出，你爹爹龙君的位置就会不保。到了那个时候，咱家上上下下就会被贬为庶民，后面的事情，为娘都不敢想了。"

母亲说得眼泪鼻涕一啪啦，话语中充满忧伤和怨愁，话里话外的意思清清楚楚，振兴洞庭龙宫的重任非她这个女儿莫属了。

小龙女心里一阵酸涩，也想流眼泪。

平心而论，爹娘这辈子也不容易，香火延续的事情一直令他们焦头烂额。这事，小龙女看得明明白白，清楚里面的利害关系。

"这件事被逼无奈，还望龙儿体谅爹娘的苦衷。"

母亲揩去脸上的泪水说："儿啊，快换上嫁妆吧，为娘昨天晚上忙了一个通宵，赶着做出来的。"

母亲将嫁衣放在小龙女床上，求助似的看着她。

"赶紧的，迎亲队伍即刻就到，千万别误了良辰吉时。"

小龙女看看娘熬红的双眼，手上扎出的血印子，流着眼泪穿好嫁衣，头也不回走出了闺房。

一辆红色马车停靠在龙宫门前,小龙女弯腰钻了进去。婚车的后面传来娘忧伤的哭泣声。小龙女说了声"快走吧",娶亲的车队狂奔而去。

洞庭龙宫变得越来越模糊,已经听不到喧嚣的声了,小龙女嘴里咬着手绢,伤心的泪水湿透了白手绢。

迎亲的车队走走停停,从绿草萋萋的江南一路向北,只见树木凋零,砂砾遍地,到处一片荒凉。

从洞庭龙宫出发的时候还是初夏季节,进入泾水境内已是深秋。小龙女掀开婚车门帘,朝四周看过去,泾水河水面狭窄,水流暗黄浑浊,像条臭水沟,她心里的落差一下子大了起来。

难道这儿就是自己渡过余生的泾水龙府?

小龙女被人从车辇上扶下来,透过头盖一角,见到迎接她的是一对老头老太,瘦不拉几的,像前世没吃饱过肚子,深凹的眼眶里暗光闪烁。

难道这就是自己的公公和婆婆?

小龙女心里咯噔一下,本已沮丧的心情变得更加沉重灰暗。

乐手们卖力地敲敲打打,唢呐声呜咽悠长,不像办喜事,倒像发丧。小龙女的脸被头盖捂得严严实实,憋得汗水直淌。

新娘子已经就位,迟迟不见新郎官现身,小龙女来气了,照以往的脾气,她会揭下头盖走人。此刻,她强压肚子里的火气,静静地等候。

"我不结婚,什么洞庭龙宫的千金小姐,我不要……"

厅堂外面传来一片吵闹声,小龙女将盖头掀开,看见一个油头粉面的年轻人被押了进来。

他就是新郎官?

一阵凉风吹过来,小龙女感觉好冷。

坐在正堂上的瘦老头厉声道:"放开他!"

"璟儿,今天是你的大喜之日,新娘子漂漂亮亮的,快过来拜堂成亲，乖，你要听话啊！"

坐在瘦老头右边的女人发话了。听语气，她不像给儿子下命令，倒像给他壮胆。

"不，我偏不，我讨厌结婚！"

小龙女明白了，此人就是璟龙子，她未曾见面的表哥。

璟龙子扭动身子，挣脱羁押他的人，转身就要开溜。

"畜生，看你丢人是不？"

一条黑影飞过去，璟龙子的屁股被父亲踢了一脚，扑通跪了下来。

瘦老头指着小龙女道："这就是你媳妇，千里迢迢从洞庭龙宫那边过来的，你们赶紧行夫妻对拜之礼！"

拜堂仪式在璟龙子极不情愿的情况下草草收场，入洞房的时候，房间里就剩小龙女一个人。

夜深人静，烛光摇曳，洞房冷冷清清，小龙女伸手扯下了头盖。

洞房陈设简陋，一张矮床、一张简易的梳妆台，墙面凹凸不平，还有几处黑洞，风一吹，黑洞中发出呜呜的啸叫声。

这是什么鬼地方，破败成了这个样子？

小龙女满腹疑虑的时候，屋外传来一阵喧哗声。

房门被推开了，一群人手忙脚乱抬进来一个人，将他放到床上。瘦老头和瘦老太跟在后面。

小龙女见到公公婆婆，连忙起身请安。

婆婆看她一眼，嘴唇咂巴一下说："璟儿今日高兴，多喝了几杯，你是他媳妇，理应尽好妇道……"

婆婆还想说些什么，公公将她拉走了。小龙女见婆婆出门的时候瞥了她几眼。

新郎官醉得像头死猪，看上去长相倒是还算不错。若比起玉面书生柳毅哥哥，就不知道差哪儿去了。

　　小龙女弯腰帮璟龙子脱衣，璟突然坐了起来，喷出一口酒气，怔怔地看了小龙女几眼，用力推她一把说："你，你，你他娘的走开，我要花，花花儿帮我脱……"

　　小龙女身子一歪，一屁股摔在地上。

　　寒夜漫长，璟龙子和衣而卧，呼呼大睡。小龙女独自坐在冰冷的梳妆台前，在凄风苦雨中渡过了新婚之夜。

020　无情郎君

天色已经放亮，几丝光线从黑乎乎的窗口透渗进屋子里，正墙上大红的喜字显得特别刺眼，一对红烛还在燃烧，烛泪不停地往下流，在烛台上结成疙瘩，眼见着就要燃到尽头了。

"哎哟，渴死啦。花儿，快倒茶过来！"

璟龙子翻了一下身子，闭着眼睛大叫。

小龙女被惊醒了，艰难地睁开眼睛。脖子僵硬酸胀，两条腿发麻，身子沉沉的。

璟龙子不停地叫唤，小龙女厌恶地看了他一眼，支起身子，走到床前。

"什么茶，在哪儿呀？"

璟龙子睁开眼睛，一脸懵懂地惊呼道："你是谁，怎么在我的房间里？"

这一问把小龙女问迷糊了，自言自语道："是呀，我是谁呢？"

璟龙子将眼前的陌生女子从头至尾打量了一遍，口气生硬地说："花儿呢，快找她过来，我要她侍候！"

璟龙子用手指着小龙女的鼻子，嘴里嘟嘟囔囔，一个劲地要找花儿。

小龙女清楚了，这个花儿肯定与璟龙子关系不一般，便气鼓鼓坐回梳妆台前，任凭璟龙子怎么叫嚷，就当没有听见。

这个招数在眼前这个陌生女人面前不起作用，璟龙子不再嚷嚷，一骨碌就下了床，冲到小龙女跟前，冷声道："你是新来的婢女？"

小龙女站起来，两眼盯住了璟龙子。"本姑娘乃泾水龙府明媒正娶的少夫人，不是你随便使唤来，打发去的婢女。什么花儿木儿，你喜欢她，自己找去！"

"扑哧。自称少夫人，还枉称姑娘，简直是笑话！"

璟龙子脸上露出鄙夷的神色，嬉皮笑脸看着小龙女。

无耻之徒，不可理喻！

小龙女鼻子哼出一声，扭过身只顾自己梳妆打扮。一只绵软湿滑的手搭住她的肩膀，蛇一样朝她胸前爬去。

长这么大，从来没有哪个男人胆敢如此轻薄自己，一股怒火从心底冒出来，小龙女扬起巴掌，"啪"的一声，打在那只咸猪手上。

"哎哟，不识抬举的小贱人，痛死我了。有什么了不起的，老子迟早会收拾你！"

璟龙子握着那只被打痛的手骂骂咧咧而去。

太阳露出了半边脸，屋里的光线逐渐明亮起来。

喜婆婆敲门来了。

"少爷，少夫人，该给老爷和老夫人敬喜茶了！"

小龙女不知道泾水龙府还有这样的规矩，新郎不知去向，这喜茶怎么敬？

她有些慌乱，不知道如何应话。

喜婆婆朝屋里看了几眼，发现少夫人脸上神色不对劲。再看床上，被窝乱糟糟的，不见少爷的身影。

喜婆婆到底是见过世面的，一眼就看出了端倪，立马给小龙女出了一个主意，说新娘茶是要敬的，这是老祖宗传下来的规矩。少爷不在，按理，说不过去。不管怎么说，新娘子得给公公婆婆敬茶请安，如是这样，也算尽了孝心和本分。

小龙女不再说什么了，随着喜婆婆七弯八拐，来到府上的厅堂——昨天拜堂的地方。

公公婆婆在此等候多时了，满脸的不高兴。不待小龙女站定，婆婆劈头就问："璟儿呢，怎么不见他过来？"

小龙女吓得一哆嗦，声音弱弱地说："早上起床的时候，他说要去找花儿。到底去了哪儿，我不知道。"

"找那个贱人？"

婆婆勃然大怒，厉声道："连自己男人都看不住，你这个媳妇是怎么当的？我昨晚跟你说的那些话当耳旁风了？"

婆婆的手杖在地上戳了几下，咳过一阵后大声嚷道："你们洞庭龙府的人历来傲气十足，挺难侍候。告诉你，嫁到了泾水龙府，你就是我们府上的人，什么事都得讲规矩。三从四德、三纲五常，你爹妈教过没有？"

这算哪跟哪？你家儿子没个正形，在外头鬼混，当父母的没管教好，岂能把责任往我身上推？再说了，你儿子长了两条腿，一个大活人说走就走，谁能拦得住？这件事跟我们洞庭龙府人的傲气一点关系都没有，生拉硬拽往上套，亏你想得出来？

小龙女本想拿硬话杠过去的，话到嘴边又打住了。

"娘，璟根本不听我的，多说了一句，他就朝我挥拳头。"

"你看、你看，他爹，儿媳刚刚进门就学会顶嘴了。来呀，喜婆婆，给我掌嘴！"

婆婆怒气冲天，喝令小龙女跪下。

泾水龙君看不下去了，挥挥手示意喜婆婆退下，轻声细语在夫人耳边嘀咕了几句。

夫人怒气难消,亮着嗓门叫:"我跟你说清楚。我家女儿是金枝玉叶,压根儿看不上你那个嗜酒如命的大哥。当初,我就不同意换婚,没想过让我家四女儿嫁到你们那儿去。"

夫人对新儿媳恶语相向,泾水龙君在肚子里叫苦。分明是他们泾水龙府理亏,老婆竟倒打一耙,他感到很难为情。儿媳出身名门,一个大家闺秀嫁到如此偏僻之地,已经很委屈了。若不是自己耍手腕,苦求加利诱,洞庭龙君绝对不会把漂亮的女儿嫁到这儿受苦的。

两家人商量亲事的时候,亲家洞庭龙君多有勉强,反复交代,不能让他的宝贝女儿受委屈。俗话说,新媳妇三天客,理应对人家客气些,有什么话以后再说不迟。他忙给夫人使眼色,让她少说几句。夫人越说越起劲,越说越离谱,失去了当长辈应有的风范。这事一旦传出去了,一则在亲家洞庭龙君那儿没法交代,二则让旁人当笑话看,他实在忍无可忍了,冲着夫人吼道:"你这个婆娘,大清早咋咋呼呼。你若不说话,没人把你当哑巴!"

夫人仍不知趣,龇牙咧嘴道:"新媳妇过门三鞭子,这是老辈那儿传下来的规矩!"

泾水龙君气得脸色发青,眼里冒出凶光,向老婆吼道:"闭嘴,再瞎嚷嚷,我就撕了你那张破嘴!"

夫人吃了一惊,脸色一阵红一阵白。

"龙儿,你娘刀子嘴、豆腐心,说完就完了,千万别往心里去啊。"

公公黑着脸敷衍几句,怒气冲冲走了。

这是什么家呀,本来指望嫁过来好好过日子的,只要夫君待自己稍好一点,哪怕生活上贫困点都没什么。现实就在眼前,所谓的夫君,不折不扣的花花公子,新婚之夜把她扔在一边。这个面容瘦削的婆婆,比冰还要冷,跟这样的女人生活在一起,自己迟早是死路一条。倒是公公还算公道。但看得出脾气暴烈、独断专横。嫁到这样的家庭，往后的日子是个啥模样，她不敢往下想。

接下来的日子里，很难见璟龙子照面，他成天跟那些年轻漂亮的婢女鬼混在一起，还邀上那些弟弟们到青楼寻花问柳。小龙女如同弃妇一般独守空房，孤灯而眠。

煎熬了一段时间，小龙女倒也习惯了，就当这个男人死了，一个人过活落得清净自在。

一天午饭后，小龙女走出房门，想到镇上换些女人用品，半路上遇见丈夫醉熏熏的样子。他一边搂着一个打扮妖冶的女子打情骂俏。

小龙女没好气地瞅了一眼，想绕道而去。璟龙子朝她招手，眯着眼睛嚷道："哎，哎，你你过来，这，这就是花，花儿，记，记，记住没？"

"下贱！"

小龙女呸出一口，转身就走。

"臭，臭娘娘们，没教养的东西，欠揍是不？"

璟龙子朝小龙女挥出一拳，她一个趔趄栽倒在地，脑袋磕到石头上，头皮磕破了，鲜血流了一地。

璟龙子没看见似的，搂着两个女人扬长而去。

此后，璟龙子只要在外头受了气，或者不高兴了，回到家就拿小龙女出气，拳头暴雨般落在她身上，打得小龙女身上青一块、紫一块。有几次，璟龙子喝高了撒酒疯，双手掐住小龙女的脖子，掐得她脸色发白，差点被掐死了。

儿子胡作非为，母亲不但不制止，反倒指责小龙女无能，说璟儿千错万错，都是她这个当老婆的错。男人就像天上的风筝，飞多高、飞多远，丝线拽在女人手里，你得好生拉住。她没把老公侍候好，他才会到外头寻开心。

111

总之，生性风流浪荡的儿子半点错都没有，要说有错，就错在她这个当儿媳的。

婆婆横挑鼻子竖挑眼，小姑子四龙女加入欺负她的行列，还动手打她嘴巴。她敬重有加的公公，也开始对她不冷不热了，迎面碰上了，跟他打招呼都爱理不理。更令小龙女不可思议的是，那些地位卑微的奴婢，仗着璟龙子撑腰，想怎么欺负她就怎么欺负，小龙女成了泾水龙府的公敌。

光秃秃的黄土高坡，荒凉野蛮的水域，没有亲情、没有温暖，只有数不清道不完的屈辱和痛苦，小龙女如同孤苦伶仃的弃儿。

她开始想家了，拼命地想，做梦都念念不忘生她养她的爹娘。有时候，想起梦中的俊小伙柳公子。

璟龙子变本加厉地折磨她，指着圈内几百只咩咩直叫的绵羊，恶狠狠地说，"我们泾水龙府从来不养懒人，这些羊归你管。一只都有不能死，也不能丢。如果不能养得膘肥体壮，绝对不会轻饶你！"

小龙女被无情的丈夫赶出了家门，孤独地行走在茫茫大草原，风餐露宿、寒暑无常。草原上危机四伏，常有毒蛇豺狼出没，她已经心灰意冷，不知道自己还能苟延残喘多长时间。

021　命悬一线

　　天上细雨绵绵，四周雾气缭绕，数十尺开外就看不清东西了。

　　绵羊刺耳的叫声蔓延不断，声音缠绵悱恻，凄婉忧伤。柳毅没有想到，眼前这位美丽淑娴的江南女子，遭遇如此非人的折磨。

　　难道这就是书本上所谓的"泾渭分明"？一个自私自利，排挤他人，没有人情味的地方？

　　对于泾水，柳毅最初的印象源自典籍的注释。书上说，泾河和渭河是两条截然不同的河流。泾河发源于六盘山东麓，向东南流经甘南，在陕西高陵县入渭河。渭河是黄河最大的支流，它发源于甘南渭源县鸟鼠山，东流横穿陕西渭河平原，在潼关注入黄河。泾河水非常清澈，渭河水混浊，在高陵两河交汇处有非常明显的界线，成为泾渭分明的奇特景观。

　　百闻不如一见，古人对泾水与渭水的对比片面而武断，泾水泥沙翻滚，水质呈赤黄色，跟渭水的颜色相差无几，只是少数地方稍稍清澈一些。从长安出发，沿着渭水和泾水交错的河道走了一程，脑袋中泾水那副景象荡然无存了。对比洞庭湖水，他不停地喟叹。

　　话说回来，泾水龙府毕竟是西域之地的龙宫所在，龙君的地位虽不及仙家，在凌霄天宫还是排了位置的，在玉皇大帝的眼里，还是一方水域的诸侯。既然这样，为何龙宫之人的修为如此低劣，一个破烂不堪的宫殿，简直就是惨无人道的魔窟？

既然泾水龙府为有违仁爱道义之所，为何不拂袖而去？

柳毅纳闷了，这个家不值得留恋，小龙女早该一走了之。

柳毅的疑虑，正是小龙女的心病，她何尝不想逃离这个惨无人道的地方，而是没法逃。泾水龙府对她看守极其严密，每天派人跟踪，她到哪儿，那些看守就跟到哪儿，根本没有逃脱的机会。再说，能往哪儿逃？她那个残酷无情的爹爹，早就把后路断了。出嫁那天，他板着脸说："嫁出去的女，泼出去的水，别指望不开心了就往娘家跑。"

天底下还有这样铁石心肠的父亲，柳毅很难理解，一时语塞，不知道如何安抚小龙女。

小龙女靠近柳毅，将他怀里的小羊羔抱过来，压低声音说："这个地方我一天都呆不下去了，再不走，就是死路一条，肯求你帮忙。"

"说吧，要我怎么帮你？"

小龙女神情紧张地朝四处看了看说："救我出去！"

"救你？"

小龙女点头说："璟龙子武功高强，一般人不是他的对手，若想救我，除非到洞庭龙宫搬救兵过来。"

柳毅想都没想说："这个没问题。不过，洞庭龙府在哪儿，如何才能搬到救兵，还望公主明示！"

小龙女从怀里掏出一条白娟，连同早已备好的书信，飞快地塞给柳毅，告诉他洞庭湖中有座洞庭山，那山叫君山。山的东南方向有颗粗大的橘树，树下有口深井，这是进入洞庭龙宫的唯一通道。将这条白娟系到树之上，橘树便剧烈摇动，引起湖水动荡，把门的水神就会出来迎接引路。

柳毅语气坚定说:"行,我照你说的办。"

小龙女握住柳毅双手,眼泪像泉水一样奔涌而出。"柳公子,小龙女的身家性命握在你的手里了,拜托!"

"放心吧,只要柳毅还有一口气,一定将书信传到洞庭龙宫!"

柳毅将白娟和书信藏入怀里。

小龙女拉住他细声叮嘱道:"到处都是璟龙子的眼线和耳目,万万不可掉以轻心,说不定草原上的小蜜蜂偷听到我俩谈话,也会报告给璟龙子的。"

小龙女话音刚落,远处传来了急促的马蹄声。

"柳公子,快跑!"

小龙女扬起鞭子,当空啪啪两下,几百只绵羊立刻安静下来。

小龙女对着那头个儿高大的公羊呃呃两声,头羊得令,领着羊群,朝马蹄声传来的方向奔去。

"柳公子,我和羊群先抵挡一阵,你赶紧跑吧。记住了,君山岛上那株古橘树!"

柳毅将两个指头放进嘴里,呼出尖厉的哨音,风儿得令,飞奔过来,他一跃上马,一股旋风朝南方飞驰而去。

嘚嘚嘚的马蹄声响彻原野,风儿一口气跑出了几十里,一条深不见底的山涧挡在了前头。

估计已经摆脱追兵,柳毅感到一阵困倦,想下马歇口气,身后响起了更加急切的马蹄声。他两腿用力夹了一下马肚子,大声吼道:"风儿,快跑!"

马嘶声骤然而起,风儿扬起四蹄,腾空而起,闪电般越过山涧,飞到了对岸,一眨眼,消失在茫茫原野之中。

甩掉了追兵,柳毅已是疲惫不堪,在一处陡峭的山崖边翻身下马,一屁股坐在地上喘粗气。风儿寸步不离，竖起耳朵，两眼警惕地巡视四周。忽然，风儿一声凄厉嘶鸣，两条前蹄立了起来。

柳毅赶紧从地上爬起来，只见百尺远的地方，一只老虎试探着朝他这儿走来。

"风儿，我们跑啊！"

柳毅跃上了马背，风儿对着猛虎吼出一声，老虎退出了几步，风儿调转身子就跑，那只身躯硕大的老虎被远远抛在身后。

柳毅伏在马背上，记起了临别的时候小龙女说的那些话。小龙女说，这一路将是险象环生、防不胜防，务必小心谨慎应对。几个时辰两次遇险。此去江南几千里路，不知还有多少凶险，柳毅心里不禁一阵恐慌。

嗥——嗥——嗥——

尖厉刺耳的叫声当空响起，惊得风儿前蹄一软，噗的跪了下来，把柳毅摔出好远。

柳毅摔得晕晕乎乎，抬眼看时天上乌云密布，一条黄龙从云层飞出来，张开血盆大口。

"柳毅，你自不量力，胆敢给我家婆姨传书送信，拿命过来！"

那条龙摇身一变，变成一个油头粉面的小伙子。

"小璟子？"

"你一个臭书生，不好好识文断字，咸吃萝卜淡操心，今天就让你知道，多管闲事是什么下场！"

璟龙子变回龙形，亮出锋利的龙爪，柳毅大惊失色，连连往后退。

风儿猛然站立起来，眼里射出两道寒光，浑身的毛发根根挺立。

璟龙子一惊，挥出去的龙爪收了回来。哪来的怪异之物，像马、还像龙，摆出拼命的架势。他不敢轻举妄动，决定先试试对方底细再说。

"喂，你知道爷爷是谁吗？"

这话刚出口，璟龙子就后悔了。什么玩意儿，啰嗦个屁，打了再说。刹那间，一股遮天蔽日的黄尘，呼啸着朝风儿这边袭来。

卑鄙歹毒的家伙，竟使出阴阳两手。风儿发现黄尘之中隐藏着寒光闪烁的龙爪，直接攻击它的头部。

风儿长嘶一声，脑袋偏向左边，避过璟龙子阴险的招数。

璟龙子倒吸一口凉气，心里有些发怵了。眼前这个家伙非比寻常，不费吹灰之力就化解了他的"神阴龙爪功"。

这招只是试探，璟龙子却使出了六成功力。

"神阴龙爪功"他苦炼了几百年，若中此招者，龙爪释放出的寒毒，立刻聚集到被击者体内，一个时辰之内，腹部结成极寒之冰而毙亡。眼前这匹怪马，居然跟没事似的，身形稳如泰山。

璟龙子后退一步，打开"神龙炫目眼"，他要将对手察看仔细，找到对方命门，发起新的一轮攻击。

此马头上犄角突出，锋利如刃，毛发直立似荆刺。四条粗壮的马腿如柱耸立，定是力大无比。所幸这马处于守势，假如主动攻击，他一定会吃大亏。

璟龙子暗想，难道这就是传说中功力盖世，出入乱兵之中，践踏无数战将，助刘备一臂之力的宝马的卢？

璟龙子思忖片刻，心里冷笑。的卢被刘备用于笼络人心送予下属，不久就不知去向。到底是失踪了，还是被人杀了，谁都说不清楚。况且，那都是几百上千年前的事情，不过一匹马而已，就是再怎么能扛，恐怕活不到今天。即使的卢再世，也没什么了不起，今日定当让它死无葬身之地。

风儿虽然避过璟龙子正面攻击，颈部却被龙爪擦伤，血流不止。它依然高高昂起头颅，两眼死死盯住那条恶龙。

天色昏暗下来，山崖边一只秃鹫在嚎叫，气氛变得愈加紧张了。柳毅将绑在风儿身上的干粮及细软卸下来，身子往它这边靠，他想助风儿一臂之力。

风儿嘴里发出咻咻咻的声音，告诉柳毅，这里非常危险，千万别过来。

咻——，

咻、咻。

声音一长两短，这是风儿向柳毅发出的警报：情况紧急，赶紧逃，一刻都不能停留！

这时，天上黄云翻滚、狂风呼啸，一条黄龙扑向风儿。

咴儿、咴儿、咴儿……

风儿举起前蹄，发出尖利的咆哮声。

嗥呜——

璟龙子的狂嗥之声盖过了风儿的怒号声，一道银光横扫过来。咔嚓、咔嚓，风儿的前腿只剩下半截了，身子摇晃一阵，好不容易才稳住。

咻咻咻——

风儿的警报焦躁而忧伤：赶紧逃啊，能逃多远就逃多远……

不逃就等于送死，硬拼已经毫无意义，柳毅痛苦地回望风儿一眼，返身就逃。

"哼，我看你小子能逃哪儿去？"

璟龙子扔下风儿，张开大嘴巴，他要一口将柳毅吞下去。

咻咻咻，咻咻咻，咻咻咻……

浑身披挂荆刺的风儿，后蹄猛然一蹲，身子奋力朝上跃去，一股黑旋风急速向上，瞬间钻进了璟龙子的肚子里。

嗥呜，嗥呜——

璟龙子惨叫几声,摔倒在地上。

柳毅老远看见璟龙子肚子鼓鼓的,好像有东西在里面蠕动。

璟龙子疼得嗷嗷直叫,呼天抢地在地上打滚。

柳毅不敢停留,背着沉重的包袱,连滚带爬死命地逃跑。

黄昏的时候,柳毅逃到了山脚下,眼前是一条平整的道路,一辆马车从他身边驰过,驾车的是位长者。

哎——!

柳毅刚叫出一声,马车嘎然停下。

驾车的老翁脸色红润、发须皓白,柳毅瞧着有些眼熟。

老翁喝住马,跳下车,身手轻盈敏捷,脚底下一点声音都没有。

"请问这位小哥,有事要帮忙吗?"

柳毅忙给老翁行礼:"学生真有事相求。您看天色已晚,就近没有投宿之地,还望老丈捎个脚力,找家客栈住下来。"

老翁微笑道,"这个好说,请上车吧。"

他两手一拎,柳毅那堆行李轻飘飘的落到了车里。

柳毅在车上坐定,浑身上下打量老翁,感觉似曾相识,且越看越像。三年前,他赴京赶考,夜晚借宿山野的那座木屋,房东姓李的白胡子老人就是这般模样。

他素有过目不忘的本领,断定当年的李老翁就是眼前赶马车的长者。

马车跑得不慢,一会儿就出了山,前面隐约见到人烟和村落。柳毅想,若不出意外,很快就能找到落脚的地方,今晚不会露宿荒郊野外了。

马上就要跟这位神秘的好心人分手了,柳毅试探着问道:"老丈,我们好像见过?"

"是嘛?"

老翁不看柳毅,专心致志赶着马车,脸上微微带笑。

"看您老面熟，跟我几年前见过的一位姓李的好心人挺相像的。"

"天底下相像之人多着呢。小哥，你记错了。老夫姓白，黑白的白，一辈子在这条道上赶车为生。"

说话间，马车在一家名号"仙来客"的客栈停了下来。

老翁跳下车，拎起行李交给柳毅说："小哥，老夫只能送你到这儿了，我还得赶路呢。"

柳毅连忙道谢，给老翁付车钱。

老翁笑着挡了回去："不过顺道捎了个说话的伴而已，不收钱的。"

老翁一扬马鞭，消失在夜幕之中。

客栈住店的不多，显得冷清。这正合柳毅的心意，一路上打打杀杀，只想清净一些。随便吃了点东西就躺下，却翻来覆去没有睡意。

柳毅开始想风儿了，禁不住伤心落泪。

这些年，风儿在他心目之中早已不是马匹，而是患难相依的兄弟。柳毅从床上爬起来，找店家要了笔墨，脱下贴身的白衬衣，挥毫泼墨，热血激昂地写下了《风儿赋》，缅怀风儿。收笔两句是这样写的：

四蹄生风，翻泾水之波澜；一嗷腾云，踏塞北之乱叶。

写完这些，柳毅挥洒热泪，漫步走到屋外，面朝北方，将饱含深情的《风儿赋》烧给了他的风儿兄弟。

022　救子之殇

泾水龙府正堂是龙王钦定的议事之地，平日来这里的人不是很多，这会儿里三层、外三层挤满了人，璟龙子好像颠簸的陀螺，捂着肚子在地上滚来滚去，杀猪似的嚎叫。

"爹啊，娘啊，救命，你们快救孩儿的命吧！"

傍晚时分，璟龙子被人抬进泾水龙府，小龙女刚好遇上了，见他那副痛苦万分的样子，心里乐开了花。

"谁让你作恶多端，疼死了才好。死了这条孽龙，泾水龙府才会安宁，周边老百姓就能踏踏实实过日子。"

小龙女脑子飞速旋转，她想，假如璟死了，就是不用柳毅去洞庭龙宫搬救兵，自己也能得救。依照泾水龙府的惯例，丈夫死了，妻子是要遣回娘家的。她闭上眼睛，双手捧到胸口默念道："玉皇大帝，收了这条恶龙……"

正堂人声鼎沸，泾水龙王急匆匆赶过来，眼前的一幕让他惊呆了。儿子躺在地上手脚朝天，肚子圆圆鼓鼓，那个模样，比十月怀胎孕妇的肚子还大了许多，看上去像头肥猪。

璟龙子脸色蜡黄、嘴唇黑紫，眼睛朝上翻白。

"璟儿，你这是怎么啦？"

泾水龙君抓住儿子颤动的手，急得眼泪汪汪。

璟龙子艰难地睁开眼睛，指高高隆起的腹部哭道："怪物，怪物钻进了我的肚子里。爹爹，救命啊！"

他头朝旁边一歪，昏死过去了。

"老爷，你赶紧想办法，不然咱们的儿子就没命了！"

泾水龙君夫人披头散发哭喊着跑过来，抓住丈夫的手臂使劲掐。

"哎呦，滚开！"

泾水龙君本能地挥动手臂，夫人晃晃悠悠坠落到地上。

"我说过多少次，穷家福养必定出祸害，你总不听，看到了吧，这就是娇生惯养结出的苦果！"

泾水龙君早就想教训这个愚昧无知的女人了，正好借题发挥，用力将老婆摔在地上。

这些年，老婆一味娇惯放纵，儿子变得肆无忌惮，恃强凌弱、打架斗殴，不知道糟蹋了多少良家妇女，成了泾水流域一大祸害。

他苦口婆心对老婆说，不能再这样下去了，极度的溺爱，迟早有一天会闹出大乱子。这些话不知道说过多少次，老婆都当成了耳旁风，处处给儿子护短。这个孽子本来就不知天高地厚，倚仗母亲的庇护，胆子越来越大，发展到无法无天的地步。有一次，闯下了弥天大祸，差点令他项上人头落地，泾水龙府的人遭祸殃。现在想起来这件事，仍然不由自主摸摸自己的脑袋。

说来话长，这件事的原委是这样的。

泾水龙府地处偏僻，自然条件艰苦，作为当家人，他不畏艰难，励精图治，使气候干燥的泾水一带变得风调雨顺，老百姓大体能够过上温饱日子。玉皇大帝觉得他不错，也欣赏他的才能，让他担任司雨神助理一职，全家人也跟着沾了光，从浑浊的泾水一步登天了。当然，一家老小只能在九重天界往下三层的地方落户定居。

不管怎么样，毕竟从凡间到了天界，生活条件发生了变化。倘若潜心修为，待到修炼成家，登入大仙的概率就大了，可谓后势一片看好。可是，他的后院时常着火，受到不小的拖累。老婆依然一副土包子的样子，说话粗声粗气，做出一些不入常理的事儿。一次，天宫会餐，犒劳家属，他老婆不知从哪儿弄到一张入场券，大模大样进入宴会厅。这位从僻远地方来的粗俗女人，从来没有见过这么多好吃的东西，不待人家动筷子，将满桌子美味佳肴倒进早就准备好的袋子里，呼哧呼哧背回家中，惹得众家属愤愤不平，冲着她远去的背影指指点点。

这都不十分打紧，最让他下不得台的是儿子璟。

这个泼皮游手好闲，无所事事不说，竟搞起了偷偷摸摸的勾当，被巡逻的仙家逮住关了禁闭。他苦苦哀求，写了保证书，才将儿子保出来。

家事成了仙界的一大笑料，司雨神助理感觉自己没面子，在诸位仙君面前抬不起头来。

他心里明白，这个难堪的局面不尽快改变，在天庭是待不下去的。板着面孔给老婆约法三章，没有他的许可，绝对不能出门。托太白金星给璟找了份差事，替王母娘娘当门卫。他的想法是这样的：不管地位不地位，先干了再说，只有逐步积累经验，待时机成熟了，再想办法往起眼的岗位挪一挪不是没有可能。俗话说得好，树挪死、人挪活，只要基础打得牢，不怕小苗苗长不成参天大树。

但是事情的发展远远出乎他的意料。老婆成天跟他闹别扭，说儿子干门卫，地位比火龙毅低了许多，被人家甩了几条街都不止。即便累死累活，也难看到出头之日。

一直担心这婆姨生事撩事，把来之不易的大好局面搞乱，他吹胡子瞪眼睛，狠狠地将老婆教训一通。

"什么低人几等，咱能跟人家比吗？"

火龙毅的来路他心里清楚。老爹是东海龙王，干爹是太白金星，王母娘娘将这条小龙当干儿子，九重天宫的上仙们都对他刮目相看。咱们来自西北，地位卑微，啥背景都没有，能在天庭谋个职位就算祖坟冒烟了。在他看来，干门卫挺不错的，往实惠上看，担任门卫成天待在家里头，无风吹日晒雨淋之苦，也没有差旅劳顿之疲惫，工作稳定，旱涝保收。这样的岗位，若不是太白金星从中斡旋，凭儿子那副德行，想都别想了。

泾水龙君语重心长同儿子沟通，讲述越王勾践卧薪尝胆的励志故事，韩信受胯下之辱而后起的道理，说服璟脚踏实把安保工作做好。

璟这回挺听话，信誓旦旦表示一定好好干。可没过多长时间，有关璟的坏消息一个接一个。上班睡岗，见了王母娘娘，爱理不理。后来，发展到公然调戏王母娘娘的干女儿董双成。

那天，董姑娘刚洗完澡，穿的不是太多，璟一看就傻眼了，拦住她往草地上摁，若不是让火龙毅撞见，董姑娘定会遭殃。

王母娘娘大发雷霆，噔噔噔奔到玉清宫，在玉帝跟前参了泾水龙君一本，声称他家规不严、教子无方，纵子扰乱天宫的和谐与安宁。

这个罪名之大，够得上"煞烩仙"严刑惩罚。所幸泾水龙君还不及大仙的级别，故不适用此法。太白金星深感有失察之嫌，赶紧打圆场求情，他的性命好不容易保住了。

最终处理结果：打回原籍，永世不许登天。

这些年，泾水龙君跟小媳妇一样活得低眉顺眼，生怕捅出乱子惊扰了玉皇大帝。

儿子不思悔改，干了许多伤天害理的恶事，让他伤透了脑筋，企盼救星驾临，把璟治服贴。

那日，他同表兄洞庭龙君闲聊，自家的四姑娘陪在一旁，表兄的眼睛一刻都没有离开过他的女儿，意味深长地说出表侄女跟他大儿子婚配的想法。

面对表兄一番诚意，泾水龙君生出一条妙计，搞婚姻重组——双方换亲。换来洞庭龙君能说会道、漂亮可爱的女儿管管他的儿子璟。表兄弟两个一拍即合，承诺就这么办。

然而，老婆特别不明事理，老在儿子和儿媳之间横生是非，隔三差五在他跟前嘀咕儿媳这也不行，那也不是。

凡此种种，儿子沦落到今天这步田地，祸端就在这个糊涂的婆娘。

事已至此，埋怨置气又有何用，当务之急就是帮儿子解决大肚子问题。泾水龙君揉揉被老婆掐疼的胳膊，伸手撩开璟的衣服，只看了一眼，立刻大惊失色。儿子肚子里卧着浑身长满荆刺的庞然大物。那家伙身子扭曲，不见头尾，已经死在里边了。

泾水龙君揭开璟龙子的眼皮，见他目光尚未散乱，脉搏还在跳动，一时半会儿应该不会有性命之忧。

"璟儿，你说清楚，到底怎么回事？"

璟龙痛苦得说不出话，依然重复那个动作，手指隆起的大肚子。

泾水龙君明白儿子手势是什么意思，吩咐婢女赶快打一盆干净水过来。

水来了，泾水龙君取过一只大碗，舀满，往璟龙子肚子里灌。

一碗，两碗，三碗……

璟龙子的肚子撑得老大，夫人非常紧张，两眼圆睁，牙齿咬破了嘴唇，鲜血顺着下巴往下流。

泾水龙君挽起袖子，朝手心吐了一口唾沫，搓了搓，威严的目光扫向四周，旁人会意，纷纷退了出去。

屋里就剩父子二人，泾水龙君闭上眼睛，手掌心向下压，嘴里吐出一股热气，手心反转朝上，提起丹田之气，将通红发亮的手心平移至璟龙子的腹部，将自己体内的仙气聚积于掌心，缓缓注入儿子的腹内。

璟龙子圆球似的大肚子一起一伏，由硬变软，发出嘀嘀嘀的声响，如同湍急的水流声。

随着泾水龙君气息抑扬顿挫变化，璟龙子身子一抽一搐，嘴里接连嗝出恶臭之气。

泾水龙君双手在璟龙子肚皮上方快速地逆向移动，累得满头大汗，脖子和太阳穴处青筋凸起。

腾挪了好半天，璟龙子身体渐渐恢复弹性，噗的一声，吐出满地臭不可闻的墨黑之水。他的肚子迅速扁了下去，胸前是一堆皱巴巴的皮囊。

再去看泾水龙君，他两眼发直，脸色发青，脑袋耷拉在一旁。

泾水龙君许多年没有修炼，体内的仙气一点一滴消逝，要对付这匹体格强壮的怪马，他深感力不从心，为了儿子，耗尽了体内仙气，功力已然消失。

023 恶龙篡位

泾水龙君病倒在床上，如同一株枯萎的稗草。四周绿光闪烁，一头红头发的怪物，哇哇大叫地朝他这边跑来。

这是索命鬼，如果让这家伙缠住了，必定灵魂出窍，肉体撕裂，离死期就不远了。他感到异常惊恐，双手拼命在空中抓狂，杀猪似的嚎叫。

"走开，走开呀……"

泾水龙君挥舞拳头，他恨不得将这个面目狰狞的怪物杀死。

泾水龙君挣扎了一阵，感觉体内有种东西朝外冲去，冲到了半空中，浮云一样飘来飘去。这种感觉一旦出现了，他反倒平静许多，无非大限将至，死亡就在眼前，再闹腾也没有什么意义，不如留点气力，一骨碌闯进阎王殿算了。

这时，房门吱呀一声被人推开，借着昏暗的光线，泾水龙君看见夫人牵着璟龙子走进来，他苍白的脸上露出一丝笑意，抬起手，无力地招了两下，示意儿子到自己身边来。

璟龙子往后退，父亲的眼睛已经塌陷下去，目光阴森恐怖。他听人说过，快死之人，抓住了什么东西是不会松手的。他害怕被父亲抓住，挣脱母亲而去。

泾水龙君失望地嗷呜一声，泪水从瘦削的脸庞滚落下去。到了这个时候，老龙君都不知道，他这个儿子一直暗里诅咒他，恨不得他早点去死。

璟打心眼瞧不起父亲，怨恨他胆小怕事，平庸无能。这样的人，活着不如死的好。早死早投胎，或许下辈子投到大江大海，能混个像样的职位。父亲就剩下半口气，机会就在眼前，他要抢在几个兄弟前头，把那件事彻底办好。

璟龙子走进父亲书房，就着桌上的文房四宝拟了一道诏书，晾干墨迹后快步来到父亲的卧房。

"你没几个时辰活头了，指不定下一口就接不上来。泾水龙府不可一日无主，喏，昭告天下的文书都拟好了，我今日登基即位，把你的龙印拿过来盖上。"

泾水龙君用力睁开双眼，一股凛冽的寒光射向璟龙子。

璟龙子被突如其来的寒光惊了一下，本能地扬起拳头，被母亲用手拨开了。

"老爷，看你现在这个样子，交班禅让那是迟早的事情。咱家几个孩子，要数璟儿脑袋瓜子好使。他武功出色，人缘也不错，还有天庭任职的履历，你就顺势而为吧。"

夫人不待泾水龙君表态，开启密箱去取龙王印。

泾水龙王噌的一下撑起身子，哑着嗓子嚷："不行，绝对不能让璟继位。老大博学多才、怀柔天下，早就立为储君，他继位最合适！"

不说老大则罢，提起这个民女所生的长子，夫人气就不打一处来。她朝泾水龙君说："老大是你当年风流野合之子，名不正言不顺，当初立他为储君就很不合适，想担纲泾水龙君大位，门都没有！"

泾水龙君手指夫人，上气不接下气道："你，你，你……"

他的话没有说完，就气绝身亡了。

璟龙子撬开密箱，找出龙印盖在诏书上，洋洋自得而去。

老龙王驾崩，秘不发丧，泾水新龙君登基就位。

璟龙子顺利篡夺王权之后，无心过问泾水龙府各项事务，倒是特别关心媳妇小龙女。柳毅代她传书，这是一个重大隐患，像炸弹一样，随时随地都会爆炸。

想起媳妇他就头疼。这个女人出自洞庭龙府，名门望族，但是在他眼里就是十足的山野泼妇，身上见不到温良淑娴的美德。那些婢女算个啥，同她们耳鬓厮磨，无非逢场作戏而已，这点鸡毛蒜皮的小事，犯得撅嘴巴瞪眼睛，寻死觅活的到爹娘那儿鸣冤叫屈吗？这年月，男人成就事业累死累活，有那么几个情投意合的异性朋友在一块聊聊天，喝点小酒，彼此安抚慰藉，根本用不着大惊小怪。心胸如此狭窄，往后怎能母仪泾水一族？

小龙女自始至终就是绊脚石，璟龙子对自己这桩婚姻一百个不满意，只对狐媚妖艳的花儿感兴趣。可是，父母偏偏不同意他跟花儿相处。

两难之地怎么办？

扳倒小龙女，扫清障碍，让花儿顺顺利利上位，这是唯一的选择。他蓄意制造事端，借助母亲之手，让小女龙背负冲撞婆婆，有违孝道的罪名，将她贬到草原上牧羊。媳妇一走，他就没有什么顾忌了，把情人花儿姑娘接过来，明目张胆过起了生活。

小龙女沦为牧羊女之后，没见她有半点悔改之意，见到花儿就甩脸，骂花儿臭不要脸，搞得她哭哭啼啼，闹着要寻短见。这件事令他非常生气，心里滋生除掉小龙女的想法，纠结了好半天，迟迟不敢下手。骨鲠在喉，咽不下去，吐不出来，咋办呐？

那日，他正同新来的几个婢女打得火热，探子小蜜蜂连门都没敲急急忙忙闯了进来，说有十万火急的事情报告。

正在兴头上的好事被搅，璟气得两眼冒火，吓得小蜜蜂两腿发软。

场面尴尬，他胡乱抓起衣服就往自己身上套，花花绿绿的裙子，腿脚不见腿脚，腰身不见腰身，任凭他怎么使劲，就是穿不进去。哗啦一声，裤子拉裂了。

小蜜蜂捂着嘴巴偷笑，提醒璟龙子穿了女人的裙子。璟龙子看了一眼，原来自己忙中出错了。他却把这个账算到了小蜜蜂头上，不该进来的时候进来搅局，什么东西！璟龙子气急败坏地给了这个不识时务的狗腿子一巴掌，打得他眼冒金星。

"你小子，早不进、晚不进，弄得老子措手不及，丢人现眼！"

小蜜蜂一肚子委屈，捂着红肿的脸向他报告，说小龙女言行举止异乎寻常，同一个陌生人嘀嘀咕咕，形迹十分可疑。

璟脸色大变，扬起右手，当空打出一个响指。

小啰喽跑过来，证实小蜜蜂说的不假。璟龙子瞪了小啰喽一眼，没好气地问："他们都说了啥？"

小啰喽哆嗦着说："我正在跟踪少夫人，她突然弄出刺耳的羊咩声，咩得我脑袋发胀、心眼疼痛，没听清楚他们说什么。"

"没用的东西，给老子滚！"

小啰喽被璟龙子踢了一脚，连滚带爬跑了。刚出门，便折身返回。

"少爷，好像听他们说传书什么的，少夫人给了那人一条白绢。"

"传书？"

璟龙子两眼眨巴，忽然觉得事态非常严重，叮嘱二人，这事绝对保密，决不能让龙君和夫人知道了。

吩咐完这些，他摇身一变，现出黄龙真身，朝陌生人逃跑的方向追过去。他心里清楚，当务之急就是抢回白绢，灭掉传书之人。

本以为练就金刚之身，没想到让风儿抓住破绽，钻进腹内横冲直撞，差点要了他的命。

璟龙君这个时候记起媳妇，自然记了那个陌生人。虽没跟他直接交手，从远处可以看出，那人决非泛泛之辈。感觉那小子有些眼熟，好像在哪儿见过。

当时，他集中精力对付那匹不要命的怪马，没特别在意那位年轻人。一丝不祥之感从心头掠过，他再次打出了响指。

小啰喽闻声跑了进来，璟龙君厉声道："你把那贱货押过来！"

小啰喽一愣，没弄明白新龙君说的贱货是指何人。

璟龙君改口道："把少夫人押进来！"

小啰喽赶紧说是，一阵风跑开了。

小龙女走进龙宫大厅的时候，璟翘着二郎腿，一副居高临下的神态。她不想理睬这个丧尽天良之人，鄙夷地落下眼帘。

"坐吧！"

璟龙君声音阴沉生硬，透着一股凛冽的寒气。

小龙女斜了他一眼，仍笔直地站着。

"我问你，那个陌生男人是谁？你俩什么关系？"

璟龙君说话的声音尖厉刺耳，震得小龙女耳朵隐隐生疼，她像没听见似的。

"聋了，还是哑巴了？"

璟龙君几步冲到小龙女的跟前，将嘴巴凑近她的脸颊。

小龙女微闭的眼睛突然张开，眼里喷出两道怒火。

璟龙君一惊，立刻镇定下来，三角眼露出逼人的凶光。

"说，那人是不是火龙毅？"

小龙女干脆把眼睛闭上了，任由璟狂呼乱叫。

"让他去娘家搬救兵，有没有这回事？"

小龙女依然默不作声，璟龙君气得火冒三丈，一把抓住她的脖颈，箍得她出不了气，脑袋嗡嗡地叫。再不反抗就没活路了，小龙女使出浑身气力，提起脚踢向璟龙君下裆。

一股旋风席卷而来，璟龙君一惊，赶紧松开手，小女龙拔腿就走。一股强烈的气浪从后面冲过来，她摔倒在地人事不省。

"逆天所为，令人发指，绝对不可饶恕！"

藏在暗处的太白金星已是忍无可忍，如果不是天庭那些条条框框约束，他早就出手杀了这条不可一世的恶龙。

这些日子，太白金星一直隐身于泾水龙府，里里外外看得分明。他替老龙君感到痛惜。泾水龙君一辈子谨小慎微、勤勉克己，到头还是一个悲情人物。事业、名声、前途、包括性命，被胡搅蛮缠的老婆和为非作歹的次子璟一一葬送了。

这条璟龙已然丧心病狂，太白金星感到绝望、愤怒、后悔。若知今日，何必当初。想当年，璟在天宫犯事，自己就不该保他。智者千虑，必有一失，真是看走眼了。

太白金星深陷愧疚和痛苦之中，这个时候才明白过来，不是所有的人都值得挽救。乾坤朗朗，天地昭昭，善恶自有报应，所谓不作死就不会死，胡作非为必定死得很惨的。

"好个璟疯子，你的死期就在眼前了！"

太白金星摆了一下净白拂尘，尾随柳毅而去。

024　孤注一掷

小龙女醒来的时候，发现自己被困在水牢。她是被刺骨的寒冷冻醒的。

漆黑的牢房寒风呼啸，极寒之气透过肌肤，渗透到了她的全身，仿佛无数把钢刀在她身上捅来通去，她的皮肤肉体骨骼就像被分割开来。

体内的热气一丝丝抽去，她萎缩成一团，形同一具僵尸。

再这么下去，肯定被冻死。小龙女张开嘴，鼓气，吸气，呼气，由慢到快，循环往复地做着这些动作，以此增加体内热量，抵御极度的寒冷。

这个南方出生的女人，天生就有畏惧寒冷的毛病。每年冬天来临，稍不注意保暖，手脚会被冻伤，长出成片的冻疮，皮肤皲裂溃烂，不到来年春末夏初是不会痊愈的。

最好的御寒方式就是窝进被子里，把蒙头住，密不透风裹着，漫长的冬天，她吃喝几乎都在床上。

北方的寒冷跟南方完全不一样，那个冷，就像将人身上的热气一点一滴吸食掉。这对她这个缺乏抗寒能力的人而言，就像锋利的钢刀宰割她的肉体。

抵抗寒冷是人生理本能，她这种能力极其有限。但不想放弃。此刻，她这种本能已经转化为对生命的渴望和对未来幸福的憧憬。

日夜思念的柳毅终于见着了，这就是她活下去的唯一希望。歹毒的璟已经丧失人性，用水刑这种残酷手段对待她，无非想压垮她的意志，从她嘴里获得情报，一举将柳毅擒获，彻底摧毁她重返洞庭龙宫的梦想。

不就冰水刑罚吗，还有什么伎俩尽管使出来。不管耍什么花招，休想从本姑娘嘴里得到一句有用的话。反正落在你的手里，大不了就是一死。我可以明明白白告诉你，倘若胆大包天，置本公主于死地，你的下场决不会好到哪儿去。真到了那个份上，洞庭龙府那帮虎狼之师杀伐过来，必定灭你泾水族群！

小龙女就这样不断地给自己打气，坚强的意志就是克敌制胜的力量。她想好了，眼下只有放手一搏了。

守卫在牢外的小啰喽走过来，塞给她一件棉衣。

"夫人，您凑合着穿上暖暖，再这么下去，您真的挺不过去的。"

小龙女用温和的目光表示谢意，将棉衣往外推。她若接了小啰喽的棉衣，无疑会连累他。

女主人高贵善良，这样的好人，嫁给心地歹毒的璟龙君真是糟蹋了。

小啰喽一直替夫人感到委屈和难受。璟龙君的邪恶本性他一清二楚，夫人若是不招供，指不定会使出比水牢还要毒辣邪门的刑罚，夫人注定性命不保。

小啰喽眼巴巴看着小龙女快要坚持不住了，心里难过愧疚。这段时间，受命跟踪监视夫人，他不敢丝毫的大意，但不想为难这个可怜的女人，使出阴阳两手，明里高调行事，看似把夫人看得死死的，暗地打过不少马虎眼，替夫人预留了一些私密空间。节骨眼上，却将夫人同那个陌生男人密谈的情报报告给了璟龙子。

当时，他内心非常矛盾，也特别紧张，说与不说他都难。如果不报告实情，狡诈凶残的璟龙子必定查个水落石出，他会背上玩忽职守，刻意隐瞒事实真相的罪名，不但自己死得很惨，还会连累整个家族。即便死咬没有听清夫人跟那个陌生男人说了什么，侥幸逃脱责罚，耳尖的小蜜蜂也会告密。那家伙成天鬼鬼祟祟，常在璟龙君跟前讨好卖乖，以求得宠，如此绝佳的立功受奖机会，他是绝对不会放过的。到头来，不但保不住夫人，自己也会搭进去。

常言道，胳膊拧不过大腿，夫人肯定斗不过新龙君，若是招了，兴许结局比挨冻要好一些。

小啰喽走上前，一脸忧愁地劝道："夫人，您还是招了吧。这水寒冷彻骨，如果在水里呆久了，必定吸入寒毒。轻则四肢僵硬瘫痪，嘎然断裂，成为活死人。重则寒毒攻心，咳血而亡。"

"谢谢你，你的好意我心领了。"

小龙女语毕，一个猛子扎入水中，咕噜咕噜直冒泡，吓得小啰喽大喊大叫："龙君，夫人她，她，她要寻短见！"

璟龙君冲进牢房，对着小啰喽直嚷嚷："蠢货，赶紧把那个贱人捞起来呀！"

小啰喽跳进水里，将奄奄一息的夫人捞上了岸。

小龙女这回耍了大招，目的想分散恶龙璟的注意力，搅乱他的视线，让他产生误判。她玩出这手，间接证明柳毅不是去搬救兵。她都不想活了，搬来救兵还有何用？

这招叫破釜沉舟，险中求胜。

恶龙璟绝顶聪明，能不能蒙住他，小龙女并没有多大的把握，反正沦落到这步田地，不如放手一搏，或许障眼法短期还能凑效，替柳毅逃跑赢得宝贵时间。

至于死，绝对是在演戏。

小龙女自幼练成了闭气功，这是洞庭龙族的基本功法，潜入水底三两个时辰不透气都是小菜一碟。

她一不做二不休，干脆将装死进行到底，将闭气功法发挥到极致：脸色寡白、嘴唇发紫、腿脚抽筋、脉象微弱。

璟龙君慌了，高声叫嚷道："快，快，快请御医！"

御医跑了过来，只看了夫人一眼，神色慌张说："龙君，夫人气息微弱，情势很不乐观，您看怎么办？"

"你是御医，赶紧拿主意呀！"

璟龙君这回真急了。小龙女绝不能死，她若死了，他就等着陪葬。老岳丈洞庭龙君平日古板冷酷，身上人情味淡薄，但对女儿不同，也有点慈爱和温情。如果小龙女死在他们泾水龙府，武功超凡的老龙头，必定不顾一切杀过来，将他的泾水龙府掀个底朝天。

老御医见璟龙君非常惊恐，心里有数了，连忙献上一计说："依在下愚见，最好送夫人到怡心园静心治疗。"

"那还愣着干嘛，赶快弄过去呀！"

璟龙君对着小啰喽一通乱吼，小啰喽一弯腰，背着浑身水淋淋的小龙女就跑。

御医跟在后面追赶，气喘嘘嘘道："慢点，慢点儿跑！"

御医为人厚道实在，私下里和小龙女有一层特殊关系。他的大女儿跟小龙女同年同月出生，两人悄悄结为闺蜜。

御医为人清高，从来不以医术谋求私利，家里吃饭的嘴巴多，日子过得紧巴。小龙女暗中接济他们一家人。她用的这套闭气功，骗得了璟龙君，骗不到老御医，他伸手把住她的脉搏，很快就明白后面的事该怎么做了。

怡心园地处泾水龙府西北，园里杂草丛生、荆棘遍地，很少有人到这儿来。这儿就是泾水龙府实质意义上的冷宫。为了避讳，弄出个浪漫的名词敷衍外人。

璟龙君身边美女如云，巴不得小龙女离他远点儿，御医心知肚明，掐准时机提出了这个建议。

御医还往深处想了一层。璟龙君喜怒哀乐无常，小龙女在他跟前晃来晃去，哪天不高兴了或者发疯了，说不定使出更加严酷的刑罚折磨她。于是生出这个进退皆宜的妙计，给小龙女找了一个暂时落脚的地方。至于往后怎么办，老中医一时半会还没有更好的办法。天无绝人之路，走一步看一步吧。他在心里默默祈愿，好人好报，少夫人一定绝处逢生，渡过难关。

025　他乡奇遇

　　难得一见的好天气，太阳照在人身上明显感受到了温暖。地处偏僻的怡心园，隐约感受到春天的气息。园子中央那片草地长出了一些新绿，大自然生命周而复始，不经意间，杂草中窜出了几点绿色，嫩嫩的、脆脆的，仿佛即将熄灭的炉膛中猛然跳跃出火花，人的情绪瞬间就被点燃，心情不由得顺畅爽朗。靠墙的地方有一排枝桠繁茂的大树，枝头缀满了苞蕊，星星点点、密密麻麻，不需要多少时日，定会轰轰烈烈地绽放。小龙女站在庭院的回廊，目睹眼前的景色，想起了江南春天万物勃发、色彩斑斓的景象。

　　浩淼的洞庭草绿花艳、水阔天空、在春心萌动的季节，她和所有怀春的女孩子一样，心里浮动着时而模糊、时而清晰的身影。这个人就是湘水之滨的才子柳毅。多少年了，小龙女的心思都在柳毅的身上。她化着红云相依左右，喜其喜、乐其乐、忧其忧、悲其悲，柳毅已然成了她的精神寄托。她告诉自己，这辈子如果嫁人，一定嫁给柳毅为妻。两人恩恩爱爱，终身不离不弃。她幻想过婚后的生活模样，可以在湖州搭一个苇棚，房子不要太大，三两间即可。她要给柳毅生孩子，最好生一男一女。小子像他爹，英俊潇洒、温文尔雅，长大以后饱有才学，考个一官半职。姑娘像她，温良淑娴，嫁个上好的人家。

爹爹用换婚苦肉计,彻底击碎了她的婚恋美梦。父亲被泾水家族那帮居心叵测的人耍得团团转,大哥的婚事遥遥无期,自己却深陷牢狱。长空茫茫君何在,鹊桥相会能几时?小龙女仰望苍穹,绵绵的忧伤涌上心头。她非常担心柳毅的处境。此去洞庭传书,路途遥远算不了什么,生命安危才是最紧要的。璟龙君已经癫狂,他会不惜一切手段追杀柳毅,断了她搬来救兵的梦想。

怎么办,怎么办呀?

小龙女面向南天,泪水滚滚而下。

此时的柳毅,暂时逃离了璟的魔爪,仍滞留在"仙客来"客栈。大雨一场接一场,道路泥泞不堪,没了风儿,想走也走不了。传书路途遥远,靠一步步行往下走,猴年马月都到不了洞庭湖。眼下分分秒秒都关系到小龙女的性命,他要跟璟龙君争时间。眼下最紧要的就是能买到一匹好马,快马加鞭,飞速赶到洞庭龙府。

店主是个热心肠的人,陪柳毅到集市来来回回跑了半天,寻找能够胜任脚力的马匹。

牲口交易区不算小,拴了上百匹马,两人东瞧瞧、西望望,俯下身子将那些马匹上下身后腿脚看得仔细,不是瘦得皮包骨,就是虚肥傻胖,或者腿脚短小,有的羸弱不堪。辗转了几家集市,情形大同小异。

天色渐渐暗了下来,没有任何收获,两人垂头丧气准备打道回府,一个精瘦的老头走过来,神秘地告诉他们,离这儿十里开外有位相马师,他手里有匹绝世好马。

柳毅心里一喜,付过老头碎银子,急忙赶过去察看。

柳毅还没有进马棚,老远就闻到了一股特殊的气味。他很熟悉,这是风儿身上的味道。一股暖流从胸口掠过,他激动得差点叫出了声。

果然是匹好马。浑身毛发枣红颜色,肚皮那个地方,长出一溜齐齐整整的白毛。四条腿修长强壮，右前蹄亮闪闪的。这些特征，几乎跟风儿一模一样。

柳毅像欣赏绝世珍宝一样围着这匹马走了几圈，不停地用手梳理枣红大马的毛发。那马抬起头，不停地舔柳毅的手，那股亲近的劲头分明就是风儿。他心里一阵惊喜，暗问自己，莫不是风儿再世吧？

他拉住相马师，表示愿出高价买下这匹马。

相马师眯眼打量眼前的年轻人，半天没有吭声。

两人谈了小半天，任凭柳毅巧舌如簧，出多高的价格，相马师总是模模糊糊，态度一点也不明朗。

柳毅急得额头冒汗，说这马跟他有缘，同他家的风儿一个模样。他买这匹马，不是贪图享受，也不是摆阔，而是去救一个可怜的女人。

相马师似信非信，细眼看了看柳毅，感觉年轻人不像撒谎，勉强答应容他考虑再说。

马的问题没有着落，柳毅没精打采，回到"仙客来"客栈晚饭都没吃倒头就睡。半夜里，他见了风儿兄弟。

风儿站在断崖之巅，目视前方，如同身披铠甲，严阵以待的骁勇之士。

仿佛见到了久别的亲人，柳毅冲上前，一把抱住了风儿。

风儿哧哧几声，告诉柳毅龙女姐姐处境十分危险，你得赶紧上路，把救命的书信传到洞庭龙府去。风儿说完，扬起前蹄飞向云霄。柳毅赶紧去追，眨眼间风儿不见踪影，他沮丧地拍了一下大腿。这一巴掌下去，把自己拍醒了。

窗外月色明亮，雨后的原野空旷清新，柳毅望着圆圆的月亮，自言自语道：如果有一匹像风儿那样的宝马多好啊！

"主人，你不用着急，相马师那马就很不错，放心用就是！"

140

这话他在梦里听到了,好像风儿特地说给他听的,现在依稀记得一些。

天无绝人之路,或许,相马师会……

柳毅不敢多想了,拉过被头迷迷糊糊睡了过去。

天色已亮,店主敲门进来,喜滋滋地说,"恭喜客官,来了,呵呵,相马师来了。",

相马师将心爱之马送过来了。他紧紧马鞍,勒勒缰绳,瞧瞧马掌,恋恋不舍地说,"这马日行千里,夜行八百,绝对一匹好马。"

相马师说得一字一顿,说完将马留下,扭头便走。

柳毅急忙赶过去给他付钱,相马师头也不回往前走,他的身后飘来一句话:"既然这马跟你有缘,那就送你了,叫它电儿吧!"

看着相马师渐渐远去的背影,柳毅鼻子一酸,眼前一片模糊。

天气变化无常,早饭刚过又开始下雨了,电闪雷鸣,雨大如注,柳毅去意已决,店主苦留不住,给他披上蓑衣戴斗篷,反复叮嘱路上一定小心。

不知是雨水还是泪水,柳毅挥手向店主告别时眼前雾蒙蒙的一片,他一跃跨上电儿,扬起马鞭消失在烟雨之中。

电儿果然是匹好马,腿脚的功力跟风儿非常相似,不硬不软、不颠不抖,行走奔跑的时候,前后腿之间跨度跟风儿没有两样,骑者不倾不仰,上坡或下坡的时候,它嘴里发出唬唬之声,提醒骑马的人抓牢马鞍。

通人性、解人心、达人意,这不就是自己的风儿吗?柳毅喜上心头,精神倍增。

翻过几座山,眼前是一片开阔地带,雨水被柳毅抛到了后头,暖暖的春阳当空照射过来,到处绿色葱茏,一派生机盎然的景象。

这一路顺顺当当,柳毅老在想一个问题,电儿同风儿如此神似,未必它们之间有着什么不为人知的特殊关系？难道风儿英魂不死？

"或许这一切都是天意，老天助我呢！"

柳毅一阵欣喜，快意地吆喝一声，电儿一路快跑起来。

嚄——

电儿惊叫着提起前蹄，半个身子竖了起来。

柳毅死死抓住马鞍，才没有从马背上摔下来。

电儿放下前蹄，身体下伏，柳毅连忙下马。离电儿几尺远的地方躺着一个男人，双眼紧紧地闭着，身上衣着破烂，头发散乱，昏迷不醒的样子。

柳毅走过去摇动那人胳膊，"喂，醒醒，荒郊野外的，到处猛兽出没，赶紧醒醒呀！"

那人喉咙里嗝出一声，缓缓睁开眼睛看住柳毅，乞求道："小哥，我饿，我好饿……"

柳毅见是个年轻人，面目倒也和善，不再害怕了。从马背上的包袱里取出两块饼子，掰成小瓣递给那个人。

年轻人一把抢过去，左右开弓往嘴里塞。

瞧他的吃相，看来真饿坏了。

这些天，柳毅住在"仙客来"，瞧见了不少面黄肌瘦的行乞之人。店主告诉他，连年干旱、田地绝收，老百姓的日子过得实在太苦了。为了征战，官府不断加码征粮，土匪趁机作乱抢粮，十里八乡饿死不少人。

"你慢点儿，别噎着了。"

柳毅的话刚完，那人就呃呃呃，噎得两眼发直，手脚发颤。

柳毅连忙取来水，喂给了年轻人，不停地拍打他的后背，好让他咽下去。

一顿狼吞虎咽之后，年轻人打出一个饱嗝，抬起头看了看柳毅，说了声谢谢。他的目光温和明亮，一看就是个老实人。

柳毅问："你怎么饿成了这个样子？"

年轻人欲言又止，想了想，拉开衣襟，从脖子上摘下了一块玉佩说："小哥，这玉佩是我家几代祖传之物，算是饭钱，请你收下。"

玉佩椭圆形状，中间凸突处发出深蓝色的光泽。从外观看，这块玉石应该挺值钱，连忙用手挡了回去："小哥，使不得，千万使不得！"

年轻人以为柳毅看不上，有些慌忙，解释说："你可别小瞧这玉了，它能辟邪驱怪……"

柳毅连连摆手道："我不是这个意思，区区几片烙饼算不了什么，你还是把传家宝收好。"

"玉佩就是再值钱也填不饱肚子。我一家六口人，几天没吃没喝了。你还是给点吃的，让我拿回去救命，一物抵物，如何？"

不待柳毅应话，年轻人将玉佩塞到他的手中，打开驮在马背上的包袱，拿出几张大饼一溜烟跑了。

世道艰辛，在饥饿面前，就是有万两黄金能作何用？柳毅唏嘘感叹不已，将玉佩挂在自己脖子上，重新上马朝南方疾驰而去。

026　击杀孽龙

　　这一路柳毅走得心神不宁，反复琢磨年轻人以玉换饼之事。漫无边际的广阔地带，到处不见人烟，唯独小伙子饿昏在那个地方，是巧合，还是故意所为？细细想来，感觉年轻人说出的理由牵强，不大合常理。祖传之物，一般不会随身佩戴，更不会轻易拿来换口吃的？

　　他觉得这块玉佩来路蹊跷，玉石换大饼，用于救人性命，这话是真是假，他没法去验证。几张大饼就能换来宝贝，是福是祸，他心里就更没底了。

　　柳毅惶恐不安起来，托起玉佩翻来覆去仔细看，里面蓝光闪烁，隐约可见有个人影晃动。那人身材魁梧，双耳垂肩，手执一柄锋利宝剑，摆出一副随时迎击来犯之敌的样子。他惊愕不已，这不是一块普通玉石，应是江湖上传说已久的那件古老神秘的兵器——"蓝罗刹"。

　　还在凌霄宫任职的时候，小毅子就听忘年交老火龙叔叔提起过这件宝物。老火龙说"蓝罗刹"为绝世兵器，威力无比。若用此物护身，蓝光恍若金钟罩，绝世武功都没法破得了这个阵法。如果用于进攻搏击，蓝光削铁如泥，破土如尘，穿盔甲于无形，中招者当场毙命。如此稀世珍宝，多少人做梦都想得到它。

　　后来，他听过一些有关"蓝罗刹"的传说。据称，"蓝罗刹"曾经失落于民间，江湖上卷起了一场血雨腥风的争夺战。少林、武当、峨眉、崆峒等各大门派纷纷出手抢夺，相互残杀，死伤者无数。终归子虚乌有，谁都没有见过"蓝罗刹"到底长什么样子。踏破铁鞋无觅处，得来全不费工夫，不费吹灰之力竟然落到了自己的手上。柳毅除惊喜惊奇之外，平添了几分胆气，他一抖缰绳，电儿甩开四蹄，身后扬起一溜尘埃。

这匹马真是名副其实的千里马，无论哪方面都不比风儿差，一口气跑出一百多里。跑得正欢的时候，一阵狂风呼啸而来，顿时天昏地暗，黄尘滚滚，一条暗黄色的身影当空飘过，离柳毅几十尺的地方落了下来。

电儿哧哧哧几声停住了脚步，向柳毅发出了预警信号。

这匹宝马的声音强度，快慢节奏，跟风儿半点分别都没有。柳毅顿时明白过来，他的风儿再活过来了。

恐惧散去一空，柳毅收住马缰，挺直了腰杆。

"何方妖孽，胆敢阻挡本公子的去路！"

"哈哈哈，哈哈哈，果然是那个偷看嫦娥姑娘洗澡的火龙毅，不知廉耻的家伙，本王替天行道，收拾你来了……"

空中回荡乖戾阴森的笑声，如同无数把利剑当空飞舞，柳毅立刻感到有股杀气朝他逼来，急忙闭上眼睛，提起丹田之气，想腾挪出体内的龙性迎击。接连试了两次，腹内气息僵滞，身子冷冰冰的。

离月半日还差五天，体内的龙性尚处休眠状态，他现在乃凡夫俗子一个。

大敌当前，后退无路，他睁开眼睛，准备拼命了。

没待他从马背上跳下来，电儿脑袋朝天，张大嘴巴一阵唬唬唬，呼出滚滚热浪，盘绕在空中的怪笑声戛然而止。

电儿接着哧哧两声，柳毅明白了，电儿已经击溃对方。

柳毅从马背一跃而下，双手抱住电儿的脑袋，激动地说："风儿，原来你复活了!"

父亲生前给他讲述过一个神奇的故事,说有一个品种极其稀有的宝马,终身不会死亡。即便肉身亡故了,它的魂灵还会附托于世上的一匹良驹而再生。这种宝马世上独一无二,只有的卢家族才有这种奇特的能耐。

电儿唬唬唬几声,粉红的舌头舔着柳毅的手背。

这个时候,空中暗黄色的身影摇身一变,变出一个油头粉面的男人。

"小子,你现在叫柳毅?"

"你是璟龙子?"

"有眼无珠的书呆子,你该称我璟龙君!"

"我跟你无冤无仇,你想干什么?"

电儿怒目圆睁,迎面护在柳毅的前头。

璟龙君一惊,后撤了几丈远。这马不是死了吗,怎么又活回来了,活见鬼!

璟龙君下意识摸了把尚未完全复原的肚皮,感觉里面还隐隐作疼。

双方对峙了半个时辰,没见对方发起攻击的意思。璟龙君料想它也不敢轻举妄动,试着上前几步。

"你小子在王母娘娘那儿好好的,跑到凡间多管闲事,吃饱了撑着不是?"

柳毅不想理这条厚颜无耻的恶龙,心里盘算如何对付他。

璟龙君见柳毅不吭气,阴冷地笑道:"想当初,你在天界要风得风,要雨得雨。三十年河东、三十年河西,想必下场比我好不到哪儿去,甚至还不如我吧!"

柳毅眉头紧锁,双手抱在胸前,大义凛然地回敬道:"你一个看门的算什么东西,别把我跟你扯到一块!"

"哟哟哟，装什么高大上。一个穷酸书生，本王用不着怕你了！"

柳毅冷笑道："人是人，狗是狗，仙是仙，人狗仙根本就不同路。别死皮赖脸到这儿纠缠，本公子还不想出手，要是识相，赶紧走！"

这话柳毅说得看似镇定自若，心里却非常紧张，担心璟龙君冒然出手。

阴毒的璟龙君果真搞起了突然袭击，挥出了龙爪，一招"龙击清波"，直奔柳毅胸口而来。

柳毅大叫不好，闪身躲过一股刺眼的黄色之光。璟龙君锋利的爪子从他耳边削过，巨大的气浪冲得他后退了几步。

当年志满意得，叱咤风云的火龙，眼下不过如此。璟龙君明白了，小毅子在天为龙，下凡为人，现在不是自己的对手。

在天上的时候，你小子总是欺负我，下到凡间后不好好念书，胆敢管起了我家的事，简直活腻了，我今天就成全你。

璟龙君使出一招"黄龙掀惊涛"，直冲柳毅的面门。

嗖——，嗖，嗖。

一道锐利刺眼的蓝色之光从柳毅的颈脖射了出去，璟龙君哎唷一声尖叫，捂着鲜血淋漓的眼睛逃回了泾水龙府。

旧伤未愈，又添新伤。璟龙君的右眼被蓝光射瞎了，左眼灼伤严重，脑袋也伤得不轻。若不是逃得快，他这条命就算交代了。

谴入凡间的柳毅哪来如此神奇的功夫？无需使出一拳一掌，甚至连身子都没有动一下就能爆发出巨大的能量，他是怎么做到的？

师父说过，江湖上一度盛传名号叫"蓝罗刹"的奇异武功，难道这就是"蓝罗刹"？

璟龙君听说过功夫独步天下的"蓝罗刹"，多少年了，那些武林高手，江湖异能之士秘密追踪"蓝罗刹"的下落，意欲寻而得之，侍其神功一统天下。一天，有人飞鸽传书，声称蓝罗刹为佛教弟子拥有。江湖顿时风起云涌，各大门派的掌门人奔向西部高原蛮荒之地，卷起了一场天昏地暗的血腥厮杀。事实上，这是飞鸽传书者别有用心的计谋，故意发布虚假信息，引诱贪婪者上当受骗，高手之间作对厮杀，他便可坐收渔翁之利。

众多武功高超者，死于非命。这个柳毅乃一介凡夫俗子，拥有如此盖天神功，可能吗？

如果真有其事，只有一种可能，那就是王母娘娘搞了名堂。王母娘娘深不可测，身上藏有诸多秘密，"蓝罗刹"应出自于她。

可是，这种判断似乎很难成立。

王母娘娘对火龙毅溺爱有加这是不争的事实，还不至于到了不讲原则的地步，将这等灭绝人性之术传授给原本调皮捣蛋的小毅子。

璟龙君当年在王母娘娘门下当差的时候就知道，玉皇大帝颁布过严苛条令，众大仙位居天庭显要的职位，首要之事就是修身养性、隐忍节制、戒骄戒躁、决不可恃强助纣为虐。玉帝亲自撰写《大仙清规十二律》，明文规定：凡入仙班者，必自行废除异功邪能，清心归仙。否则，施以严酷的"煞烩仙"予以处死。

姑且不说王母娘娘有没有"蓝罗刹"，即便拥有，母仪天地冥三界的圣母娘娘，岂敢冒天下之大不韪，暗藏私器，对抗玉皇大帝？

此毅非彼毅，即便王母娘娘私心泛滥，将"蓝罗刹"传给了柳毅，他一个凡人，压根儿没有能力控制这号绝世神功。师父说过，驾驭"蓝罗刹"，非常人能及，单凭柳毅那套三脚猫的龙形拳，想驱使"蓝罗刹"绝无可能。"蓝罗刹"功力怪异，倘若操控不当，不但不能当武器使用，还会被其所伤。被其伤者，性命必定不保。

可是，柳毅拥有"蓝罗刹"这是铁定的事实，璟龙君亲眼所见。他的神智迷糊了，搞不清到底怎么回事，伤心难受得掉了眼泪。

"挨千刀万剐的柳毅，老天为何总袒护于你呀！"

璟龙君伤心疼肺地纠结了一阵后不再那么悲观了，心底莫名其妙地冒出几丝欣喜。天底下的事有矛就有盾，不可能同时存在攻无不克的矛和阻挡任何攻击的盾。但凡有其利者必有其弊。"蓝罗刹"不是挂在柳毅胸前吗，如果从他背后偷袭，就能避过锋芒。如能一举杀死毅，顺手牵羊，白捡了盖世神器。

璟龙君怪笑一声，心里说："柳毅，你丫别高兴得太早了！"

璟龙君自宽自解了一番，决定疗养一段时间再说，待左眼复明寻机出击，打柳毅措手不及。

如此想来，他心里一乐，习惯性地捂了一下眼睛，一股钻心的疼痛袭来，痛得他哇哇大叫。

同璟龙君正面交手，柳毅一点底气都没有。璟恶龙的功夫他领教过，自己不是对手。这条穷凶极恶的孽龙一心想灭掉他，感觉自己这回没有那么幸运了。死亡就在眼前，一阵悲哀漫过胸口。他不是为自己被击杀而伤心，而是有负小龙女重托深感难过。就在万念俱灰之际，他摆动了一下脖子，前一刻还气势汹汹恶龙，这时候双手捂住眼睛，撕心裂肺地嚎叫，那个模样比凤儿钻进他肚子里叫得还要凄惨，眨眼的工夫逃之夭夭了。

不用说，璟龙君再次遭受了重创，到底谁出的手呢?

难道是电儿?

显然不是。电儿没有这等能耐。

何方神圣暗中助力，施以援手?

太阳正处在当顶的位置，光线异常强烈，柳毅浑身大汗淋漓，顺手摸了一把颈脖处的汗水，立刻有种灼疼的感觉。无意中往胸口摸了一下，胸口的灼疼感比颈脖还要严重，那块玉佩的凹凸处冒着淡淡的热雾。

柳毅明白了，打败璟龙君，保住他性命的就是这枚神奇的玉石。

一切都那么诡异离奇，柳毅仿佛坠入迷雾之中，却听到几声唳唳，那是电儿向他发出的信号。只见一团红雾朝自己这边飘来。

红雾卷成一团，落到了地面。转眼的功夫，一位脸色粉红的姑娘，风姿绰约地站立在柳毅的跟前。

不知从天而降者是人是神还是妖，柳毅惶恐不安地问道："敢问姑娘，你是？……"

"毅哥哥，你抬起头好好看清楚，我是双儿呀！"

姑娘眼含露滴、眉宇缠愁，樱桃小嘴微微撅起，道是有怨却无怨，倒有万千忧悒和怜惜。

"双儿？"

柳毅摇头道，"姑娘，你认错人了。学生不叫毅，姓柳，单名柳毅"

柳毅细心看了姑娘几眼，眼前的小女子面容陌生，他从来没有见过。

"你转眼就忘了双儿，把我一个人扔到九重凌霄不管不顾……"

姑娘泪水涟涟地拽住柳毅说："马上跟我回天庭，我们当面鼓对面锣，到娘娘那儿把话说清楚。"

姑娘力气很大，拉扯得柳毅的骨头都要散架了。

"这才过去多长时间，风流起来了就忘乎所以，我跟你没完！"

姑娘哭得很伤心，一边哭泣、一边倾诉："毅哥哥，你是失忆了，还是移情别恋？你说，你说呀！"

柳毅仔仔细细看了看自称双儿的姑娘，茫然地摇头。

"我是董双成，你没过门的媳妇，记起来没有？"

董姑娘抽泣着拉过柳毅的手说："摸摸我这肚子，你的孩子不久就要出生了。我们虽然没有正式拜堂，但娘娘早已赐婚，你答应过的，一定会娶我！"

董双成搂住柳毅，恳求地说："毅哥哥，我什么名分都可以不要，只要跟你在一起就行。"

柳毅怔怔地看着董姑娘，脑袋里翻江倒海，忽然有种感觉从心底缓慢上升，眼前声称自己未婚妻的姑娘好像有些眼熟。

他的身子猛地颤抖，散发出炽烈的光焰，两条腿慢慢合拢。慌乱尖叫道："月半日，今天是月半日？"

没容董姑娘回过神，柳毅变成了一条通体发光，热浪滚滚的火龙。

火龙毅扭动身段，飞向了天空，好像只冲破牢笼羁绊的大鸟，哇哇大叫。

"双儿，你怎么来了？"

"毅哥哥，你终于认出我来了！"

董双成欣喜若狂，泪眼婆娑道："毅哥哥，双儿错怪你了！"

自打毅哥哥下凡之后，她变得异常孤独和痛苦，常常缠着干娘，口口声声称要奔向凡间，同她的毅哥哥团聚。

毅哥哥在凡间同那些漂亮的女孩子纠缠不清，她在天上看得很清楚，非常伤心难过，没少骂他忘恩负义。毅哥哥的骨血在她的肚子里一天天长大，孩子出生了，没有父亲绝对不行。任凭她苦苦哀求，娘娘就是不点头。

春花秋月，寒暑更替，董姑娘难以承受相思之苦，她心意已决，哪怕粉身碎骨都要下到凡间。

终于等到了机会。王母娘娘离开瑶池，到外地考察蟠桃种植生长情况，破天荒没有带双儿同行。百年一次的蟠桃会不久就要开幕了，王母娘娘脑洞大开，想搞一场声势浩大的桃展会，忙得不亦乐乎，无暇顾及干女儿。董姑娘哪里知道这里面的奥秘，这是娘娘有意给她创造机会。

027　桃花泪

　　月半日——柳毅的苦难日。到了这天，柳毅能变回火龙毅。他体内的人性龙性仙性相互搏杀，浑身上下熊熊燃烧，骨骼嘎嘣嘎嘣炸响。此时，他既不是化茧成蝶，也不是凤凰涅槃，而是为情困扰的自残。火龙毅就是这样的性格，遇上难以抉择的事情，很容易失去理智，变得狂躁暴烈，自戕式折磨。如果任由发展下去，必定魂飞魄散，焚化成灰。董姑娘冲向前吹出"九昧阴风"，扑灭了火龙毅身上的火焰。

　　"毅哥哥，你好不容易才修炼成今天这个样子，变回去吧！"

　　火龙毅还在挣扎嗥叫，董姑娘知道，火龙毅正处在人龙仙变异的临界点，也是他最痛苦的时候，任何风吹草动都会引起他体内真气发生变化。假如逆转，人性就会泯灭，仙性入眠沉睡，龙性极度猖獗，她的毅哥哥必定成为一害。依照天庭的规矩，她必须大义灭亲，杀掉龙性刚刚露头的毅哥哥。

　　灭火，属于头痛医头，治标不治本。要杀死毅哥哥，打死她都不会干。自己怀有身孕，行动很不方便，功力不足以制服这条狂躁的火龙。

　　董姑娘束手无策了，这时她眼前一道蓝光闪耀，顺着光线看过去，发现火龙毅脖子上挂着一块玉佩，顺手将那块宝玉翻了个面。哧哧哧几声，毅的身子剧烈晃动，眼看就要倒下去了。董双成一把将他抱住，解开两人的衣襟，上身赤裸地贴在一起。

毅在凡间已有二十年有余，体内存留的仙气十分微弱，若想驱除体内邪恶之性，单靠他本身的能量已经很难做到。他饱尝月半日的痛苦煎熬，体内阴阳相互搏击，横生浊气，恶性已然占据了上风，助长孽龙之性飙涨。这个后果非常可怕。董姑娘一咬牙，调动体内真气，按八卦图，乾、坤、巽、兑、艮、震、离、坎方位运动气息，将自己体内的仙气一丝一缕注入柳毅的胸腔之内。

柳毅的脸色由苍白变成了红润，气息由微弱转为匀称浑厚，身子慢慢柔软起来。董姑娘双手合一，将气息收至丹田。

柳毅抻抻两只胳膊，打了一个哈欠，像沉睡的人醒了过来。

"你，你，你什么人……"

柳毅像只受惊的兔子，朝前推了一把，身体半裸的董姑娘摔出几尺远。

两人对视片刻，柳毅迟疑地问，"是你救了我？"

董姑娘点头。

柳毅凑过来，目光落到董姑娘一对金色的耳环上，惊喜地嚷道："你是双儿？"

董姑娘痴痴地看着柳毅，热泪哗哗哗冲出眼帘。他现在不仅仅是凡间那个柳毅，还是身上仙气充盈的毅龙了。

"毅哥哥，你总算认出我来了！"

柳毅泪眼朦胧地点头，那一刻，两人抱在一起，哭成了一团。

哭过一阵，柳毅扶起董姑娘说，"让我好好看看，娘子瘦了胖了丑了还是漂亮了。"

董姑娘破涕为笑，扭过身子假装生气道："看你羞不羞，谁是你娘子，我才不愿给你当娘子呢！"

153

柳毅搂住董姑娘，将自己的脸贴住她的脸蛋，一股花香钻进他的鼻腔，他亲她一口嬉笑道："娘娘下过懿旨的，许干女儿董双成为干儿子毅为妻，你敢不从？"

董姑娘勾住柳毅脖子，撅起小嘴，俏皮道："你现在是柳毅，不是火龙毅，别自作多情了。"

"什么柳毅，还有那个毅，我就是你的毅哥哥！"

柳毅缠住董姑娘腰身，将她放倒在地上。董姑娘不再挣扎，闭上了眼睛。

两人亲热了一阵，董姑娘将头贴住柳毅的胸口，她听见柳毅胸音铿锵有力，热血奔腾，眼泪止不住的流。

柳毅扶住董双儿，不安地问道："双儿，怎么又哭了？"。

董姑娘抚摸隆起的肚子，神色忧郁地说："毅哥哥，你不会不要我吧？"

"傻丫头，哥哥什么时候说过不要你？"

他握住双儿的手，激动地说："怪我不好，你怀上了咱们的孩子，肯定遭了许多罪……"

柳毅声音哽咽，将右手插进发间，用力拉扯，黝黑的发丝飘得到处都是。

董姑娘抓住柳毅的手，阻止住他。

柳毅依然很激动，双手轻轻抚摸双儿清秀的脸蛋，心里有好多话要说。

双儿迷茫地凝视毅，感觉有些陌生，仿佛不是她的那个毅哥哥了。她从他的怀里挣脱出来，站起身，两眼迷茫地望着远方的天空。

"想家了？那就回瑶池去吧！"

两人沉默了半天，柳毅无话找话说。

董姑娘摇头、叹气、抹泪，独自朝前走。不远的地方一株桃树开花开得热热闹闹，粉红的花朵一瓣连着一瓣。她从小与桃花为伴，桃花就像她的生命一样珍贵。

桃花点点弄春色，和风日丽倩人来，娇媚的双儿不就是美丽的桃花女神吗？

柳毅伸出手想采摘一朵，戴到双儿的发间。

"别动，花儿有生命的，摘了就会凋零！"

双儿脸上现出淡淡的忧愁，滴滴清泪溅落在花瓣上。

柳毅将手缩回来，被双儿捉住，抱在自己胸口抽泣说："毅哥哥，你不要离开我，永远都不要！"

柳毅抱住双儿，轻轻嗯了一声。

028　苦恋

清晨，太阳的光线穿破雾霭，将楼台叠起的瑶池照得通亮。温润的晨风在弄堂里飘荡，小鸟儿嘹亮的叫声随风传来。

王母娘娘睁开眼睛，轻轻唤道："双儿，老身要起床了。"

接连唤了几声，没见双儿过来应事。

王母娘娘不再唤了，自个慢慢穿衣下床。

这些日子，她心里有种莫名的恐慌。干女儿的心思，自己何尝不懂。这个情迷意乱的傻丫头，成天沉迷于相思的苦楚中不可自拔，她看着就难受。

天庭规矩繁杂，仙人之间不能相爱。小毅子落地为人，成为柳家公子，不能再登仙界了。双儿蠢蠢欲动，她要下凡寻找小毅子。这件事，令王母娘娘犯难。从个人情感出发，她无话可说。可仙家擅自下凡，惩处极其严厉。王母娘娘成天提心吊胆，担心双儿干出什么傻事来。

可小外孙很快就要降生了，孩子落地，有娘没爹咋行啊？王母娘娘左右为难、焦虑不堪，很想找丈夫说道说道，就是开不了口。

王母娘娘不愿让双儿离开天庭还有一个原因。她已经失去小毅子，再不能没有双儿这个心肝宝贝了。

老太太清楚干女儿的性格，她轻易不会动感情的，一旦动了真情，那就不可收拾了。自己也年轻过，清楚女孩子到了思春的年纪是个什么情形。

说起男女之间的情事，王母娘娘满肚子心酸。我说丫头，天上人间，未必就你一个人为苦情之女，为娘一肚子苦水还没处倒呢！

王母娘娘一直为情所困，这些年，把自己活成了十足的怨妇。长年同丈夫东王公天各一方，没个肩膀可以依靠。凌霄玉清宫人情味寡淡，许多事情，自己同玉皇大帝聊不到一块，心里郁闷得很。时间长了，这个毛病就落下了。

这叫什么日子，连个掏心窝子的人都没有，王母娘娘寂寞难捱，经常生闷气、发脾气，弄得玉皇大帝莫名其妙，无所适从。

苦苦煎熬了几百年，直至小毅子到来，王母娘娘的生活才有了一些起色。小伙子阳光帅气、机智灵敏、善解人意，她看一眼就感到开心，把小毅子收为干儿子来疼。

好景不长，嫦娥状告小毅子行为不轨，玉帝不问青红皂白将他关押起来，严刑惩戒。不久，遣入凡间。小毅子这一去，王母娘娘的心被掏空似的虚虚落落。

她对火龙毅偏心眼的疼爱，不单单小伙子聪明乖巧、惟命是从，还有一层不为人知的私密。

小毅子英俊洒脱，同东王公年轻那会儿的模样特别相像，或笑或怒，偶尔忧郁的眼神，包括皱眉头的样子，恍惚就是那个英气逼人、俊朗潇洒、令天下女子倾心的美男子。

记起那年春天，阳光绸缎般在空中飘舞，原野里开满了鲜花，貌美如花的王姑娘和风流倜傥的东王公子，面对面站在巍巍昆仑山下。东王公子拉住王姑娘的手，看着她迷人的眼睛，说了许许多多的情话，送给她一对漂亮的昆仑宝玉。王姑娘羞得满面通红，如同艳丽夺目的牡丹花。

婚后的生活甜蜜快乐，两人起誓这辈子要相亲相爱，两人永不分离，可是，丈夫根本不守信，长期不照面，王母娘娘苦不堪言。

那年，德才兼备、慈悲和善的张百忍被天庭大神太白金星发现带入天庭，做了玉皇大帝。玉帝修身养德，才华出众，广受追捧，被三界众神推崇为终身天帝，号令三界，权倾四方。

随着地位变化，玉皇大帝日渐忙碌，脾气见长，根本不把她这个前辈放在眼里，对她由冷淡到冷落，再到彼此不闻不问、形同路人。

王母娘娘对嫦娥是抱有成见的，在她看来，这个女人委实不简单。小毅子就是她设计祸害的。

想起这件事，王母娘娘心里就难过，悲叹小毅子头脑简单，把自己的美好前程搭进去了。

这些年风风雨雨走过来，王母娘娘什么都想通了，凡事只要不触及她的底线就行，老都老了，只希望日子过得清净安稳些。小毅子遭入凡间，她很伤心。心绪好不容易才平静下来，干女儿双成也要走，两个几乎占据她生命全部的人都走了让她如何承受？

双儿思夫心切，成天魂不守舍、丢三落四，说话态度生硬，整个人都变了，有一次竟敢冲撞她。

王母娘娘心里本来就不舒服，受到双儿刺激，肚子里的火气直往上冒，心里怨道："你这个傻丫头，还知不知道什么叫长幼尊卑？冲撞娘娘我那是什么下场？"

做出这号不敬之举，罚是要罚的，至于如何惩罚双儿，王母娘娘犯难了。瞧这丫头的身形，若动了胎气，后果就严重了。王母娘娘想了想，决定罚双儿抄录《道德经》两遍，不为别的，就想磨磨双儿的性子。一个快当娘的人，脾气还那么倔犟，那怎么行？孩子生性从娘，由着她的性子来，还不生出个火爆脾气的小龙子？

罚归罚，问题还是解决不了。王母娘娘思前想后，只能做出让步，悄悄给了干女儿一些机会。

毅哥哥好像猫没吃到咸鱼，却惹了一身腥味，栽到了老谋深算的嫦娥仙子手里。这些奇闻，双儿是从娘娘嘴里听说的。真真假假她分辨不了，但深信王母娘娘说的那些，绝对不会有水分。娘娘说，嫦娥觊觎她的位置已有一段时间，伺机采取土崩瓦解之术清除她身边的得力干将，像推倒孤零零的大树一样，轻而易举将她绊倒。

如此说来，毅哥哥是遭人暗算了。双儿埋怨玉皇大帝听信嫦娥仙子的一面之词，对毅的处罚太过严厉。

毅哥哥下到凡间，遭受了那么多苦难，双儿心里难受。她非常感激太白长老。老人家总在毅哥哥处境最危险、最需要帮助的时候悄然出现。那天，白帝子长老扮成饿昏的乞丐，巧妙地将娘娘的蓝罗刹送给了柳毅，助他化险为夷。可恨天庭规矩太多，不许大仙擅自插手或干预凡间的事务。太白长老即便听命娘娘，保护好柳毅，也不能正面出手，令他进退维谷，左右为难。好在长老足智多谋，助力方式拿捏精准，既不违规，还能帮得到。传书之路漫长，凶险祸福难料，太白长老所能帮到的已然有限了。假如蓝罗杀机关被狡猾的璟恶龙识破，毅哥哥定然没了活路。危险随时都会发生，关键节点上，理应夫妻风雨同舟，共同面对这场苦难，双儿不顾一切直奔凡间。

双儿所说天上那些事情，柳毅听得云里雾里。他在天上待了许多年，上上下下，犄角旮旯相当熟络，大小仙家都是什么脾气秉性，他百科全书似的在心里记着，倒还没有读出太多的不正常。双儿陈述嫦娥仙子耍手段害他，听起来跟天方夜谭似的。在他看来，嫦娥仙姑还是蛮单纯的，所谓沐浴节，根本就不存在，更谈不上什么陷阱。嫦娥跟玉皇大帝走动频繁密切，在一起说说笑笑，倒还真有其事，应该不至于胆大妄为，打娘娘的主意吧。玉皇大帝那么精明，怎么会被人左右？一个女流之辈，想蒙蔽他老人家的双眼，这个可能性相当小。

双儿背着王母娘娘私自下凡，已是破釜沉舟，没必要用假话糊弄自己的心上人。自己离开天庭多年，时势更易，半转星移，每个人都会改变，谁能保证神仙们不会有所变化？他想了想，呵呵一笑。天上的事，关我这个穷书生毛线。眼下险象环生，随时都会遭到璟恶龙袭击，性命难保。他握住董双成说，"双儿，不是哥哥要赶你走，我是泥菩萨过河自身都难保，你若跟在我身边，实在太危险了。"

双儿抱住柳毅，将头贴住他的胸口。

"毅哥哥，妹妹既然来了，就没打算走，就是死，我俩死在一起！"

"听话，赶紧回到娘娘身边去！"

董姑娘一脸惶惑，慢步走到一处低矮的地方，那里有蓬翠绿的小草。她蹲下去拔起两株，剥去绿色的外衣，露出嫩黄色的草芯，将稍大的那株递给柳毅说，"你还记得它吗？"

柳毅看着董姑娘水汪汪的眼睛，不想说什么。

"当初，你就是拿它当定情信物，将两株嫩嫩的草芯绑在一起，说那株稍大的是你，小的是我。你对着太阳发过誓，说我俩一辈子都不会分开的。这些话，难道忘了？"

董姑娘脸上神色淡定，两眼盯着柳毅说，"离开仙界前，我拔掉了第八根肋骨，想回去都难了。"

"疯了吧你？照你修炼的程度，要不了多少是时日就能进入备仙堂，离大仙只有一步之遥了！"

柳毅很生气，一屁股坐到地上。

双儿，糊涂啊，人人盼望成仙，过长生不老，自由逍遥的日子，她却自毁前程，自己堵死通天之路。

双儿走过来，将身子靠住柳毅。

"双儿差不多是个凡人了，你就是想赶我走我也没地方去！"

柳毅低下头，酸涩的泪水往下滴落。双儿抱住柳毅，声音柔顺地说，"哥，别这样，双儿的一切都是你的。你在哪儿，我就在哪儿。"

柳毅不再说什么了，紧紧抱住董双成。

双儿喜泣而至，声音抖索着说："哥，我俩成亲吧？"

柳毅点头，两人跪在地上，向着茫茫天空拜了三拜，算是拜了他们的母亲王母娘娘。然后，两人相向，夫妻对拜。

双儿眉目含情地说，"我们喝交杯酒吧？"

柳毅喃喃自语道，"没有酒，这交杯酒咋喝呀？"

双儿微微一笑，转身旋出一团红雾，再旋回来，手中端着两杯白酒，羞答答递给柳毅一杯。

柳毅大喜，准备去接杯子。一阵狂风卷来，酒杯咣当摔到在地上。

029　大圣救难

　　这阵狂风是璟龙君卷来的。经过几个时日的疗治，他的眼伤很快就得到了恢复，目光的穿透力非但没有减退，比原先还强了许多，千里之外便能一目了然。这个奇迹的出现，令璟龙君欣喜不已。看来这些年练就的奇功妙法，能倍增自我修复能力。赫赫有名的蓝罗刹不过如此，并不能把他怎么样。大伤初愈，他就迫不及待要报仇雪恨。可恶的柳毅，还有那匹死而复生的怪马，他要统统的杀死，一举抢夺蓝罗刹，据为己有，从而号令天下，一统江湖。

　　璟龙君迈着八方步走出龙府，抬头朝远处看，见到一个漂亮的女人同柳毅搂搂抱抱，他心里一下子涌起了无限的醋意，张口就骂，"狗入的柳毅，不论走到哪儿都能招蜂引蝶，这小子哪里来的艳福？"

　　他还没有骂完，被那个女人惊得眼珠子差点掉到地上了。

　　"那不是董双儿吗？"

　　当年在瑶池担任门卫，每天见到绝色美女董双儿进进出出，他早已魂不附体了，伺机强行占有。那日，董姑娘洗浴出来，穿著清凉，胸前的那个东西若隐若现，他一眼就看呆了，情不自禁跑上前，将她按倒地上欲行不轨，恰巧被火龙毅撞见了，被他一通火龙拳打得遍体鳞伤。

　　偷鸡不成反蚀一把米，这次未遂案惊动了玉皇大帝，差点让他和父亲的脑袋搬了家。老爷子被革职查办，一家人被打回原籍泾水龙府，在西北边陲过苦日子。

此仇不报非君子，璟龙君把这段屈辱的历史牢牢记在心里，他发誓，有朝一日，要让火龙毅和董双成加倍偿还。老天有眼，报仇的机会终于来了，他挥出锋利的鳞爪劈了过去。

嗞，嗞，嗞……

一道银白之光从空中射来，仿佛布匹撕裂破碎的声音，双儿的手还没缠到柳毅的脖子就被折断了。

双儿树桩一样倒在地上，柳毅眼前一黑，晕了过去。

"火龙毅，本王得不到的，你休想得到。明年的今日，就是你俩的祭日，一块受死吧！"

"哇啊，妖孽，看棒！"

一道炫目的金光当空划过，空中响起金属击打的激越之声，白光和金光纠缠一起。金光漫天飞舞，越闪越急，银光越来越黯淡，空中传来哎哟哎哟的凄惨叫声，闪烁的金光罩住了半边天。

柳毅被奇怪的声音震醒过来，发现双儿躺在矮坡那蓬翠绿的嫩草丛中，急忙奔跑过去，将她抱在怀里。

董姑娘脸色惨白，腹部不停地抽搐，目光变得散乱空洞。

"双儿，你这是怎么啦？"

董姑娘呼吸微弱，断断续续说，"哥，我早就料到会有这一天的，就是不知道来得这么快……"

"双儿，你要挺住，我们找郎中去。"

双儿嘴里吐出一口鲜血，无力地摇头。"没有用的，璟龙爪奇毒无比……"

"又是他，那个该死的家伙！"

163

"璟恶龙一直跟踪我俩，伺机对你下手。"

"你傻呀，为什么不早说呢？"

"没用的，璟恶龙非常狡猾，防不胜防……"

董姑娘的喘息声越来越沉重，她抓住柳毅的臂膀说，"哥，你，你，你扶我起来。"

柳毅照她说的做了。

双儿回看了柳毅一眼，艰难地转过身子，将身上所剩的气力聚集到右手，手指朝腹部划去。

只听到哧哧哧的声响，她的肚皮裂开了，一股殷红的鲜血冲了出来，原野里响起了婴儿的啼哭声。

"双儿，双儿……"

双儿两眼紧闭，浑身沾满了血迹，柳毅搂住她，悲恸的哭声在原野里回荡。

嗖的一声，空中降下一只毛绒绒的猴子。他抱起啼哭的婴儿，吹出一股仙气，飘来一块蓝布，将婴儿裹住了。

"贤弟，这是董姑娘留给你的骨肉，千万别辜负了她的嘱托，把孩子好好抚养成人。"

柳毅从悲伤中逐渐平复下来，见来人是孙悟空，吃惊道，"孙大哥，怎么是你呀？"

如同见到了至亲至爱，积压在心里的忧伤和痛苦洪水般倾泻而出，柳毅放声地恸哭。

悟空眼角潮润了，声音低沉地说，"贤弟，这是天意，还望节哀顺变！"

柳毅擦去脸上的泪水，将孩子还给孙悟空。"大哥，麻烦帮我抱抱。"

他脱下外套，盖到双儿身上，只听嗤嗤两声，一缕红雾升腾起来，缓缓飘向天空。

"哥，我走了，我们的儿子交给你了。"

柳毅撒开两腿追赶，红雾在他头顶盘旋几圈，很快就融入了浩渺的天宇。

"双儿，你好走啊，回到娘娘身边去！"

柳毅两眼盯着茫茫太空，恋恋不舍目送红雾飘向远方。

孙大圣走过来，搂住柳毅肩膀叹道："双儿是个至情至性的女子，去了她该去的地方，你就不必悲伤了。"

柳毅迷惑地看着悟空哥哥，不知道他的话是什么意思。

孙大圣微微一笑，眼里现出几分神秘。"道家有语，生死相依，死即生。如若不死，何以生为？"

孙大圣见柳毅还不明白他的话，轻轻笑道，"贤弟，日后你会懂的。"

柳毅不再刨根问底了，他从孙兄长面部轻松愉悦的表情推断，双儿的归宿应不会很差。如此想来，心里宽慰不少。回头去看儿子，眼睛眉毛像他，鼻子嘴巴像双儿，一对小酒窝煞是可爱。

"老弟，你若不嫌弃，哥哥给侄儿取个名字如何？"

孙大圣伸手抱过孩子，逗了逗，怀里的孩子格格格地笑。

"看你小子长得多可爱，承继了爹妈的良好基因，那就叫毅成吧。"

柳毅破涕为笑，连声说好。

兄弟俩从天庭一别，很久没见面了，今天以这种方式相见，柳毅百感交集。大哥就是大哥，关键时刻，总能挺身而出。回想当年，两人在凌霄宫一见如故，结为挚友，有福共享，有难同当。

那个时候，两人都很不安分，干出不少出格的事情，触怒了众多上仙。连王母娘娘，太白金星，包括玉皇大帝在内都很生气，没少挨处罚，多半孙悟空把责任揽过去，小毅子少受了许多皮肉之苦。

孙兄长喜欢吃桃子，火龙毅也好这口，两人忍不住嘴馋溜进蟠桃园，偷吃了几颗。那套狸猫换太子的把戏让王母娘娘识破了，吓得火龙毅魂不附体，跪在王母娘娘脚下自首，称这事是他一人所为。

火龙毅的所作所为，天庭大仙们早有微词，大伙暗地埋怨王母娘娘过度溺爱，以至火龙毅有恃无恐，想怎么的就怎么的。

玉皇大帝劝导夫人要讲原则，不能以个人情感代理管教，严是爱，松是害，娇宠必定变坏。

干儿子胡作非为，引发了众仙愤怒，王母娘娘感到了从所未有的压力，气不打一处来，扒掉火龙毅身上几块鳞片，痛得他哇哇大叫，当场昏死过去。

这件事令悟空很感动，感激兄弟的义气和担当，暗暗立下誓言，只要兄弟有难，必定出手相救。

昨天晚上，他睡得正迷糊的时候，太白长老梦中给他传话，说柳毅传书路上大难临头，他不方便过多出手。

悟空明白太白长老的意思，趁师父唐三藏歇息打盹的空隙，一个筋斗云就过来了。

悟空告诉柳毅，小白龙一直牵挂小毅子的安危，托他传话过来，若遇到特别紧急的事情，可以用龙族特殊的方式给他传讯。无论天涯海角，即刻驾临。

堂兄的为人，柳毅是知道的。血浓于水，这就是无法割舍的亲情。

有了亲人和朋友的支持，柳毅不再感到孤单，这书，他一定传到洞庭龙府，帮小龙女搬到救兵。

悟空告诉柳毅，刚才打斗的时候，璟恶龙吃了一记金箍棒，应该伤得不轻，短时间是恢复不了的。叮嘱兄弟，小龙女被囚禁在泾水龙府的怡心园，随时都有生命危险，得赶紧上路，速去洞庭龙府搬来救兵。

悟空拔出一根毫毛，吹了一口仙气，毫毛飞向柳毅，长到了他的后脑勺。

"兄弟,这根毛发叫做云飞天,只需眨眼的功夫,你就能飞到洞庭龙府。这样就能免了路途上的劳顿之苦,争取到宝贵时间。"

柳毅迷迷瞪瞪,想问这毛发为何如此神奇,悟空摇摇头,摆摆手止住了他。

"兄弟,你脖子上那枚玉佩,乃王母娘娘心爱之物,神力超凡。佩玉背面有个小眼,只要用右手大拇指按住,用起来就能随心所欲,对付璟恶龙绰绰有余。"

柳毅恍然大悟,路上扮成乞丐的年轻人就是干爹太白金星。

悟空暗示柳毅,天上规矩多,凡间之事,仙家不能插手过多,王母娘娘,太白金星和他本人只能帮到这儿,余下的事靠他自己了。

两人寒暄了一阵,悟空给柳毅传授极速行走之术,柳毅试了试,很快记住了要领。

悟空放心了,一声云天啸就不见了踪影。

眺望广袤的天宇,空空荡荡,柳毅有种落寞孤寂的感觉。婴儿的啼哭声让他回过神来。他记起自己把毅成安顿在马背上,便将斜挎在马背兜里哭闹的儿子抱起来。

毅成不听他哄,哭得上气不接下气,两只胖嘟嘟的小手乱抓乱舞,一泡尿撒在他的身上。

"这位小哥,让我看看。"

不知什么时候,柳毅身边站了一位皮肤白皙,容貌姣好的年轻女人。

她抱过毅成,用手指头往他嘴边轻轻一碰,毅成的小嘴巴连忙追了过来。

年轻女人微笑道,"你家小宝贝饿了,该吃东西啰!"

她将毅成抱在怀里,转过身给他喂奶。

毅成吃饱了，喝足了，张着明亮的小眼睛瞅着年轻女人笑。

年轻女人噢噢噢地逗毅成玩，两人亲如母子。

"我说小哥，孩儿他娘呢？"

柳毅眼圈红了，半天没有应话。

年轻女人似乎明白什么，声音柔软地说，"孩子刚刚出生，没娘照顾是不行的。看样子你急着赶路的样子，身边带着个孩子挺不方便的。要不，我帮你照顾一段时间？"

柳毅求之不得，却没有立即表态。

年轻女人看出柳毅有顾虑，笑着说，"我姓王，住在前面的王家坳。刚出月子不久，奶水足够两个孩子吃的。"

王嫂用手指指不远处一颗大树底下的青瓦屋说，"那就是我家，家里有个女儿。"

柳毅心中一喜，忙说："不瞒王嫂，在下有紧要事在身，正为孩子的事发愁呢。如果能收留我家毅成，在下感激不尽，日后定当重谢！"

王嫂呵呵一笑，"听口音，小哥像岳州巴陵人氏？"

"在下柳毅，老家住在湘水之滨。"

"我娘家在巴陵一带，洞庭山附近。"

王嫂笑容灿烂，满脸的热情。"小哥若不嫌弃，到屋里坐坐。孩儿爹老家也是湘水之滨，我们是老乡呢！"

柳毅朝王嫂深深鞠躬说，"时间紧迫，在下不敢耽误，我家毅成这就交给小姐姐了。如果乐意，就认他当干儿子好了。"

王嫂喜笑颜开，逗逗怀里的毅成说，"宝贝，叫娘，呵呵，乖儿子，叫娘呀！"

柳毅转过身，将凤儿牵过来，摸摸头，抚抚背，用指头梳了好几遍。"从今天起，王嫂就是你的新主人了。"

风儿哧哧几声，眼里流出了泪水。

看得出小哥为人实在，还是个性情中人，王嫂笑道，"柳公子，看你搞得悲悲切切，我都不忍心了。不过暂时替你照料罢了，到时候，你还得把他们领回去。"

柳毅感觉自己失态了，抬起袖口，往脸上擦了一把，指着马背上的干粮银两说，"柳毅无以为报，包袱里还有点细软和吃的东西，王嫂姐姐千万不要嫌弃，算是毅成的奶粉钱。"

王嫂也不推迟，一手抱着毅成，一手牵住风儿朝家里走去。

030　飞奔洞庭府

有了兄长的"云天飞"功力，柳毅信心倍增。掐指算来，跟小龙女分手快半个月了，一路上惊险不断，耽误了不少时间。有了哥哥这套神功助力，就能把时间抢回来。

悟空临别的时候，授予柳毅"云天飞"的口诀。教柳毅先要清除脑中的杂念，然后双手十指严丝合缝相扣，手心贴住丹田，微闭双眼，嘴里连续默念"噢呢嘛啦吽"十遍。

天高云淡，阳光明媚，柳毅一个漂亮的"云天飞"拔地而起，如同矫健的雄鹰，在空中展翅翱翔，一会儿功夫就看到了茫茫水域泽国。

湘水之滨就在眼前了，如同阔别多年的游子回到了家乡，柳毅感到异常亲切，不由想起了他的娘亲，一股暖流从胸腔穿过。他满怀深情地往下看了一眼，见到一个蚂蚁般大小的黑点。他想，那儿应该就是自己的家吧？

娘亲，还好吗？爹爹为大义而献身，留下你一个人守着那座茅草屋，那个日子是想得到的艰难呀！

也许，娘亲正在做糯米糍粑，磨豆腐，炸爆米花儿，等待自己的儿子荣归故里。

柳毅抹去脸上的泪水，快速飞过小黑点。一阵凉风吹来，眼睛像被蚊虫之类的东西蜇了一下隐隐生疼,他伸手去摸的时候,摸出一手的雨水。

奇了怪了,天上没有下雨,这雨水是从哪儿来的?

正困惑的时候,一条白练从眼前拂过。原来自己飞到了长江中游地段,湘北和荆州交界的地方。

长江从大山出发由西向东,汇集千湖百川奔腾到了这儿,水流湍急,激起的波浪随风吹来,雨滴飘洒在他的脸颊上了。

这个地方名叫陆城。书上说,"鱼梁(山名)拱于前,白马(山名)拥于后","长江横其北,莼湖绕其东"。这就是此地不同寻常的区位特点。相传三国时期,吴国将领陆逊屯兵于此,筑土城为营垒,后裔念其功绩,故称陆城。

这座古城不算大,但很有特色,逶迤的城墙依山伴水,四周风光旖旎。自古就有"教广春水""鱼梁晴霭""马鞍落照""西湖莲芳""杨林晚渡""嘉佑晚钟""莼湖夜月""儒矶晓唱"八景之说。放眼陆城,景以城相依托,城以景驰名,倾倒无数往来的商旅之人。

陆城是洞庭龙府靠最北端的门户,洞庭八百里,一山天下奇。这座山就叫洞庭山。声名远播的洞庭山居于洞庭湖中,原名洞府山,意取神仙"洞府之庭"。传说洞庭山有金堂数百,玉女居之,四时闻金石丝竹之声。当年,虞舜南巡,崩于苍梧,他两个爱妃娥皇女英寻夫来到这儿,忽闻噩耗,悲痛万分,遂攀竹痛哭,泪血滴落在竹子上,竟成斑竹。二妃因悲恸而死,葬身于此。楚国大臣屈原大夫《九歌》称二妃为湘君和湘夫人,故此山改名曰君山。

柳毅对君山并不是特别的熟悉,偶尔乘船到巴陵郡同文友相聚,往返途中路过君山,来匆匆,去匆匆,没有上岸游历过。此次重任在肩,进入洞庭龙宫必得登岛上山。看来自己跟洞庭山确有不解之缘。他默念三声噢呢嘛啦吽,云头缓缓降下,落在岛上了。

　　此处为君山七十二峰之巅,目之所及碧水荡漾,空旷辽阔。朝东看去,一座巍峨雄壮的楼台跃入眼帘。他很早就听父亲说过,这就是五百多年前名闻遐迩的鲁肃点将台。公元215年,孙权派鲁肃率一万多名将士驻扎巴陵,准备同刘备争夺荆州。鲁肃不折不扣地执行孙权的政令,修筑巴丘城加紧操练水军,在城西依山临水的地方建起一些军事设施,做好迎战准备。

　　点将台位于城门外的湖边,由麻石砌成,南北各有台阶下到湖岸,远远望去,就像一座古城楼,檐牙高啄,长龙盘桓,绿色的琉璃瓦,在阳光下熠熠生辉。

　　一湖一山一楼,旖旎风光。柳毅无意欣赏美丽的景色,顺着山上的石阶而下,寻找那株古老的橘树。小龙女说过,古橘位于君山岛西南临湖的地方,绕了几个山头,见到了橘树的影子。

　　柳毅赶紧朝那儿走去,一眼便见橘树的沧桑和古朴。大树躯干高约两丈,光溜顺滑,呈扁型状,颜色灰暗,五六个人合围都抱不过来。粗大的树桠分东南西北四方伸展,枝桠长出密密麻麻的小枝条,形成一枝顶天立地,数枝相拥成趣之势。

　　橘树长得高大,枝桠离地面有一段空间,柳毅跳了几次没法够着,他绕着大树走了一圈,发现橘树的背面凹陷处伸出一条细小的枝桠,弯弯曲曲,张牙舞爪,颇像摇摆身躯,腾云驾雾的苍龙,他心里暗喜,从怀里取出白娟系了上去。

　　顷刻之间,古老的橘树剧烈地摇摆起来,树叶纷飞,尘土飞扬,离大树三丈开外地方的草地开裂陷落下去,一股水桶般粗的水柱冲天而起,水花水雾溅落到了四处。就在这个当口,一位青衣白脸两眼眯眯之人随水而出。

这就是小龙女说的洞庭龙宫门神睨旦。

他耸耸肩膀，皱皱眉头，冷冷地对着还在发呆的柳毅说，"你是什么人，向龙王发出警报，有何急事？"

柳毅将来人打量一番，观察其模样，看他说话的神态语气，大体明白了此神的身份。连忙说，在下柳毅，湘水人氏，洞庭三公主的朋友，有十万火急之事要面见龙君。

睨旦嘴角露出一丝难以察觉的阴笑，顿了顿说，"既然是三公主的朋友，请随我来。"

睨旦伸出右手，朝水柱方向划了三圈，喷射的水柱戛然停息，水柱涌出之处现出一口深不见底的水井。

睨旦让柳毅闭上眼睛，屏住呼吸，两手交叉朝盘到胸前。只听他嘴里一阵怪叫，柳毅感觉自己的身子立刻下沉，整个人失去了重心，笔直地朝下坠落。

噗的一声，柳毅落在一堆软物上面，一阵眩晕袭来，后来什么都不知道了。

031　龙宫遇险

不知道昏睡了多久，柳毅清醒过来的时候四周黑咕隆咚，他眨眨眼睛，见到几点光斑，鬼火似的闪来闪去，骤然紧张起来。

难道掉进阴气森森的坟场墓窟了？

很小的时候，母亲说过，人死了就会变成鬼，在漆黑的夜里尸骨冒出绿色的鬼火，那是鬼在寻找肉身投胎。那些鬼魅有好坏之别，如果让恶鬼缠住就麻烦就了，会遭遇意想不到的灾难。

娘说，万一遇上了倒不用特别害怕，用右手捏住鼻孔数二十下，不让气息呼出来，鬼魅就找不到你而离去。

柳毅照母亲说的憋了三十多下，憋得头昏脑胀，差点憋过气了。可斑斑点点的绿光依旧闪烁不定，而且越来越多，到处都是的。

好家伙，今天遇上一帮凶残阴险的厉鬼不成？

害怕已经无济于事了，柳毅挣扎着爬起来。咚，咚咚，脑袋碰到石头一样的硬物，疼得他腰身一炸。

他顾不得疼痛，用手摸了摸头顶之物，发现那是坚硬的岩石。他明白了，那些绿色的光斑不是鬼火，而是从岩石里面发出来的。父亲曾在华山一带石矿当过差，那些矿石夜里发光发亮，蓝色的，绿色的，还有粉红色的。柳毅恍然大悟，自己困在岩洞之中。

洞里光线暗淡,他试着动了一下,身子已被五花大绑。不用想,自己被睚旦暗算了,这个家伙才是真正的厉鬼。

柳毅长叹一声,知道洞庭龙宫也不太平。

记得跟小龙女分手之前,她悄悄同他耳语,说把持龙宫大门的副管家睚旦看人的眼神怪怪的,提醒他当心这个人。

龙涎井是进入洞庭龙宫唯一通道,柳毅别无选择,就是刀山火海,虎穴龙潭非闯不可。狡猾的睚旦早就守候在这儿,伺机对他下手。

眼下处境危险,很可能遭到睚旦暗杀。此刻已经没有外援可以依靠,只能靠自己想办法了。

从石窟洞门方向透进来微弱的光线,柳毅有过人的眼力,一眼就将里里外外看得分明。

这是一间面积狭小的密室。密室外头,一个看守手执长矛走来走去,笨重的盔甲发出嗑嗑声响。此人个子不高,步子不紧不慢,偶尔朝密室里边瞟上几眼。柳毅看清楚了,看守的年龄不大,应该是个新手。

"哎哟,肚子疼,疼死我了……"

柳毅拼命尖叫,看守慌忙跑过来,隔着小窗眼战战兢兢问,"你怎么了,不会死吧?"

"哎哟,快救我,我要死了……"

柳毅呼天抢地叫喊,脸部扭曲了,脸色变成了紫色,很快变成了黑色。

小看守是昨天才上岗的,从来没有见过这个阵势,吓得上下牙齿打磕碰,结结巴巴道,"你你,你,你先忍忍……,我,我,我去,喊喊喊副管家过来……"

柳毅一听急得脑袋炸响,可怜巴巴地求助道,"小官爷,我这是老毛病了,撒泡尿拉坨屎就会缓下来的。"

柳毅朝看守晃了下脑袋,示意松绑,蹲蹲茅坑就成,没必要兴师动众。

"你别乱动，我，我，我这就过来……"

看守走得犹犹豫豫，刚走出几步停了下来。

"哎唷唷，老天爷，撑不住了，要死了，我真的要被撑死了……"

柳毅不停地嚎叫，那个情形就像再不拉出来，真的会撑死去。

这招果然凑效了，看守急忙把门打开，给柳毅松开捆绑的绳索。

咔咔咔，柳毅挣脱绳索，一伸手点中了看守的穴位。

他拍拍看守的脸蛋，嘻笑道，"小毛孩儿，对不起了，不使出这招，我就没法见到你们洞庭龙君，甚至连命都会扔在这儿。"

柳毅一个箭步出了密室，只听耳旁呼呼生风，一阵怪叫惊得他两腿发软。

"哈哈哈，小子，挺贼呀，爷爷早防着你这手！"

柳毅一脚踩空，地面迅速朝下陷落，他一个倒栽葱坠落下去。

睨旦得意洋洋地站在上面，厉声斥责道："柳毅，你多管闲事，惊扰了龙界，闹得我家璟龙君寝室难安。今天不收了你，龙界永远不得安宁！"

原来，睨旦是璟龙君安插在洞庭龙宫的卧底。可怜的洞庭龙君，好生糊涂，贼娃娃的女婿，算计到他这个老岳丈的头上却浑然不知，真是可悲可叹！

睨旦隐藏很深，在此深耕多年，绝非等闲之辈，整个洞庭龙宫极有可能被他控制起来了。对付这号处心积虑之徒，若不使出绝招，自己难有胜算。柳毅双手贴住丹田，按照悟空哥哥"云天飞"秘诀念念有词。念了小半天，气息一动不能动。

什么功法，我的悟空哥哥，你害死我也！

柳毅埋怨悟空传授的那套功法是个花架子，反手摸摸后脑勺那根毫毛，记性就上来了。悟空哥哥说过，这个法子只能用一次，再用就无效了。

"别在那儿装神弄鬼，这个暗室叫锁龙屋，凡坠入此屋者休想出得去，你就在这儿等死吧！"

睨旦嘴里发出一阵令人胆颤心寒的阴笑，双手披在身后，摇头晃脑而去。

暗室一片漆黑，寒气逼人，柳毅摸索了半天，到处是冰冷的石头，他紧了紧衣服，继续朝前摸，摸到一处湿漉漉的地方，感觉这是长条形石块。他试着掰了一下，石块有点松动。再掰，石头松动的幅度更大了，一道亮光从缝隙间射进来，伴随哗哗哗的水流声响，一股激流冲进暗室，只一刻的功夫，水流没过膝盖，齐了柳毅的腰身，溅到他的脖子上。

嘶嘶嘶……

柳毅脖子前面喷出一道耀眼的蓝光，瞬间变成了蓝色之剑刺向暗室顶层，轰的一声，暗室顶板洞开，漂浮的蓝光托起了柳毅。

睨旦被蓝光射中了，两眼翻白，一头栽倒在地上。

柳毅朝睨旦的尸体踢了一脚，呸了他一口。

"为虎作伥的恶毒之人，你死有余辜！"

第一道风险总算突破了，柳毅如释负重松了口气。接下来就是赶紧找到洞庭龙君，将小龙女的亲笔信交到他手中，此次任务就算完成了。

柳毅见过洞庭龙君一回。那年来洞庭龙府相亲，他跟他擦肩而过，对洞庭龙君没有什么好感。这个肤色好像腊肉的老头冷若冰霜，令人望而生畏。

他从小龙女嘴里得知，洞庭龙宫的家法历来传统保守，她的父亲是彻头彻尾因循守旧，墨守成规之人，中庸加昏庸，要说服他，并不是一件容易的事情。洞庭龙府的兵符握在龙君手上，他不点头，救兵就发不了。柳毅在路上仔细琢磨过，这件事恐怕只能智取，蛮干肯定是行不通的。他脑筋急转弯，决定先到洞庭龙君夫人那儿探听口风，取得她老人家支持再说。小龙女说过，娘亲这人通情达理，虽然在家里的事没有决定权，她说的话，爹爹多多少少能听进去一些。

洞庭龙君的夫人庞氏住在哪儿,柳毅不知道。反正龙宫中央地带就那么大,采取地毯式搜索,不怕找不到。

柳毅沿着曲曲折折的洞穴边走边瞧,翻过几座小山,从一片绿草地穿形过去,走进两座小阁楼相连的回廊,眼前是个偌大的花园。

园子里绿草青青,开满了鲜花。有桃花、梨花、杏花、杜鹃花、兰花,或旁逸斜出,或绕着树干朝上攀援,层层叠叠,错落有致。那些花儿红的、黄的、紫的,蓝的,粉的,什么颜色都有。一群色泽鲜艳的蝴蝶,在鲜花丛中翩翩起舞,给春光烂漫的花园增添了不少活力。

柳毅无心欣赏眼前的美景,快步走出回廊,来到一株躯干粗壮的柳树下。呼的一声,一只小鸟憩落在柳枝条上,冲着他直叫唤。

鸟儿黄嘴绿尾,头上的颜色红绿相间,啼叫声清脆悦耳。

莫非这就是传说中的洞庭龙宫翠鸟?

洞庭翠鸟聪明伶俐,通晓人性,还是领路的高手,只要跟着它,想找洞庭龙府什么人,就一定能够找得到。小龙女跟他说过这件事

柳毅心中一喜,对着蹦蹦跳跳,不停歌唱的翠鸟打招呼。"美丽的翠鸟姑娘,我是湘水之滨的柳毅,前来替三公主送信,麻烦你带我面见夫人。"

翠鸟只顾自己歌唱,没理柳毅。片刻,扇动翅膀飞走了。

柳毅大失所望,站在树下发呆。

一会儿功夫,翠鸟飞了回来,在柳毅的头顶上方盘旋几周,憩落在他的肩膀上,叽叽喳喳叫过不停。

"干嘛呀?"

没待柳毅反应过来,翠鸟飞了起来,边飞边叫,声音脆脆的,似乎告诉柳毅,夫人就在前面,请随我来。

柳毅稍加迟疑,随着翠鸟飞去的方向,穿过几间里外相通的庭院,在一个椭圆形的亭子前停了下来。

翠鸟朝柳毅尖叫几声,一溜烟飞走了。

032　苦求救兵

柳毅的目光追逐翠鸟飞去的方向，发现亭子靠北的一角，坐着一位衣着华丽的老妇人。那女人发髻斑白，精神有些萎靡，不停地用手帕擦拭眼角。

从身形看，应该是洞庭龙君的夫人庞氏。

柳毅心中一喜，随即变得沉重起来。

当年来洞庭龙府相亲，庞氏亲自接待了他。那个时候他还是火龙毅，被父亲东海龙王逼迫来到洞庭龙府，板着面孔待了半个时辰不到就走人了。夫人气质优雅，自始至终一脸的笑容。想起这件事，他感到特别愧疚和后悔。

"拜见夫人，晚辈柳毅这厢有礼！"

夫人被突如其来的叫唤吓了一哆嗦，转过身子定神看去，眼前的年轻人眉目清秀，举止端庄，一看就是有教养的读书人。她站起身捋捋跑到额前的几根发丝，温和地笑道，"这位柳公子，我们好像在哪儿见过？"

柳毅的脸色立刻泛红，暗称夫人好记性，心里不免有些紧张。

他不想夫人认出自己的前世，天上和人间大不一样，火龙毅和柳毅是完全不同的，但他很难一下子解释清楚自己身份的来龙去脉。即使能够说明白，人家未必相信他，到头来，传书救三公主的事，因为自己的身份问题平生变故。

他微微一笑，语气平缓地说，"夫人可能记错了，晚辈为湘水人氏，这是头一回造访贵府。"

夫人一时语塞了，笑笑说，"老妪年纪大了，眼睛和记忆力都大不如从前，柳公子，不好意思呀！"

"不碍事的。天底下长相相像的人多哪儿去了，有时候还真容易把人弄糊涂。"

柳毅抹了抹额头泌出的汗星，脸色比原先还要红。

夫人见柳毅这般模样，微微一怔，旋即转换话题说，"翠鸟领柳公子前来见老妪，想必有什么急事？"

柳毅瞧四下无人，靠近夫人压低声音道，"晚生柳毅是令爱三公主的朋友，受她所托给洞庭龙府送信。"

夫人一脸惊慌，道，"柳公子，我家龙儿怎么了？"

"令爱处境艰难，生命危在旦夕。"

仿佛有人用力摁了一把，夫人一屁股坐到亭子的长条凳上，泪水如散落的珠子滚滚而下。

"我儿命苦，爹娘把你害惨了……"

夫人哭得悲悲戚戚，劝都劝不住，柳毅心里跟着酸涩起来。

这个时候，夫人悔恨交加，痛苦万分。三女儿这桩婚姻，她心里一直疙疙瘩瘩。泾水龙府地处西北，那是穷得鸟不拉屎的地方。女儿长在富饶的洞庭龙府，从小到大没吃过苦头，嫁到泾水龙府，那是从米箩跳到糠箩。

女儿早就有了心上人，那个相思病，弄得她着了魔似的痴痴傻傻。要让她生生的斩断情丝，这本身就是隐患。女儿什么脾气，当母亲的了如指掌，平日看似柔弱随性，实际上特别有主见。但凡逼着她干的事情，肯定干不好。还有亲家母那个脾气性格明明白白摆着，特别难以相处。

女儿嫁到泾水龙府的处境，庞氏想都想得到。当初，她一百个不乐意，没少跟丈夫较劲，吵着闹着反对这场婚事。可她一个妇道人家，始终拗不过丈夫的粗胳膊。

丈夫一意孤行，违背女儿的意愿，非逼她嫁到泾水龙府换婚不可，她的婚姻想幸福绝无可能。

再说泾水龙君，根本就不地道，说话不算数，把承诺当屁放了。他们龙府把女儿嫁过去了，并没换来泾水龙君的四女儿，洞庭龙君依然没有解除后人无子嗣之忧。可恶的泾水龙君，地地道道的大骗子。

女儿出嫁后，她的心像十五个水桶打水七上八下，时刻担心发生不测之事。不管洞庭龙君烦不烦，隔三差五到他那儿问情况。问她的宝贝女儿在泾水龙府过得好不好，是不是遭人欺负了。洞庭龙君总是期期艾艾不做正面回复。

夫人悲愤交加，心如刀割，拉住柳毅说，"柳公子，我们马上去见老爷，让他赶紧拿主意救我龙儿！"

"夫人被说动了，"柳毅嘘了口气，跟在她身后，两人走进一座红漆雕花楼阁。

两位婢女双手下垂，站立在门楼入口两旁，见夫人来了，迎上前屈身施礼。

夫人面无表情地说，"龙君可在书房？"

婢女说在。

"你们前面领路，我要见他。"

夫人迈开腿正准备朝前走，一位瘦高个子婢女低着头，细声回话道，"龙君正闭目养神，夫人，您看……"

不待婢女把话说完，夫人就落下了脸，婢女急忙撤到一旁。

夫人走出几步，回过头，目光冷冰冰地瞧了瞧婢女。

"我和龙君有要事商量，你俩把好门，没有许可，任何人不得进来！"

"是，夫人。"

婢女吓得吐出了舌头。

"柳公子，我们进去。"

夫人向柳毅招招手，扭动略显肥胖的腰身，朝龙君的书房走去。

洞庭龙君最近心情不怎么好，很少上朝议事，成天闷在书房喝喝茶，闻闻檀香。或者，赏花溜鸟儿，宫里的事务积压了不少。各地小龙前来请命报告工作，他一概交给睨旦办理。

睨旦机灵乖巧，能说会道，擅长溜须拍马，深得洞庭龙君信任。虽然只是副管家的头衔，实则为管家序列的"一把手"，把持龙宫府内的大小事务，权力仅次洞庭龙君。他拉着虎皮当大旗，拿着鸡毛当令箭，一定程度代表了洞庭龙君。

睨旦看似对洞庭龙君俯首帖耳，只要避过龙君便颐指气使，他奉行顺我者昌，逆我者亡的法则，成为洞庭龙宫的活阎王。他的所作所为令龙府上下痛恨之极，屡有大臣告状，洞庭龙君就是不听，认为那些臣子嫉贤妒能，严辞加以呵斥，还处罚了几个人。

睨旦见有机可乘，便变本加厉，对那些告状者冠以种种罪名打入大牢，但凡进去的，必定没人活着走出来。如此，睨旦成了一人之下，万人之上的二龙君。

睨旦一向守时，每天清晨准时向洞庭龙君汇报头天府内公务处理情况，请示下一步工作。今天反常了，等了半晌午仍不见他的影子，洞庭龙君感觉有些不大对劲。转而一想，或许被什么棘手的事绊住了手脚。不管他，反正这小子有的是办法。所谓疑人不用，疑人不用，既然把事情交给他了，就让他放手干，相信会干得很出色。

柳毅跟着夫人绕了几道回廊，来到了洞庭龙君的书房门前。

这里僻静清幽，层层叠叠的绿色藤蔓沿着墙头朝上爬行，向四周伸展开去，绿油油的色泽显示勃勃生机。

书房光线昏暗，空气沉闷，地面相当潮湿，柳毅一进门，抬头看见正墙面上挂着巨幅画像：

一条青龙嘴巴扁扁的，龙须修长弯曲，龙爪粗粝壮硕，两只眼睛空洞迷离。画像下方坐着一位老人，双眼微闭，指头轻轻击打身旁的茶几，一副老态龙钟，暮气沉沉的样子。

柳毅认出那人就是洞庭龙君，一种难以言状的压迫感扑面而来。

夫人咳嗽一声，洞庭龙君缓缓睁开眼睛，端起茶几上的君山银针抿了一口，咂咂舌头慢声吞气地说，"有事吗？"

夫人拉过柳毅说，"龙君，这位柳公子是龙儿的朋友。"

洞庭龙君眼皮朝上翻了一下，阴冷的目光刺向柳毅。

"是吗，从来没有听龙儿说过她有这样的朋友。"

洞庭龙君眼里现出轻蔑的神色，柳毅满腔的热情立刻降去了一大半。人命关天，顾不得委屈了，他从怀里掏出小龙女的亲笔信，双手捧到洞庭龙君的跟前。

洞庭龙君没看见似的重新闭上了眼睛。

"柳公子，有什么话你就直接了当跟龙君说吧。"

夫人见气氛不对劲，连忙拿话圆场。

柳毅稍微理了一下思路，将自己同小龙女在草原上偶遇，她眼下悲惨的处境完整地说了一遍。

洞庭龙君只听了几句，脸上风云突变，张开眼睛怒道，"可恶的泾水龙君，你等不识抬举……"

洞庭龙君一急，呵呵呵地咳起来，满脸胀得通红，眼见就要背过气了。

夫人上前扶住洞庭龙君，轻重适中地给他拍打后背。

缓过一阵，洞庭龙君将头靠在椅子上，手背朝外，有气无力挥挥，示意夫人和柳毅出去。

话还没完呢，柳毅不想走。夫人朝他使眼色，意思说，洞庭龙君已

183

经听进去了，后面的事该怎么办，他自有主张。

瞧洞庭龙君那副要死不活的模样，柳毅心里一点底都没有。夫人已经起身，他只能跟着从洞庭龙君的书房退出来。

屋外阳光灿烂，空气新鲜，柳毅拍拍胸口，长长地吐出一口闷气。

夫人回过头，眼神复杂地说，"龙儿的事我们大体清楚了，有劳公子这一路辛苦。"

难道这是下逐客令吗？

柳毅有些发懵。洞庭龙君看似一腔愤怒，到底兴兵讨伐璟恶龙，还是有其他打算，态度一点都不明朗。小龙女正处在水深火热之中，随时都有性命之忧。不能就这么走了，至少等到洞庭龙君给出明确的答复。

"夫人，小龙女生命危在旦夕，如果洞庭龙府不能出兵相救，三公主的性命必定不保！"

柳毅往路旁的石凳上一坐，不再理会夫人。他这个意思很明了，如果洞庭龙府不出兵，他就赖着不走。

夫人眼里一热，泪水簌簌而下。眼前的年轻人深明大义，令她感怀。龙儿能交上这样的好朋友，也算人生之幸。可是，自己能不能说服那个死脑筋的丈夫，她一点把握都没有。

"柳公子，有些事情你还不大清楚。出兵事大，不是想出就能出的。洞庭龙府同样受制于人，未经许可大动干戈会惊动玉皇大帝，一旦怪罪下来，就会降下枉动杀机之罪，我们洞庭龙府一族就要惨遭祸殃。你先到客舍歇息，余下的事情容老妇慢慢周旋。"

柳毅沉思片刻，脸色凝重地说，"夫人，柳毅冒死前来送信，真心希望有个好结果。"

夫人没有接柳毅的话，向婢女招手，令她安排柳公子到龙宫客舍住下来。

033　故交重逢

傍晚时分，落日像个红色的珠子，在西边的天际滚动，猩红的晚霞落在湖面，泛出粼粼波光。洞庭湖的暮色神秘而幽静，柳毅百无聊赖地躺在客舍的床上，幽暗的光线从门窗透进来，他的思绪回到了辽阔的大草原，小龙女凄婉忧伤的眼神，在眼前飘飘忽忽。

吱呀一声，房门推开了，庞氏走了进来，神情落寞地坐在一旁，目光闪闪烁烁，看上去有好多话要说，却是难以启齿的样子。

柳毅起身给夫人斟茶，庞氏止住他说不必客气，坐一会儿就走。

室内静悄悄的，彼此的呼吸声都听得分明。夫人抬起眼，目光忧郁地看着眼前的小伙子，掏出手帕擦去脸上的泪花。

"柳公子，洞庭龙府恐怕要辜负你一番苦心了。"

这话惊得柳毅目瞪口呆，噩地站了起来。

"为什么，这是为什么呀？"

柳毅不明白洞庭龙君怎么会是这个样子，连女儿的死活都不管，这种人有什么资格担当一方水域之王？

夫人摇头叹道，"哪个当爹娘的不心疼自己的儿女。我们不是不救，而是……"

夫人重复洞庭龙君对天庭规矩的禁忌，陈述利害关系。告诉柳毅，玉皇大帝对区域的小龙王们约束非常严厉，不允许相互之间搞摩擦对抗。有矛盾，应沟通交流，反对武力相向。她还向柳毅讲述了洞庭龙府同泾水龙府的特殊关系。

这两家关系错综复杂，就像两根藤条你缠我，我绕你，纷纷扰扰扯不清。两家人历代就有联姻的传统，祖祖辈辈用婚姻关系串联起来。洞庭龙君的生身母亲就是泾水龙君的亲姑妈，说到底，他们就是一家人。表哥表弟如同手足，表哥兴兵攻打表弟，等于左手打右手，这不是自己找痛吗？

璟同洞庭龙君关系，那是亲表叔加岳丈，郎是半边子，儿子有错，当长辈的教育规劝就行。或者，骂几句也不碍事。毕竟这是家事。如果动不动诉诸武力，还不让旁人笑话？

原来还有如此复杂的关系，柳毅无语了。

两人聊了一阵，夫人起身告辞。

"柳公子一路劳碌奔波，你先歇着，有什么事我们明天再聊。"

柳毅早就累坏了，夫人走后躺下就睡。

夜深了，月亮悬挂在空中，银色的月光照进屋子里，仿佛往地上撒了一把碎银子。迷蒙之中，一个窈窕的身影飘了进来。

"小龙女？"

柳毅从床上爬起来，吃惊地问道，"你逃出来了？"

小龙女摇摆苗条的身段，袅袅婷婷走过来，坐到柳毅床边，一双水汪汪的眼睛，一动不动看着柳毅，目光温润，充满了柔情蜜意。

柳毅心潮翻滚，热血澎湃，张开手臂去抱住小龙女，她身子一缩，眨眼无影无踪了。

柳毅拔腿去追，两条腿被绑住似的动弹不得，急得乱蹬乱踢。

噗通，他摔进了坑里。

钻心的疼痛朝他袭来，他张开眼睛，发现自己躺在地上。

窗外明光如水，微风吹动树叶，摇曳婆娑的影子。柳毅从地上爬起来，披上外套朝屋外走去。

夜空迷茫，远近一片静寂，洞庭龙宫飘摇在迷离的梦幻之中。柳毅一脚高，一脚低朝前走去，朦胧之中，发现前面椭圆形亭子有个熟悉的身影。

"夫人，是您哪？"

"柳公子，这么晚了，你还没有睡？"

"您也没有睡呀？"

庞氏站起身，腿脚麻麻颤颤，她试着站了两下站不起来，柳毅赶紧扶了她一把。

"自打龙儿嫁到泾水那边，我就日思夜想，从没睡过一回安稳觉。"

两人边走边聊，一间造型奇特的房子耸立在前面，长条形麻石从地面砌到了顶层。

这幢建筑十分坚固，就像牢不可摧的堡垒。窗户开得很高，踮起脚都够不着，从里面传出奇怪的声响，不断有红光飘闪出来。

柳毅惊异不已，疑惑地看着夫人。

夫人脸色平静地说，"这间屋子原本用于关押龙宫犯事的人，前几年住进了一个人，那些红光就是从他身上散发出来的。"

柳毅心里的疑团更大了，小心地问道，"敢问夫人，那人谁？"

夫人想了下答道，"龙儿她二叔，钱塘君。"

"钱塘君，那位刚直不阿，敢作敢为的老火龙叔叔？"

柳毅心里咯噔了一下，故作镇定问道，"传说钱塘君深受玉皇大帝信任，担任钱塘江龙君。他在那儿干得好好的，怎么关进了洞庭龙府？"

夫人吃惊地看了柳毅几眼，暗想，"小伙子年纪年轻的，知道的还真不少"。

二弟受到玉皇大帝处罚，早已不是什么秘密，说也无妨。

"二叔他性情耿直，爱打抱不平，无意中得罪了玉皇大帝，落得今天这个下场。"

柳毅不无惋惜地叹道，"还有这种事呀？"

"二叔原先禁闭在天上，玉皇大帝嫌他晚上嗥叫闹腾，搅得天宫不得安宁，将他贬到洞庭龙府，责令他的兄长洞庭龙君好生管教。"

大名鼎鼎的老火龙居然在洞庭龙府修行，这下把柳毅乐坏了，他在肚子里说，"柳暗花明又一村，救小龙女的办法有喽。"

他假装困倦，接连打出了几个哈欠。

"夫人，三公主的事您老也不必太过着急了，说不定龙君会改变主意，亲自道泾水龙府跑一趟，一家人化干戈为玉帛，握手言和。"

夫人看了看眼前这个实诚的小伙子，默默地点头。

柳毅告别庞氏回到客舍，取出孔庄主爹爹送给他的那坛陈年佳酿，溜进了老火龙的屋子。

"谁呀，鬼鬼祟祟的，不通报一声就进来了？"

里屋传出浑厚的声音，随即喷出一团火光。

这老头七老八十了，耳朵还那么管用，我垫着脚尖走路，他都能听出声音来了。厉害了，我的老火龙叔叔。

柳毅稳住身子，十分兴奋地说，"老火龙叔叔，是我呢，您一辈子都忘不了的小毅子！"

"哪个小毅子，你他娘的冒牌货吧！"

老火龙迎到了门口，浑身散发热腾腾的火焰，那话是他嬉笑着说出来的。

柳毅扬扬手中的酒壶，打趣道："火爷，在下就是王母娘娘门下的那个小火龙。那些年我没少偷酒给您喝，这么快就忘了？"

闻到酒香，老火龙肚子里爬出来一溜馋虫子，他咽咽口水，笑骂道，

"听那脚步声就知道是你小子。你不是让玉皇大帝老儿赶下天庭，投胎长安城吗，怎么跑到洞庭龙府来了？从实招来，不然老火龙叔叔揍你屁股！"

柳毅呲牙一笑，逗乐道，"五十步笑百步，您老还好意思说我呢？"

"兔崽子，还像当年那样顽皮，胆敢笑话老子？"

"晚辈不敢，您老就是借我一百个胆子也不敢多放一个屁。听说您老到洞庭龙府修炼，想必很久没闻到酒香了，这不，我这就过来呗。"

"无事献殷勤，非奸即盗，快说，你小子到底啥勾当？"

钱塘君拉住柳毅，就要抢他怀里的酒壶。

柳毅眼明手快，将酒壶藏到身后，拉下脸，装出很委屈的样子。

"火龙叔叔跟小孩儿抢东西，我到洞庭龙君那儿告状去！"

"哎哎哎，小祖宗，你大叔三年没有闻过酒香了，能不急吗？好了好了，不抢还不行吗！"

柳毅噗呲偷笑，心里说，"想在本公子跟前装深沉，小瞧人了。"

钱塘君老老实实坐了下来，两眼巴巴地看着柳毅抱在怀里的酒壶，口水顺着下巴往下流。

柳毅笑眯眯凑到钱塘君身边，将随身带来的饭碗摆好。

"叔叔，我帮您满上，今天夜里，我们爷儿俩喝个痛快。"

老火龙不再说话，端起酒碗连干了三大碗。

"嗨，好酒，好久没有这样痛痛快快喝过了。"

"那是当然，孝敬您的肯定是好酒啰！"

柳毅端起酒碗，情真意切地说，"老火龙叔叔，天上一别几百年就过去了，侄儿无时不刻想念您。今晚在洞庭龙宫意外相逢，什么都不说了，一切都在酒里，我敬您！"

"好的，一口干了？"

"干！"

"干！"

一老一少豪情满怀，干了一大碗酒。

几碗酒下肚，老火龙耳热心跳，情绪就上来了，他一手端碗，一手搭住柳毅的肩膀，两人边喝边聊。

这些年他心里憋屈得很，一门心思想着重返天庭，跟玉皇大帝好好理论一番。当年，他在钱塘江统领一方，把那方水域治理得有条不紊，没有人不称赞的。可他生来的耿直脾气，遇见不平之事，心里怎么想的，嘴里就说出来了，搞得玉皇大帝很没有面子。

小毅子是他的忘年交，两人情同父子。一天，他到王母娘娘那儿讨酒喝，娘娘盛情款待了这位义气的兄弟，娘娘趁着酒性发牢骚，说玉皇大帝千不该万不该，找个借口把小毅子贬到凡间去了。

难怪好长一段时间没有见到小火龙，老火龙正纳闷着，以为他像悟空一样出了远差。

小火龙遭贬，老火龙一肚子火气往上冒，借着酒性直奔太清宫，他要向玉皇大帝讨公道。

玉皇大帝非常生气，指责钱塘君是非不分，观点和立场都有问题，还有拉山头，搞小团体之嫌。盛怒之下革了他的职，关他的禁闭，让他好生反省。

钱塘君不服，不分白天黑夜吵闹。玉帝头疼死了，让洞庭龙君将他这个不服管教的弟弟接回洞庭龙府严加看管。玉皇大帝把话说得很清楚，如果洞庭龙君管教不力，老火龙惹出什么事端来，唯洞庭龙君是问。

这招够厉害了，把桀骜不驯的钱塘君治得服服帖帖。

老火龙呆在洞庭龙府禁酒禁烟，足不出户，度日如年，像个活死人。

故人相聚，高兴的劲头就别提了，没待小毅子劝酒，老火龙三下两下将满壶高粱老酒喝得精光。

034 宝刀出鞘

高粱酒品味纯正，入口甘美，老火龙喝得气血通畅，拍了拍柳毅的肩膀，开心地笑出满嘴酒气。

"你小子，还像当年那样够意思，呵呵呵……"

借酒浇愁犹如扬汤止沸，驱赶不了内心的愁苦和忧郁，酒精的刺激只会让他的情绪更为激荡，此刻，钱塘君心里五味杂陈，为自己的命运多戕悲悯和忧伤。曾经志满意得的一方龙君，就因直言相谏沦为阶下囚，天理何在啊？这些年，他对玉皇大帝的不满情绪变得越来越强烈，反叛意识渗透到骨子里去了，曾经想过效仿孙大圣大闹天宫。

玉皇大帝一眼就看出了名堂，采取"连坐法"防范未然，将他迫降洞庭龙府，令其兄长好生看守。

这种变相的牢狱之灾，比困在天宫还要难受，如同一头身强力壮的水牛陷落泥潭之中，浑身的气力就是没法使出来。

洞庭龙君一辈子谨小慎微，树叶掉下来害怕打破脑袋的那种。玉皇大帝就吃准了他这个软弱特点，使出这个狠招，他是哑巴吃黄藤，有苦说不出，连劝带求，希望兄弟别再折腾了，如果瞎闹下去，不但自身性命难保，还会连累他这个当哥哥的，甚至洞庭龙府那些无辜的老老少少也会遭殃，好端端的洞庭龙府将会毁于一旦。

看着兄长诚惶诚恐的样子，钱塘君软了下来。这些年，他忍气吞声，把自己困在牢房里混吃等死。就在最为痛苦的时候，遇上了可心的故交，总算可以愁眉舒展，开心片刻了。

老火龙能有如此不错的精神状态，柳毅从内心感到高兴，君子坦荡荡，老火龙就是老火龙，心胸豁达，格局与众不同。但是，深深的不安雾霭一样从他的心头掠过，觉得自己愧对这位光明磊落，侠肝义胆的长辈。

老火龙之所以落到这步田地，全因他这个调皮捣蛋的小火龙。士为知己者死，老火龙叔叔是凌霄天宫之中十分难得的仗义之仙。眼下气氛不错，最好不要轻易打破了，他挪挪屁股，往钱塘君身边靠靠，摆出当年两人在一起时候的那种亲热状态。

"叔，在天上的时候，我可没少偷娘娘的桂花酒给您喝。"

"小样儿，你提这事干嘛？"

钱塘君脸上有些发烧了，不自然地笑笑。偷酒的是小火龙，但喝酒的是他，这件事若往深里追究，不怎么光彩。他一般不愿人家提及。

"娘娘知道我是拿来孝敬您的，也是睁一只眼闭一只眼，呵呵……"

老火龙眼前亮堂起来，用手背抹抹嘴巴，感慨万千说，"王母娘娘，好人呐。知道我受委屈了，在玉帝跟前说过不少好话。不然，我的处境比现在还要惨呢。"

柳毅意味深长地嗯了一声，眼圈立刻红了。自己犯事受到惩罚这是活该，让老火龙遭到如此的罪孽，这叫福不连人祸连人，他心里特别难受。

说起娘娘，柳毅的情绪变得激动起来，禁不住热泪盈眶。离开娘娘的日子不算短了，他无时不刻惦记挂牵这位善良慈祥的干妈。老人家患有老寒腿的毛病，那些年，他在娘娘身边，帮她推拿按摩热敷。娘娘病痛到最厉害的时候，他会毫不犹豫脱下外套，裹住娘娘的腿脚，呼出炙热之气，帮她驱除寒毒。他这一走，接任的坐骑还有那么细心体贴么？

柳毅走到窗台前，抬头眺望浩渺的苍穹，心里一阵难过。

"你小子重情重义，老朽没看走眼呀！"

老火龙叹了一口气说，"老夫活了大半辈子，阅人阅仙无数，算是明白了一个道理，朋友不在多，得一知己足矣！"

钱塘君说出这句话，他是有一番心路历程的。当初，他并不看好火龙毅。在他眼里，小家伙狂妄自大，缺少教养，一点都不靠谱。先说那年火龙毅到洞庭龙宫相亲的事，大哥说不方便出面，称他这个当叔叔的把关是一样的，他怕了板就能当数。一句话，全权委托了。

侄女儿的婚姻大事，当叔叔的理当义不容辞。他一改以往懒散拖沓，不修边幅的习惯，把自己收拾得齐齐整整，蓄了上千年的络腮胡子剃得一根不剩。未来姑爷登门，他得有个样子，替侄女儿挣个好脸面。当时，说好了大清早见面的，等到半上午才见火龙毅姗姗来迟。钱塘君对他的第一印象是：小伙子的外貌倒还人模狗样，就是不懂礼数，进了门连声招呼都不打，一屁股坐到主宾席，翘着二郎腿，上下不停地摇晃。

老火龙满肚子的不高兴，见嫂子频频给他使眼神，勉强把气压了下去。一盏茶没喝完，这条小火龙好像同谁怄气似的，猛然起身，怒气冲冲而去。

见过牛逼哄哄的，还没见过如此没大没小，牛逼得没边没际的家伙。老火龙眼里直冒火，对着火龙毅远去的背影嚷，"你丫啥玩意儿，还懂不懂长幼尊卑？若不是老子跟你爹称兄道弟，今天非一巴掌扇死你不可！"

嫂子呵呵一笑道，"叔叔，你别跟小伙子一般见识。没关系的，年轻人嘛，往后多施以教育便可。"

嫂子的语气虽然委婉，但能听出她的情绪也不小，拐弯抹角责怪东海龙王教子无方。

这件事就算过去了。老火龙到了天上,这才知道火龙毅原来是王母娘娘的坐骑,打过几回交道之后,那些不好的印象荡然无存了。

两人脾气相对,不久就成了好朋友。后来他弄明白了,小毅子并不是那种不懂礼貌,妄自尊大之徒。

那天相亲,火龙毅挺不情愿,他是被父亲逼来的。来洞庭龙府之前,父子俩吵了一架,东海龙王一气之下扇了儿子一巴掌。火龙毅心里憋着一团火气。等到了洞庭龙府,三公主死活不肯露面,他感到非常尴尬,一时冲动,拂袖而去。

令老火龙格外满意的是,小火龙为人仗义,富有同情心。他曾经遭人诬陷,匿名举报他有这样那样的问题。玉皇大帝为慎重起见,招他回天庭接受调查。那是一段相当灰暗的日子,众仙纷纷避嫌,离他远远的。小火龙倒不怕,只要有空就过来陪他说话解闷,没少偷酒给他喝。日久生情,老火龙真心喜欢上这个涉世不深,简单直率的小火龙了。

几年不见,老火龙感觉小毅子变化很大,比原先要稳重得多。他心里特别高兴,眨眨眼睛笑道,"你今晚给我摆了一顿大酒,不只喝酒取乐吧?"

话已至此,柳毅不再遮遮掩掩,将此行的来龙去脉说了一遍。

老火龙一听,火冒三丈,嘭的一声,将手中的酒壶砸在地上。

"无能,迂腐,窝囊,连自己亲骨肉都不敢保护,还配担当什么狗屁一府之君?"

激怒老火龙这是第一步。柳毅暗自得意,一切尽在自己的掌控之中。

"火爷,三公主说过,洞庭龙府一家老小就您老敢做敢为。只要您出马,保准那个罪恶滔天的璟孽龙束手就擒,小龙女顺利得救!"

这些话是柳毅现编现卖的,凭他对老火龙的了解,激将法一定管用。

"别说那些没用的,想起受苦受难的龙儿,叔叔就要掉眼泪。我们即刻动身,杀他娘的泾水龙府片甲不留!"

钱塘君恨不得立刻飞赴泾水龙府,把侄女救出来。

柳毅倒有些犹豫了,吞吞吐吐说出了自己心中的顾虑。他觉得,老火龙擅自主张攻打泾水龙府,这个风险是很大的,担心玉皇大帝问罪下来,那是罪加一等,必定施以"煞仙烩"酷刑,令他腹内仙气尽丧,骨肉分离。

反正已是泥巴埋到了脖子的岁数,怕他个球。与其要死不活地耗着,不如痛痛快快干一场。钱塘君主意已定,不由分说拉起柳毅飞上了天,直奔泾水龙府而去。

泾水龙府四周黑灯瞎火,什么都看不清楚。两条火龙都有些蒙圈了,不知道狡诈的璟恶龙如何排兵布阵,小龙女具体囚禁在哪个地方也不知道。

一心想着救人,救人的具体细节都没有想过,这个时候,柳毅才体会到冲动是魔鬼,鲁莽行事害死人。

老火龙本来就喝高了,在天上急速飞过一阵,让凉风一吹,酒性发作,胃里特别难受,扶着城墙呕吐起来。

柳毅想去扶住他,老火龙摆手道,"这点酒,不碍事!"

正说着的时候,一帮人举着火把朝他们这边跑来。

柳毅眼尖,失声叫道,"火爷,那些都是泾水龙府的士兵,我们暴露了!"

话音刚落,围上来一群人。"什么人,站住!"

"哼,欺负老子醉了,来呀!"

老火龙一记扫堂腿,一波人哭爹叫娘,割麦子似的倒伏于地。

咚咚咚,城楼响起了震耳欲聋的鼓声,黑沉沉的夜幕被撕得七零八落。泾水龙府沸腾起来了，数不清的火把将四周照得一片透亮。

"嘿嘿，好家伙，正愁找不着你小子，自己倒送上门来了……"

璟龙君一身玄衣站立在城楼上，一副居高临下，威风凛凛的架势。

"给我上，将这两个贼人拿下！"

兵士们得令，流水般涌向老火龙和柳毅这边，老火龙两眼紧盯前方，细声叮嘱柳毅道，"有老子在，天塌不下来的，你跟在我后头就行。"

柳毅倒不担心自己的安危，而是不放心老火龙，本已醉醺醺的，怎么应对璟恶龙那些邪恶招数，提醒他一定当心。璟恶龙那招黄龙出水，五爪齐出，尾巴扇动，分上中下三路攻击对方。一般人很难抵挡。

老火龙用袖口擦擦嘴巴，轻蔑地冷笑。

"当年跟他爹爹比武，老家伙就使出这招，我一记霹雳火龙掌击中他的脑门，泾水龙王当场晕倒在地上。"

对方人多势众，占天时地利人和，小心乃为上策。可是，依老火龙那个脾气，这个时候，说什么他都听不进去的。柳毅脑袋电光火石，主意立马生成了，将脖子上的那块玉佩正了正，一声不吭地站在老火龙身边。

只听一阵吆喝，上来了一帮手持刀刃的壮汉。老火龙嗷呜一声，嘴里喷出的烈焰，烧得泾水龙府兵士们鬼哭狼嚎。

"冲上去，后退者，格杀勿论！"

璟龙君挥舞宝剑，号令士兵发起了疯狂的进攻。老火龙不慌不忙，用熊熊烈焰迎头痛击，烧死了一大片兵士，焦肉的臭味弥漫在泾水龙府的上空。

璟龙君运用添油战术，前一波倒下了，后一波紧跟而上。敌方人数越战越多，蚂蚁似的首尾相接，一步一步朝前推进。

老火龙奋力搏击，喷出的火焰烧红了半边天，但已是大汗淋漓，上气不接下气。

柳毅侧身护住老火龙说，"火爷，情势对我们很不利，先撤吧！"

老火龙怒目圆睁，气喘吁吁道，"不能撤。若此时撤退，龙儿必定死路一条。"

"哇哇，拿命来吧！"

一道银白之光射过来，只听哎呀一声，老火龙差点栽倒在地上。

嗤，嗤，嗤……

一道耀眼的蓝光迎击上去，银白之光瞬间暗淡下来了。

柳毅用力拉住老火龙的胳膊，一阵狂风卷起，两人消失在夜幕之中。

035　老英雄嘱托

　　叱咤风云的钱塘君，被名不见经传的小璟子打得狼狈大败，差点丢了性命，这事说出来谁都不会相信。仿佛遭受了奇耻大辱，老火龙自尊心受到了极大的伤害，难受得只想用头撞墙。他武功盖世，纵横江湖多少年了，没料想阴沟里翻船，这让他日后还有何面目示人？

　　老火龙伤得很重，脑袋疼痛欲裂，仿佛无数根针芒在他的头上一通乱扎，他张开双手，不停地刨抠，恨不得把所有的针刺刨出来，抠得头皮血迹斑斑。

　　璟小子功夫邪乎，出手快如闪电，攻势凌厉凶猛，招招欲置他于死地。这位闯荡江湖的高手，交过手的武学大拿不计其数，从来没有见到过如此厉害的武功。璟恶龙使出的第一招看似轻飘飘的，实则有泰山压顶之势。他心里有数了，胜负已经明了，凭自己这点老本钱，不是人家的对手。大丈夫可杀不可输志，就是死，他也要奋力一搏。眼看一命呜呼，他身边的小毅子不费吹灰之力，将璟恶龙的邪门功夫化解无形，打得对方不敢还手。江山代有才人出，一代新人胜旧人，廉颇老矣，不服老都不行了！

　　钱塘君偷偷摸摸攻打泾水龙府，吓得洞庭龙君魂飞魄散，他跑到麻石屋，指着弟弟钱塘君的鼻子一通臭骂，令他赶紧向玉皇大帝谢罪，以保全洞庭龙府老老少少。

老火龙肚子里本来就窝了一团火，遭到窝囊废的哥哥指责，无异于火上浇油了，他不顾伤痛从床上跳下来，双手叉腰厉声道，"你就知道一味地忍让，口口声声讲什么和为贵，却不知那个狗屁女婿现在是个什么样子。他练了邪门妖术，身上已无人性可言。等到跟他讲和，我们家的龙儿恐怕早就没命了！"

弟弟不思悔改，还在胡搅蛮缠，洞庭龙君气得浑身发抖，叫天子似的嚷道，"你不是天不怕，地不怕的大火龙吗，放开手脚打呀，干嘛逃回来？"

这话戳到了钱塘君的痛处，只见他脖子上青筋凸起，脸色寡白，一转身冲进卧室，扑倒在床上蒙头大哭。

洞庭龙君懒得理他，寒冷的目光射向柳毅。"这件事从头至尾是你怂恿的吧？"

柳毅低下头，不敢回话。

钱塘君猛地掀开被子，噔噔噔几步返了回来，冲到洞庭龙君跟前，两个人的眼睛鼻子都快挤到一块了。

"你当我是三岁小孩，自己的亲侄女遭受了大灾大难，我这个当叔叔的还能袖手旁观吗？"

弟弟摆出拼命的架势，洞庭龙君不由后撤几步，不停地晃着手道，"简直不可理喻，粗鲁，莽汉！"

"莽汉？哼，总比当缩头乌龟好！"

钱塘君再次向前逼进，洞庭龙君被他身上炽烈的气浪灼了一下，痛苦地挥手说，"一辈冲动冒进，从来不计后果得失，我懒得跟你说了！"

洞庭龙君悻悻而去，屋里剩下大小两条火龙。钱塘君精神萎靡不振，一副病恹恹的样子，柳毅赶紧把他扶到床上，让钱塘君闭上眼睛。他要给老火龙疗伤。

老火龙照柳毅说的做了,一股清凉的气流从头顶灌入,缓缓流向身体四周,僵硬的四肢渐渐活动自如,感觉腹部热乎乎的。但他仍然感到疲乏,软绵绵的提不起精神。

"火爷,您是不是想睡了?"

钱塘君声音微弱地答道,"是,是的……"

他的话还没有说完,就迷迷糊糊睡了过去。

夜幕悄然降临,钱塘君的呼噜声戛然而止,他伸出一个懒腰,睁开眼睛的时候发现柳毅坐在自己的床头。

"小子,我睡着了?"

"是呀,您睡得挺香呢!"

"睡多久了?"

柳毅笑笑说,"不算多,一天一晚而已。"

"天哪,你小子一直守在这儿?"

柳毅默然地点头。

钱塘君鼻子一酸,眼泪差点出来了。

柳毅握住钱塘君,安慰他说,"璟恶龙射向您的十八毒针我都拔出来了。您只要歇息一段时间,身体就会复原。"

钱塘君点头,声音哽咽地说,"小毅子,谢谢了!"

"火爷,您千万别这么说。小毅子苦中无策,请您出山攻打璟恶龙,险些让您遭遇不测,心里很过意不去。"

钱塘君搂了柳毅一把说,"男子汉大丈夫顶天立地,受点小伤算不了什么,只是……"

钱塘君欲言又止。柳毅明白老人心里一团疑云飘荡,他很想知道自己如何击退璟龙君的答案。

当时，璟恶龙使出的银白之光，比刀剑还要锋利得多，根本没法抵挡，到底那是什么邪恶功夫？千钧一发之际，自己不费吹灰之力就能击败璟恶龙，顺利将老人家带回洞庭龙宫，帮他疗治好伤痛。这些都会让老火龙犯困的。

老火龙一辈子心高气傲，死要面子活受罪，就是憋死，也不会直接了当问他什么的。

当然，柳毅事先并不清楚璟恶龙使的是什么武功，就在钱塘君出手的那一刻，耳边有个声音告诉他：这是璟恶龙最厉害的一招，叫"梅花掌"。第一式"十八毒针"，出手异常凌厉，十八根钢针含有剧毒，只要击中了一枚，对手即刻浑身麻木瘫软，失去抵抗力。

那个声音还提醒他，用蓝罗刹对付梅花掌轻而易举。柳毅照这个声音说的做了，真正体验了一把蓝罗刹的强大威力。他还用这个奇特的功夫医好了钱塘君身上的重伤。

小毅子既然拥有如此惊人的能耐，为什么还要到洞庭龙宫搬救兵？这不是脱掉裤子放屁，多此一举吗？

老火龙迷糊了，他不想装了，干脆打破砂锅问到底。

"我说你小子长本事了，跟老夫玩心计，斗脑袋瓜儿不成？就别藏着掖着了，你他娘的到底什么名堂，明明白白掀个底朝天！"

柳毅嬉笑着捅了一下老火龙的腰眼，神神秘秘说，"火爷，您不用猜了，也不用着急，到了该揭晓的时候，自然什么都会明白的。"

老火龙眦了柳毅一眼，目光落在他的颈脖上，托起那块昆仑玉仔细瞧了半天。只见宝玉蓝光闪烁，光影之中有个人正舞动宝剑，他惊得眼珠子都快掉出来了。"小子，快说，这块宝玉是从哪儿来的？"

事到如今，不说也得说了。柳毅告诉老火龙，这不是普通的玉石，而是江湖盛传千年的蓝罗刹。

"老天爷，原来这宝贝疙瘩在你这儿，怪不得一声不响就能搞定璟小子！"

柳毅收好蓝罗刹，告诉老火龙，同璟恶龙交手后才大体掌握驾驭蓝罗刹的方法。

老火龙大喜过望，神色庄重地看着柳毅，把救龙儿的任务托付给眼前这个器宇轩昂的小伙子，期待他代洞庭龙府出征，凯旋而归。

036　洞庭精兵

星光散乱，风如刀剑，浮云飞扬，汹涌的波涛拍打岸边的崖石，发出巨大的轰鸣声。柳毅站在洞庭山顶上，微闭双眼，调动体内的气息，蒸腾的雾气在他周身缭绕。此时，柳毅身形不断地变化，时而呈蛟龙之状；时而为玉面书生；时而人面龙身。转眼之间，一条身姿矫健的火龙嗥嗥叫唤着飞奔而来，在头顶盘旋几周后同他浑然一体。

柳毅敛气于腹内，慢慢睁开眼睛，只见远天碧净，月光如水，一阵狂风暴雨般的马蹄声由远及近，跑在最前面的那匹马红鬃黑蹄头颅高昂，肌肉纹理鲜明，飞奔如闪电。

柳毅惊叫道："风儿！"

马背上坐着一位青衣长髯的长者，容光焕发，气色充盈，眉角微微朝上翘起，斯文冷峻之中蕴含刚毅强悍的英气。

"毅儿，你还好吗？"

那人语音强劲，声如击磬，震得柳毅耳朵发麻。

"爹爹，你是爹爹呀？"

柳湘桓降下云头，策马下了一道缓坡，来到一颗大树前翻身下马。

柳毅泪光闪烁，胸膛之中热血奔涌。

"爹爹，好久不见。不肖儿子朝思暮想，只盼早日见到您呐！"

他想迎上前去抱住爹爹，柳湘桓目光冷如霜雪，如同一堵高墙竖了起来，挡住了他的脚步。

父亲还是那样冷酷，柳毅却闻到了他身上有股血性的气息。

柳湘桓昂起头，冷声道，"你不是我儿，我没有你这样的儿子……"

柳湘桓话音刚落，一条烈焰滚滚的火龙腾空而起，远近的树木和杂草燃烧起来。他猛然一怔，后退了几步，脸上露出欣喜之色："火龙毅，你终于回来了！"

火龙毅俯身跪了下来，失声地痛哭。

"孩儿有悖孝道，愧对天理。此次从长安赶回湘水，就想给您守孝三年。"

柳湘桓立刻绷紧脸，手指柳毅喝道，"男儿膝下有黄金，你是火龙毅，乃天使之龙，赶快站起来！"

火龙毅擦干眼泪，站起身走向父亲。柳湘桓张开双臂，抱住了亲爱的儿子。

柳毅目不转睛地看住爹爹。日月更易，沧海桑田，父亲已是满脸的褶皱，头顶上像码了一堆苇花，连胡须都白了。但他目光炯炯有神，还像当年那个刚正不阿的史官。

"爹爹——！"

柳毅再去看父亲的时候，四周空旷寂寥，茫茫云雾之中有匹狂奔之马，眨眼间，风儿和父亲不见踪影了。

"啊——！"

柳毅一声惊呼，把自己喊醒了。他从床上坐起来，后背汗津津的。

湖风呼啸，星光灿烂，夜空苍茫无际，柳毅抹了一把脸，眼泪仍止不住的流。

过去他误会父亲太深了，动不动跟他较劲，父子关系紧张得不行，弄得父亲特别难受。京城重病之中惊闻噩耗，孔庄主爹爹给他讲述父亲在朝为官的点点滴滴,他终于明白了,什么叫大丈夫之举,什么是君子的修为,什么是真正顶天立地的英雄。父亲曾经诚恳跟他说过,世上都说功名好,这要看如何去理解。如果功名掺杂利禄就叫势利;求功名,只是为个人得失叫私利。势利和私利,终归不能成为大利。一段时间,父亲不遗余力阻止他报考功名,足见用心之良苦。孔庄主爹爹给他详细讲述了父亲的仁义之举,方知父亲胸有韬略,大气磅礴,难怪玉皇大帝要下令拯救他。父亲的隐忍不是胆小怕事,而是大丈夫的豁达。成大器者,必得高规高格,岂能在细枝末叶上斤斤计较,强出风头?

一位品德高尚的忠臣,没有倒在飞扬跋扈的王母娘刀斧之下,却惨遭穷凶极恶的酷吏杖毙,令人痛心疾首。正义之士的死亡,就像闪闪发光的星辰不幸坠落,柳毅一度悲伤狂怒,复仇的怒火在胸膛中熊熊燃烧。他曾经想过,回到湘水之滨的第一件事就是找到那些枉法之徒,替父亲报仇雪恨。

返乡途中,同小龙女不期而遇,权衡之后,便将家事暂时搁置在一旁,担当传书重任,以拯救苦难。传书之途危机四伏,连自己的性命都不保,他却没有丝毫的退缩。

花开有枝,清水有源,自己甘冒风险传书救人,这就是父亲人格力量的潜移默化。

父亲突然出现在自己的梦里,一番教诲令他豁然开朗,哀伤之情瞬间就消失了。父亲并没有死,他的精神和灵魂依然活着,奔向了九重天宫。

山河依旧,义士不死!

柳毅飞奔到钱塘君的屋子里,向老火龙告别。他即将只身奔赴泾水龙府,要同恶贯满盈的璟恶龙决一死战,救出小龙女。

"小毅子,你总算来了,老夫我正等着你呢!"

老火龙满脸慈祥,目光充满了感激。

"我一直蹲在你的屋子外边,听见你梦里大叫大喊,喊出的是我的心里话啊!"

老火龙抬头眺望天穹,老泪纵横。

"爱憎分明的火龙毅替天行道,大慈大悲,普度众生的玉皇大帝,望你明镜高悬,明辨是非!"

柳毅抱住老火龙,声音颤抖说,"叔,飞将千万里,不破楼兰誓不还!"

老火龙激动不已,将拳头举过头顶说,"老朽等的就是你这句话!"

这时,天边曙色已起,老火龙拉了柳毅一把。"过来,你坐到我这边来。"

柳毅不知道钱塘君要干什么,随着老火龙来到一株古老的柳树旁边,两人面对面坐了下来。

四目紧闭,四掌紧贴,一股炙热的气流源源不断灌入柳毅的体内。柳毅一惊,老火龙要将修炼一辈子的火溢神功传给自己吗?

火溢神功独步武林,也是老火龙强身护体的功法,如果传给他,老火龙什么武功都没有了。

柳毅慌了,手掌动了一下,太阳穴位立刻麻颤起来,腹内似有火灼之感。

老火龙的胸脯一鼓一收,浑身大汗淋漓,嘴里喘着粗气。

"别动,如若再动,邪气就会上扬,我俩定会五内俱焚!"

柳毅不敢动弹了,感觉体内一阵清爽,阳气充盈起来。

天色已经透亮,老火龙手臂垂了下来。柳毅收敛气息,睁开眼睛的时候,发现老火龙倒在一旁,呼吸十分微弱。

他连忙调整真元之气封住了老火龙凤池穴,让他体内逆转的气息变得顺畅。气息入定,风险排除了,柳毅将老火龙安放到床上,给他盖好被子。

钱塘君安然入睡了，柳毅向这位曾经叱咤风云的老人接连鞠了三恭，悄无声息地飞离开洞庭龙宫。

今天刚好是月半日，柳毅试着提了一口气，气息流畅，通体伸展自如。

他心里清楚，现在的柳毅已经不是当初那条孽性横行的小火龙，双儿的仙气和老火龙的火气布满体内，躯体内那股龙性转向正气，邪恶的孽龙不知不觉死去了。

上天有好生之德，柳毅心里充满了感恩之情。感激玉皇大帝，王母娘娘，太白金星用他们的仁德和苦心再造了一条浩然正气的火龙。

天光日出，红霞漫天，火龙毅一声狂嗥，飞上了九霄，奔向泾水龙府战场。

火龙毅看见了小龙女，姑娘正独自在怡心园散步，一群洁白的绵羊跟在她的身后，那只懂事的小羊羔在她怀里似睡非睡，像个撒娇的孩子。小啰喽远远地跟着，不像盯梢，倒像陪伴和保护。

小龙女安然无恙，火龙毅这就放心了。转眼朝泾水龙宫看去，院落昏暗，阴气阵阵，宽大的龙床被褥凌乱不堪。璟龙君左拥右抱，几个浓妆艳抹的女人嗲声嗲气地偎在他的身边。

火龙毅闭上眼睛，正准备提起龙性下手。

咣咣几声，院里传来了尖叫声。"有贼寇，关门，赶紧关门呀……"

火龙毅一时心急，把动静弄大了，惊动了巡逻的兵士。

城门嘎嘎嘎叫着闭上了，城头布满了弓箭手，一齐瞄准柳毅，璟孽龙一身铠甲立在城楼之上。

柳毅抬头瞧了一眼，冷笑道，"小恶龙，我今天替天行道，你等着受死吧！"

他长袖轻轻一拂，笼罩在泾水龙府上空的雾霭悉数散尽了。

037　对阵恶龙

璟龙君站在城楼眼见柳毅一副凛然之势，心里开始一阵发虚。他行走江湖的时间不算短了，各类武学流派顶尖人物的绝门功夫略知一二，柳毅呈现出如此强大的气场还从未见识过。那个气势胜过千军万马，他不由倒吸了几口冷气。

按理说，自己的武功已经相当了得，上百个柳毅都不是他的对手。可是，几次同柳毅交手，他占不到任何便宜。更令璟龙君吃惊的是，柳毅拥有独步有天下的武功绝学而深藏不露。他本来可以将老不死的老火龙剁成肉酱的，柳毅轻舞杨柳枝一般使出奇特的功夫，将他的梅花拳神功钝化无形。

天下之大，无奇不有，正所谓山外山，天外天啦。父王临终前断断续续跟他说过，江湖好比天下的海湖江流，隐藏着无数的蛟龙大鳄，潜伏巨大的凶险。若想居为王者，必得隐忍谦恭，以仁义感召天下，绝不可穷兵黩武，招摇树敌，否则难逃杀身之祸。

父亲苦心地劝说他，寸有所长，尺有所短，往往四两拨动千斤。江湖上能人异士比比皆是，身上都有克敌制胜的本领。

父亲的那些话，璟恶龙虽然表面上不服，心里还是服气的。老父亲涉世颇深，洞察风云，经验教训一大把，这就是一本难得的武功秘笈。

前天，他对阵叔岳丈钱塘君，那招黄龙出水，就是从父亲那儿偷学来的，属于泾水神拳之精髓。他在原来功力的基础上，加入了梅花掌阴毒功法，使之兼具软硬之力。泾水神拳散发出来的银白之光能开山劈岭；梅花掌阴毒的软功力道缠绵，释放出的阴湿毒气能浸入人的体内骨骼，只需一掌，就能令对手骨肉分离，全身瘫痪。

当时他只用了六成功力，毕竟老火龙是老婆的叔叔，岳丈的亲弟弟，不看僧面看佛面，他手下留情了。如若出手太重，击毙了老火龙，后果将不堪设想。老岳丈决不会饶恕他。

老岳丈性格内敛，优柔寡断，一般是不会动怒的，但绝对不能激怒他。他见识过岳父的功力，那套洞庭雪浪拳绵里藏针，看似有形，杀人无影，泾水龙府无人可敌。投鼠忌器，他只想教训老火龙。可他六成功力具有足够的杀伤力，老态龙钟的老火龙根本吃不消。关键节点上，柳毅使出一道幽幽蓝光，看似飘飘荡荡，绵延柔软，冲击力却十分的惊人，将他的功力一一化去，反挫过来的旋转之力杀气腾腾，刺向他的脑袋。他急忙使出一招黄龙潜水，侥幸逃脱而去。

交战结束后他闭门静思，研究柳毅威力无比的蓝光功法如何破解，始终不得要领，请来师父——梅花掌嫡传梅花公子讨教。

梅花公子瘦骨嶙峋，白脸无血，鼻梁高耸鲜红，双眼凹陷，乃江湖邪门邪派功夫的绝学者。此人低调含蓄，隐匿江湖多年。泾水龙君在世的时候，璟龙子偷偷拜他为师，跟随他学习梅花掌。

梅花掌功夫诡吊，形似梅花绽放，又称"五雷梅花掌"，同柳叶掌、太阳掌、太阴掌、五毒掌，蜘蛛掌称作"六掌夺命"，属于江湖武术绝学的巅峰。

掌法口诀复杂，难记易忘。诀念一旦弄错了，内气逆转，自伤身体。一般人进入武行，慎之又慎，梅花掌传人并不多见。

此掌法分五路四十五式，一百零八攻击法，讲究起承转合，贯挫击念，心邪拳毒，拳法，心法，意念，三位一体。先以意念控制对方的心率，再用拳法攻击要害，招招夺命。江湖血雨腥风，连年杀戮，死于梅花掌的高手不计其数。有句传言耸人听闻，说梅花掌起梅花落，森森白骨冤魂哭。

璟龙子天资聪颖，跟着师父勤学苦练，功力与日俱增，直逼师父。

梅花公子坐定，璟龙君手捧香茗，毕恭毕敬给师父敬茶，将柳毅蓝光功法威力从头至尾描述了一番，说出他心中的疑虑：人世间不可能拥有此类邪术，这套神功或许来自九重天宫。

梅花公子听罢恐惧万分，却故作轻松。

"你可能因惊吓产生幻觉了？"

其实，他心里比谁都清楚，如此功法就是江湖中人谈之色变的蓝罗刹。柳毅拥有此法，将彻底改写了武学界历史。他的师父，人称江湖猎艳圣手，武学奇才梅花庄主就死于蓝罗刹。

那日，师父梅花庄主外出游玩，半道上遇到一位绝色女子独行，顿生歹意。他一步鹤舞飞天，想擒住对方。那个女子灿然一笑，转而脸色一沉，一道蓝光射将过来，梅花庄主哇哇尖叫，待他逃回山庄的时候就剩下了半口气。

大弟子梅花公子惊愕不已，问其故。梅花庄主说自己被蓝罗刹所伤，命已难保，叮嘱众弟子千万不可再去招惹蓝罗刹。

梅花庄主死后，梅花公子担心那个绝色女子赶尽杀绝，遣散众位师弟，隐姓埋名，藏于泾水龙府。

梅花公子清楚徒弟的为人，自从学到梅花掌功夫八成功力之后便目中无人了，对他这个师父表面尊敬，内心却看不起。他后悔有眼无珠，为了苟且偷生，教了个忘恩负义之徒。

好在留了一手，梅花掌第九重——梅枝扫雪。不然，这个居心叵测的徒弟早就赶他出门了。今日徒弟请他拿主意，面对杀无敌的蓝罗刹，他能有什么好办法？

梅花公子眼里两颗黑珠子转了转，转出了一个主意：先稳住璟龙君再说。泾水龙府不可久留，溜之大吉方为上策。

他沉吟了一阵，慢条斯理说："这门邪术，以光为杀人，力道精准，威力无比，抵挡起来困难不小。"

璟龙君有些不满道，"难道独步武林的梅花掌大师奈何不了？"

梅花公子嘴角抿了一下，云淡风轻地笑道，"但凡功法有其长，必有其短。蓝罗刹自身并无攻击力量，靠人操纵才能释放杀力。这里面玄机就大了。光者，攻有杀招，退却无路，若避其锋芒，寻找光源，击杀蓝罗刹持有者，此法即破。"

一句话点醒了梦中之人。璟龙君握住梅花公子说，"师父于我有再造之德，请受徒儿一拜！"

"龙君客气了，为师受当不起！"

梅花公子两眼出神地看着璟龙君，心里阴笑：善来善往，恶来恶去。从此，江湖必定少了一害。

师父一番传教，给璟龙君壮胆不小，但他还是特别小心。总结前几次交手吃亏的原因，轻敌只是一个方面，主要输在求胜心切。眼下，摆出关门打狗的阵势，采取车轮战术，先让兵士们突击一阵，自己在一旁观战，试图找出柳毅的破绽，寻觅绝佳下手的机会。他不信，柳毅真的会有九十九条命。就是有一百条命，此刻难以逃脱机关密集，波诡云谲的泾水龙府鬼魅阵。

"你小子单枪匹马闯我泾水龙府，简直不自量力！"

璟龙君眼睛眨巴，嘴里的声音男不男，女不女，意在激怒柳毅，让他自乱章法。

这招为起式心念法，为梅花掌的攻心密诀，用意念控制对方。柳毅头皮一紧，浑身遭遇风寒似的冷颤。

此法见效了，璟龙君心中大喜，将功力上提三成，使出一记"梅花三弄"，意在锁住柳毅的心智，却见一条通体燃烧，火焰冲天的火龙朝他奔来，他分明感受到了一股灼人的热浪，身子一晃，差点从城楼上坠落下来。

这功夫比老火龙的那套火龙拳厉害了百倍不止，璟龙君惊恐万分，慌忙嚷道："师父，这招何以应对？"

没有听到回应，璟恶龙眼睛的余光扫了一下，发现师父原先站定的地方已空无一人，心里暗暗叫苦，"该死的老滑头，说好了共渡难关，迎接来犯之敌的，要命的当口，竟独自溜之大吉了。奶奶的，等打完这仗，看本王不收拾你！"

师父指望不上了，璟恶龙寄希望那些兵士们。那些啰喽们早就被火龙的气势吓破了胆，扔掉兵器，双手抱头跪地求饶。

038　桃红柳绿

璟龙君所有的希望都落空了，他被火龙毅死死地咬住。退路是没有的，兴许背水一战，拼死搏斗，尚能够找到一丝生机。这个主意一旦定下来了，他就使出了全身邪恶的功力，力顶火龙毅极其凶猛的攻势。

火龙毅怀有满腔的仇恨和怒火，他不会给这条穷凶极恶的孽龙任何机会了，左手执玉佩，右手按住背面两个椭圆形窟窿眼，嘴里发出清脆宏亮的声音："天地苍黄，龙吟万疆。蓝罗刹功法有道，助我除暴安良！"

万道金光从云层中射出来，照在玉佩之上，蓝光相伴金光反射出去，发出震耳欲聋的轰鸣声。璟龙君一声惨叫，像软绵绵的烂泥，跌入咆哮汹涌的泾水河中。

火龙毅说了声"收起"，蓝光回到了玉佩。他的身子一个大旋转，降落到了怡心园。

晨曦初露，微风伴耳，小鸟儿悠扬地鸣唱，小龙女迈着轻盈的步子，踩着一地露珠，漫步在花园中，清丽的脸上现出轻松惬意的神色。

她来到园子中央那片青草地，采下一片紫色的嫩叶放到嘴边，吹出《衣裳羽衣》的曲子，韵律婉转曼妙，天籁一般悦耳。

柳毅心中一悦，右手朝前挥了一下，一支长笛从空中飞来，他深呼吸一口，嘴唇贴住长笛，吹出《桃红柳绿》的曲子，旋律幽婉，如泣如诉，令人沉醉。

两人一唱一和，声情合一，韵律交融于一体。

"柳公子！"

"三公主！"

音乐声止住了，两人几乎同时呼唤对方的名字。柳毅几步走到小龙女跟前，满脸喜色地说，"三公主，天下已经太平了，我是专门接你回洞庭龙府的。"

"刚在那场惊心动魄的激战，难道是公子替天行道？"

小龙女两眼看着柳毅，神情有些恍惚，她不敢相信，文静如水的书生柳公子竟能打败武功超群的璟恶龙。

柳毅抖抖双肩，微微笑道，"仿佛做梦一样，连我自己都不敢相信能够一举歼灭璟恶龙！"

小龙女喜不自禁，两眼饱含热泪瞧着柳毅。忽然，她眼前一黑，头晕目眩，身子摇晃起来。

柳毅惊愕不已，闪电般冲上前去，小龙女顺势跌入他的怀里。

小龙女躺在床上昏迷不醒，老御医去探她的脉搏，有个指头在他掌心的划了几下，把他吓了一跳。

小龙女赶紧缩回手指，脸色如桃花一样红艳。

老御医紧锁的眉头逐渐舒展开来，回以咳嗽之声。

柳毅在屋子外头焦急地等候，老御医将他拉到僻静的地方，神秘地笑了笑。

"柳公子，老朽恭喜你！"

柳毅有点摸不着脑袋了，迷迷瞪瞪问道，"请教老先生，学生喜从何来？"

老御医摸了把长胡须，不紧不慢说，"我这个干女儿虽然下嫁泾水龙府有了几年光景,可她同璟只有夫妻之名,尚是莲花玉女之身。"

柳毅心中暗喜,却装出糊涂的样子。"老先生,这跟学生有何相干?"

老御医两眼瞪得老大,朝柳毅身上瞧来瞧去,突然发怒了。

"我说柳公子,你是真傻,还是故意揣着明白装糊涂?未必那些圣人君子的书把你脑袋读出毛病来了?"

柳毅心里美滋滋的,眼睛眨眨,干脆傻劲倔劲一齐使了上来。

"我说老先生,这算哪跟哪,麻烦您老把话说明白好不好。"

老御医有点来气了,没想到遇上了这号读死书的木头疙瘩,看来只能直来直去了。他招招手,示意柳毅把耳朵凑过来。

柳毅照着老御医说的做了。老人家不慌不忙地将嘴巴靠近柳毅,咽了一下口水大声吼道:"三公主,看,看,看上你了,我的一柳一大一书呆子!"

柳毅吓了一跳,耳朵差点被震聋了,直挺挺地站着。

其实,柳毅心眼儿明镜似的,还在草原上的时候,他就明明白白感受到了小龙女的爱慕之意。他对小龙女也动了心思,只是对这段恍若隔世的情感一点儿信心都没有。

老御医瞧柳毅傻不拉几的样子又气又恨,一把抓住柳毅的胳膊使劲地摇。"男女授受不亲,你抱都抱了,未必想要赖不成?"

柳毅如此推三阻四,令小龙女伤心不已。她一骨碌从床上爬起来,哭着跑开了。

老御医急了,用力推了柳毅一把。"傻小子,快追呀,闹出了人命,这人你不是白救了?"

柳毅如梦方醒,噌的一下飞奔过去,搂住了小龙女。

满腹委屈的小龙女用力挣扎,不让柳毅抱。任凭怎样用力,就是没法挣脱掉。

老御医看着远处两个模糊的影子,双手披在背后,嘴里哼着小调,晃晃悠悠而去。

小龙女还在气头上,眼里含着泪珠,撅着嘴巴嗔道,"松开我,无情无义的负心汉,谁让你抱?"

柳毅越抱越紧,把小龙女抱成了软绵绵的棉花团。

四周静悄悄的,树叶飘落地面的声音都能听得见,小龙女一动不动躺在柳毅的怀里。柳毅听到了她的心跳,宛若春天的花蕾绽放出的清脆声响。他胸膛犹如敲响了激越里的鼓点,小龙女听得分明。他低下头想亲一口小龙女,她像机灵的猫,迅疾地从他怀里滑落下去,一溜烟跑得无影无踪,身后散落一串令人心旌摇荡的笑声。

老御医走过来,看着小龙女远去的背影,拍拍柳毅的肩膀呵呵地笑。"多好的姑娘,傻小子,赶紧到洞庭龙宫求亲。如果迟了,你就等着做相思梦吧!"

柳毅感激地点头道,"大伯,我会的。"

老御医摁了一下柳毅脑袋,故作生气道,"什么大伯,赶紧改口叫干爹!"

柳毅红着脸叫了声干爹。

离别的日子到了,小龙女同闺蜜哭成一团,老御医眼圈通红,轻轻拉开两个女孩儿。

"如果有缘,我们一家人日后还会相见的!"

小龙女松开闺蜜的手,跪到了老御医跟前。

"爹爹在上,救命之恩没齿不忘,请受女儿一拜!"

老御医扶起小龙女,将她的手交给柳毅,声音哽咽说,"柳毅,老夫这就将女儿交给你了,你要好好待她!"

柳毅动情地嗯了一声,揽住小龙女的腰身腾空而起,两人望南方飞奔而去。

039 重返龙府

风作轮，云飞翔，小龙女绵软的身子贴住柳毅，两眼微微闭合，浑身散发出迷人的光泽。柳毅两眼痴迷地盯住这位漂亮的姑娘，越看越觉得小龙女的长相同静儿和紫娟几乎一个模样。

小龙女睡得香甜，柳毅想亲她一口，眼见着就要贴上去了，小龙女突然张开了眼睛，他吓了一哆嗦，急忙将红胀的脸转到一边。顷刻，像藤蔓一样，小龙女修长的手臂挽住了柳毅的脖子，红草莓般的嘴唇粘住了他。

柳毅捧起小龙女清秀的脸蛋儿，如饥似渴地亲吻。

两人驾着祥云一路急速而行，飞到了一片水域的上空。小龙女朝下看了一眼，高兴地叫道，"柳毅哥哥，快看，洞庭龙府马上就要到了！"

柳毅顺着小龙女手指的方向去看，半天没有说话。沉默了一阵，他握住小龙女的手，神情沮丧说，"龙儿，待会儿我把你送到龙宫门口，你自己回家吧。"

小龙女闻言脸色大变，泪水奔涌而出。"你想撇下我不管了，不行，我偏不……"

柳毅额头直冒冷汗，结结巴巴道，"我，我，我，我怕……"

小龙女双手用力抓住柳毅的胳膊，目光坚定地说，"毅哥哥，只要有我在，看谁能拿洞庭龙府的救命恩人怎么样！"

柳毅深呼吸一口，亲了亲小龙女的额头，将祥云降落到君山岛上。

这是柳毅第二次来到小岛，这里的一草一木都已经熟悉。他环顾四周，独自走到岛屿西南的悬崖边，面容肃穆地望着波涛翻滚的湖面，喃喃自语道，"洞庭湖水八百里，柳某只取一杯羹！"

小龙女悄悄走到他的身边，将头靠住他肩膀。

"我欲与君相知，长命无绝衰。山无陵，江水为竭，冬雷震震，夏雨雪，天地合，乃敢与君绝。毅哥哥，这辈子我们生生死死都在一起，谁也别想把我们俩个拆散！"

小龙女将头埋入柳毅的胸口，十分动情地说，"乾坤大地，天涯无边，哪儿都有我俩的容身之地，大不了私奔而去！"

小龙女的决心，柳毅深信不疑。这也是他最担心的，他不想她走到这一步。一个名门闺秀，声名比什么都重要，千万不能一时的冲动，背上伤风败俗的骂名。这个可怜的姑娘，遭受了许许多多的磨难，他不想让她再次蒙受苦难。

小龙女抬起头来，眼里放出了一束锐利的光芒。

"本姑娘历来说到做到，决不会再次妥协屈从！"

柳毅愣了一下，搂住小龙女说，"你千万别干傻事，天无绝人之路，我们会有办法的！"

他调整好情绪，牵着小龙女的手，侧身沿着那口橘井缓缓而下，经过几处弯曲通道，一座逶迤绵延的建筑出现在眼前。这就是声名在外的洞庭龙府。

纵观洞庭龙府，看不出有什么特别之处，除议事堂仿照玉清宫的形状建造而成，颇有气势之外，其他各处楼台亭阁，跟江南水乡随处可见的建筑并无二致。

洞庭龙君有个令人称颂的特点，他向来自律十分严格，生活过得相当俭朴，从来不搞铺张浪费，要求各地的小龙也应是这个样子。

当初，在宫殿建筑规划上他就立下了规矩，能省则省，能简则简，决不允许大兴土木，搞出豪华设施。在天底下广袤的水族里，洞庭龙府建筑水平顶多算中档。不少地方，还不到这个标准。就这一点，一直受玉皇大帝的褒扬。

小龙女历尽艰辛，脱险而归，这是洞庭龙府多年难得一见的大喜事，龙府举行盛大的欢迎仪式，一时间鼓乐齐鸣，歌声悠扬，君臣侍从婢女们喜笑颜开，列队恭迎三公主回到娘家。

老火龙乐不可支，兴冲冲地走出囚室。阳光迎面刺来，他两眼眨巴几下，泪水禁不住奔涌而出。

到处人山人海，挤得水泄不通。老火龙远远看见柳毅被一帮人团团围住。柳毅满脸笑容，给那些好奇的人讲述传书路上的惊险，迎来阵阵掌声和喝彩声。老火龙从人群中扒开一条缝隙，身子一挺就挤进去了，噔噔噔几步走上前，拉住柳毅傻傻地瞅了瞅，冷不防照他肩膀擂了一拳。

"好小子，你是咱洞庭龙府的大恩人啦，且受老夫一拜！"

柳毅慌忙搀住老火龙，"长辈，使不得，万万使不得的！"

老火龙放开柳毅，双手抚摸侄女的脸蛋儿激动不已。

"孩子，你受委屈了！"

小龙女扑进叔叔的怀里，叔侄两人泣不成声。

"我的儿呀，你总算回来了！"

远处传来一阵喧哗声，一位白发苍苍的女人，颤颤巍巍小跑步过来。

"娘，那是娘吗？"

几年不见，母亲老成了这副模样，小龙女差点认不出来了，扑通跪下来哭道，"龙儿不孝，让娘亲担惊受怕了。"

"儿呀，快快起来，让娘好好看看……"

庞氏抓住的女儿，浑身上下，前胸后背瞧了几遍，忽然惊呼道，"怎么瘦成这般模样了。遭天杀的泾水龙府，叔叔，报仇，我们要报仇……"

老火龙抹了把眼泪，颤抖着说，"嫂子，大仇已报。柳公子仗义出手，冒死救了龙儿。"

庞氏正眼看看站在女儿身边的柳毅，满腹疑虑问道，"柳公子，是你救的龙儿？"

柳毅忙给夫人施礼，详细讲述自己身世的来历和击杀璟恶龙的整个经过。老火龙和小龙女在一旁帮腔。众人恍然大悟，眼前玉树临风的书生，还是匡扶正义的火龙。

夫人心中的疑虑打消了，抓住柳毅千感万谢，吩咐下去，她要高规格设宴，感谢柳公子的救命大恩。

这当口，小龙女充满爱意的目光一刻都没有离开过柳毅，老火龙看得真真切切，心中不由暗喜。

欢迎场面隆重、热烈，夫人和老火龙以贵宾之礼相迎。

重回洞庭龙府如此顺利，这是柳毅没有想到的，悬在他胸口的石头总算落了地。众人簇拥之下，走进了宴会厅，老火龙笑呵呵地陪在他的身边。

"今日特别高兴，老夫好好敬你小子几杯！"

柳毅双手抱拳行礼道，"小毅子就那么点酒量，还望火龙叔叔包涵。"

欢迎晚宴开始了，几声钟磬过后，宽大的宴会厅响起了悠扬的琴声，帘幔缓缓拉开了，一袭红衣的美艳姑娘，轻拢慢捻抹抚挑，一曲《天仙配》温婉妙曼，低徊婉转，沁人心脾。

"小龙女！"

如同坠入迷蒙的梦境，柳毅温情地呼唤。

小龙女抬起头灿然一笑，手指优雅地抚过琴面，指头之间流淌出柔美的韵律。

一曲终罢，小龙女站起身，笑盈盈地朝柳毅这边走来。老火龙摸摸花白胡须，放开嗓门哈哈大笑。

梳妆一新的夫人走了进来，好奇地问道："二叔，什么事引得您如此开怀大笑？"

老火龙眼睛看看柳毅，瞅瞅侄女儿，用眼神告诉嫂子：你看，这不是天生一对，地造一双的绝世佳偶吗？

夫人没有应话，一声不吭地在钱塘君的对面坐了下来。

040 变味的酒会

庞氏走进宴会厅的那一刻,她就看出了名堂,女儿对柳公子的感情已经非同一般了。眼前这个相貌堂堂,彬彬有礼的年轻人,对女儿同样爱意绵绵。仿佛炎炎的夏日,吹来了清幽凉爽的杨柳风,夫人浑身都感到舒坦。二叔给她的暗示,自然心领神会,这也是她真心期盼的,龙儿如能嫁给柳毅,她心里一百个乐意。

柳公子仁义厚道,正直勇敢,还饱有才学,这样的小伙子,就是打着灯笼都很难找到,她心里说不出的喜爱,把女儿的终身托付给柳毅,她特别放心。可是,这不过是自己一厢情愿罢了。丈夫是什么态度,她不敢妄下结论,似乎各种可能性都有。凭自己对丈夫的了解,女儿同柳毅的这桩婚事要得到他这个当爹爹的支持,恐怕有点悬。

柳毅冒死救出女儿,无论作为父亲,还是洞庭龙府之首,过来敬杯酒,表示一下感谢都是情理之中的事情。再不济见个面,打声招呼也成。丈夫始终不露面,夫人沉不住气了,扭着三寸金莲,来到龙君的书房,长长短短说了半天,只差下跪了,丈夫依然一副冷冰冰的样子。

丈夫不明事理,她不能跟着当糊涂虫,人家非亲非故,拼着一条命救了她的女儿,这就是天大的恩德。知恩不报,天理不容。别的事自己做不了主,安排一场答谢宴,感谢这位深明大义的救命恩人,应该不过分。再说了，性情耿直的老火龙同柳毅的关系远远超过一般，请龙儿的亲叔叔过来作陪，丈夫即便想找茬，恐怕还得掂量掂量。

宴会大厅坐得满满当当，大伙的目光聚到了主桌，夫人眼里含笑，手指主陪的位置，诚恳地对钱塘君说，"二叔，这个位置，你来坐，答谢宴会由你来当主陪。"

老火龙扬扬手，亮着嗓门道，"不妥，不妥，大哥的位置我哪敢坐呀？"

夫人不自然地笑了笑说，"回叔叔的话，你大哥昨晚受了风寒，龙体有些不适，他捎话过来说，要你代他敬柳公子几杯。"

夫人的这番解释令柳毅心生疑窦，从她微微蹙起的眉头就看出了些许端倪，他心里咯噔一下，但脸上始终保持着微笑。

"既然大哥这样说了，那我就恭敬不如从命喽！"

老火龙拉过柳毅坐到自己的右手边，眼神示意侄女，挨着柳毅坐下。

小龙女莞尔一笑，羞答答地坐到了柳毅的身边。

前后晃动各式各样的目光，柳毅感到浑身都不自在，紧张得胸口嘭嘭地跳，时不时拿眼往小龙女身上瞟。

你傻瓜不是，人都坐边上了，还那么眼馋，看你羞不羞？

小龙女满脸通红，把头低了下去。暗想，这大庭广众的急什么，往后的日子长着呢，想怎么看就让你怎么看。当着众人，眼睛贼亮亮的，丢人现眼不是？

一阵鼓乐声起，婢女们端着香喷喷的菜肴摆上了桌面。老火龙神采飞扬，粗声粗气地吆喝起来。

"小子，今天我们放开喝，喝他个痛快淋漓！"

柳毅朝的目光投向对面，见夫人正拿眼看他，刚刚平复的心绪顿时紧张起来，忙将脸转向钱塘君这边。

"三公主平安归来，如此喜庆的日子，晚辈就是再不能喝也要陪您几杯。"

"痛快，我就喜欢你这个脾气！"

老火龙抬起右手，当空打出一个响指，两个胖墩墩的男人抬来了一缸白酒。

柳毅吸了口冷气，紧张道，"前辈，您这是……"

"新酿的高粱烧，味儿绝对不输吴刚的桂花酒，但凡贵宾驾临到我们洞庭龙府，龙君就用这款酒招待。"

柳毅双手说抱拳，毕恭毕敬说，"晚辈受宠若惊，不敢当啊！"

钱塘君搂了柳毅一把，哈哈笑道，"你是龙儿的救命恩人，区区一顿酒是报答不了的！"

夫人接过话笑道，"柳公子，你今日是洞庭龙府的座上贵宾，只管放开酒量喝就是。"

现场气氛融洽，小龙女也想凑热闹，眉开眼笑说她今天想喝点。她拿眼睛看娘，恳请娘亲网开一面。

夫人好像什么都没有看见似的不理不睬。

这个时候，乐师们奏起了《畅饮曲》，优美的旋律在宴会厅回荡，老火龙站起身双手举起酒杯。

"今天是我们洞庭龙府一个特别的日子，感谢柳公子出生入死救回了三公主，我谨代表龙君和夫人，对柳公子的大恩大德表示真诚的感谢。龙儿历经苦难逃出魔窟，回到了娘家，我这个当叔叔的非常高兴。我提议，让我们共同举杯表示庆贺！"

"二叔说的正合我意，我们干杯！"

夫人端起酒杯，温婉地朝大伙点头示意。

众人得令，兴高采烈地喝了起来。

老火龙一口干了满杯，亮出杯底给柳毅看。

柳毅右手端杯，左手遮拦，将满杯白酒干得底朝天。这一口喝得太猛了，呛得眼泪汪汪，咳嗽不止。

小龙女假装生气了，脸上浮出几丝愠怒的神色，用目光埋怨叔叔："你看，把我毅哥哥呛成了啥模样？"

老火龙大笑不止，心里暗道，臭丫头，还没嫁出去呢，胳膊肘就往外拐了。

夫人会心一笑，柔柔软软说，"不就一杯白酒吗，龙儿，别大惊小怪了。来来来，老身单敬柳英雄一杯。"

"学生不敢，夫人，晚辈借花献佛，敬您才是！"

柳毅一口干了第二杯。这回喝得气稳神定，喝水似的轻松自在。

"好酒量，你小子长进了！"

老火龙已是红光满面，吩咐给柳公子满上，他要跟他连干三杯。

"叔叔，不能再这么喝了。人家一口气连喝了两杯，再喝会醉的。"

老火龙朗声笑道，"你看，你看，不关心亲叔叔，倒去关心一个外人。我说丫头呀，如是嫁了，岂不把我这个叔叔忘到九霄云外去？"

"叔叔，您说啥呢？"

小龙女羞得满脸通红，再也不敢抬起头来。

老火龙不管这些，只顾劝酒，洞庭龙府的恩人，他不好好敬几杯，怎么都说不过去。

柳毅喝得心事重重，不敢贪杯多喝，觉得夫人有些反常，他不得不有些顾忌。

"二位前辈，柳毅并没为洞庭龙府做什么了不起的事情。三公主在泾睡龙府饱受折磨，吃尽了苦头，换着任何有良知的人，也会这么做的。"

这话一出他就后悔了，只想扇自己的嘴巴。

小龙女反应很快，把话接了过来。"柳公子过谦了，救命之恩，龙儿没齿不忘！"

她朝柳毅瞥去一眼，提醒他，这种场合啥都别说了，只管喝酒就是。

老火龙听出柳毅话里有话，侄女话里话外也别有一番意思，嘿嘿一笑，拍拍柳毅肩膀说，"小毅子，叔叔心里都有数。今天只喝酒，余下的事情我们以后再说！"

柳毅起身拱手道，"长辈，我就这点酒量，再喝就醉了。"

"对酒当歌，人生几何，譬如朝露，去日苦多……"

老火龙抿了一口酒，脸色发得发紫，说话的时候，舌头像比平日短了半截。

"醉了怕啥，一醉解千愁，我，我，我历来就是这个样子。"

老火龙眼前有些迷糊，口齿含糊不清地说"我说龙儿，柳，柳，柳公子你得照顾好……"

夫人眉头皱了一下，朝佣人招手，示意扶老火龙回屋歇息。

老火龙还想说什么，夫人扬扬手说，"二老爷，你歇着吧！"

老火龙这才明白，自己的话惹嫂子不高兴了，双手披在背后，摇摇晃晃地离开了宴会厅。

一场答谢宴会在尴尬的气氛中收场，柳毅跟夫人寒暄几句，起身告辞。

小龙女对娘亲的举止早已不满，落下脸瞅她一眼，站起身就要跟柳毅一块走。

"龙儿，你坐下来，为娘有话要跟你说！"

娘亲的语气相当生硬，小龙女心里一紧，站在一边生闷气。

夫人朝下人们扫了一眼说，"你们都退下。"

众人得令，赶紧退出去，宴会厅一下子显得空空荡荡。

"龙儿，你过来，娘跟你唠唠。"

小龙女两眼看着自己的脚尖,站在那儿一动不动。

"唉,你这犟脾气……"

"我犟什么了?啥都依着您和爹爹才落得了今天的下场。若不是柳公子拼命相救,死在哪儿都不知道呢!"

小龙女抽抽搭搭说,"我和柳毅前世就有缘分,我要为自己做一回主,不会再由你们摆布了!"

夫人见女儿态度如此坚决,态度软了不少。

"其实,我觉得小伙子挺不错的,可是你爹那儿……"

夫人满脸愁容,欲言又止。

"又是爹爹,他到底想干什么?女儿是死过一回的人,不怕再死一回。我今日说明白,这辈子要么不嫁了,要嫁,只嫁柳毅!"

小龙女说完,两把辫子往背后一甩,怒气冲冲走了。

"儿呀,不是为娘要给你心里添堵,你那个一根筋的爹爹,我拿他一点办法都没有……"

夫人端起跟前的酒杯一口干了。"哇,这酒好苦啊!"

041　一波三折

　　答谢宴只喝了三杯酒，柳毅就感到头昏脑胀，醉意朦胧。走出宴会厅两腿绵软，身子摇晃，下台阶的时候，整个人失了势，疾速朝前冲去，若不是抱住了一株柳树，肯定会摔得很惨。

　　眼前迷迷糊糊，一阵寒冷的湖风吹过来，刺鼻的气流从肚子里径直朝上冲，他哇哩哇啦吐了一地。跌跌撞撞走到客馆门前，隐约感觉后面有个影子跟着，扭头往回看，发现小龙女站在朦胧的月光中。

　　柳毅扶住门框，把身子稳住。

　　"你，你，你怎么来了？"

　　小龙女似乎没听见柳毅的问话，抬起头眺望夜空。淡青的夜幕，一条银河贯穿南北，两颗明亮的星星，静静地守候在大河两岸，仿佛一双痴情的恋人互诉衷肠。

　　月光如水，星光灿烂，心爱的恋人近在咫尺，恍若相隔万里。柳毅踉踉跄跄冲向前去抱住小龙女，颤抖着说，"龙儿，你说，我该怎么办呀？"

　　小龙女挣脱柳毅，双手捂住脸失声地痛哭，忧伤的哭泣声，被冰冷的湖风撕得零零碎碎。

　　柳毅固执地抱回了小龙女。"龙儿，别离开我，我不让你走！"

　　两人拥抱在一起，任凭凛冽的寒风抽打着身子。

更夫报过三更天了，洞庭龙宫进入沉沉的梦乡。小龙女拉过柳毅，走进里屋将房门掩上，三下两下脱去了上衣。

看着小龙女鼓鼓的胸脯，柳毅浑身的血液冲到了脑门，他一个激灵，哆嗦着按住小龙女的手，喘着粗气说，"龙儿，别，别，别这样，回到你闺房去。"

小龙女失望地垂下眼帘，将衣服穿好，整理弄乱的发丝，眼神幽幽地离去了。

夫人站在暗处，这一切她都看得真真切切，心里一阵酸涩。夜色空濛，远处跳跃星星点点的绿光，传来噢噢噢的叫声，庞氏心里一阵慌乱，转身就走。

"夫人，是您吗？"

房门拉开了，传出熟悉的声音，庞氏停下脚步，擦去脸上的泪花。

"柳公子，还没睡呀？"

柳毅施礼道，"小生今晚多喝了几杯睡不沉，趁着月光出来走走。"

眼前的年轻人头发凌乱，精神萎靡，夫人心里说不出的难受。

"柳公子，你好像吐了？"

柳毅默默点头。

"今夜月色明亮，柳公子可有兴趣陪老身走走？"

"承蒙夫人错爱，晚生非常乐意。"

二个人并排而行，徜徉在清亮的月光中。

走了一程，柳毅始终同夫人保持几尺远的距离，两人之间似乎隔着一道无法逾越的鸿沟。

"柳公子，你在想什么呢？"

夫人的话好像隔空传来的，空旷寂静的深夜里，听上去几分瘆人。柳毅头皮麻了一下，脚下的步子有些凌乱。

夫人似乎看出柳毅的心思，和软地笑笑说，"我们慢慢走，边走边聊。"

"夫人，我想，我想……"

夫人停下脚步，目光温软地看住柳毅。"就我们俩个人，有什么话，你就照直说。"

柳毅不再紧张了，往夫人身边靠靠，轻声道，"夫人，您跟我娘挺相像的？"

"呵呵，是吗？"

夫人开心地笑了。

"我第一次见到您就有这种感觉，而且这种感觉越来越强烈。"

"你这孩子，看你人挺本分的样子，嘴巴倒还挺甜的，有点意思啊……"

两人不着边际聊了半天，夫人突然转变话头说，"柳公子，总不会跟我弹那些不着调的谱吧？"

庞氏的话有些硬，柳毅心里咯噔一下，意识到如果再不进入正题，夫人就没耐心听他说什么了。

"夫人，我想娶龙儿！"

终于等到了柳毅的真心话，夫人满意地看了他几眼。

"这个我早看出来了，龙女若能同公子结秦晋之好，当然是好事……"

夫人的话到这儿就打住了，两眼朝向黑黢黢的远方。

"夫人，我同小龙女有前世的缘份，恳求您和龙君能成全我们俩！"

夫人的眼神忽然变得迷离空洞，撇下柳毅匆匆离去。

望着夫人远去的背影，柳毅怅然若失。洞庭湖水实在太深了，让人看不透。他脑子里乱糟糟的，理不清头绪。算了，不想了，想也是白搭，不如睡觉去。柳毅回到客舍，往床上一躺，迷迷糊糊睡了过去。

天色大亮，客舍的小二在柳毅房门外等候多时了，等得有些心急烦躁，他抬起手敲响了房门。

"柳公子,早餐备好了,您洗嗽后便可用餐。"

柳毅惊醒过来,打开房门,要赏小二银两。小二连忙摆手,说三公主已经赏过,吩咐小的天亮后就叫醒您,没打搅吧?

昨晚那顿宴请光顾了喝酒,没吃多少东西,一通山呼海啸呕吐之后,肚子里空空如也。他早就饥肠辘辘,前胸贴着后背。

早餐不错,柳毅吃了四个馍馍,喝了两碗稀饭。刚放下碗筷,左脸上有块绿豆大小疤点,个头不高的中年汉子走了过来。

"柳公子你好!"

柳毅见对方有礼有节,看上去是个有身份的人,忙起身回话。"敢问先生,有何见教?"

"在下乃洞庭龙府相爷,龙君吩咐小的,请您过去说话。"

龙君有请,是福,还是祸?

柳毅脑袋瓜疾速地转动起来,他想用最短的时间找出答案。

没有答案,只有迷惑。

柳毅深呼吸一口,心里说:是福不是祸,是祸躲不过,既然请上门了,好歹去见识一下人家的底牌。

柳毅道过谢,整理衣服和发丝,器宇轩昂地跟在相爷的后头,朝洞庭龙君的书房走去。

半道上碰见了老火龙,他正想上前打招呼,老火龙朝他撇嘴巴,使眼色,意在有话以后再说,赶紧去见龙君。

穿过几道风格古朴的走廊,来到了洞庭龙君的书房门口,相爷轻声吟道:"柳公子到!"

小半天从里面走出一个肌肤雪白,大约十三四岁的少年。这是洞庭龙君的贴身书童。

"柳公子,里边请!"

书童话语声不大不小，听起来没有让人任何的不适。

一个下人如此训练有素，单凭这点，柳毅就对洞庭龙宫的管理颇为钦佩。

走进书房，室内光线略显黯淡，柳毅的眼睛小半天才适应过来。

洞庭龙君坐在书案前，手里端着茶碗，两只眼睛全神贯注地看着碗里漂浮的茶叶。

柳毅站在书房中央，紧张得手掌心出汗了。

一杯茶总算喝完了，洞庭龙君缓缓抬起头，好半天嘴里嘟哝出一句，"你就是柳毅？"

柳毅不由一惊，两人早就见过面的，洞庭龙君不是明知故问吗？

"回龙君的话，学生正是。"

室内复归平静，柳毅一动不动站在原地，站得两腿发麻，浑身冒汗。

约摸一盏茶功夫，洞庭龙君突然站起身，两眼盯住了柳毅。

"我知道，你是那个不知天高地厚的柳毅，我家的小璟子让你杀了！"

洞庭龙君声音粗粝刺耳，柳毅两只耳朵隐隐生疼。

室内再次陷入了沉寂，柳毅两条腿在微微抖动，他眼前一阵恍惚，出现了诡谲奇异的一幕：一望无际的沼泽地长满了杂草，到处弥漫刺鼻的腐臭味，一头体格强壮的猛虎陷落于泥沼之中。老虎嗷嗷叫唤，奋力挣扎。越用力，陷得越深，眼见就要没过脖子了，呜呜地哀鸣。

"听夫人说，你想娶我家龙儿？"

仿佛一股寒流扑向柳毅，他的胸口有种冰凉的感觉。

"大哥，柳公子同龙儿情投意合，我看你还是……"

老火龙不知什么时候进来了，见柳毅吓得不敢说话，急忙帮腔。他的话还没有说完，就被洞庭龙君夸张的手势制止住了。

事到如今，成败就在此一举，柳毅不知道哪来的勇气，将身子挺直，铿锵有力地说,"龙君在上,在下同令爱乃前世今生的患难之交,晚辈还望您老成全。"

"好个胆大妄为的孽障,你杀死我女婿,损毁堂堂泾水龙府,没找你算账就算不错了。竟巧言令色,蒙骗我家闺女,这等罪孽天地都不会容忍的。还等什么,给我将嫌犯拿下!"

早已埋伏在屏风后面的刀斧手扑了过来,抱腿的抱腿,扭胳膊的扭胳膊,将柳毅死死地抓住。

老火龙急了,跳起脚嚷道,"大哥,柳公子是龙儿的救命恩人,你怎能是非不分,恩将仇报呢?"

"老二,你本是负罪之身,玉帝命我看押在监。念及手足之情,我给了你自由。你倒好了,跟一个来路不明的人同流合污,这是罪上加罪知道吗。马上回到石屋去,从今天往后,不许离开石屋半步!"

"糊涂啊,简直颠倒黑白……"

钱塘君气急败坏地冲出了洞庭龙君的书房。

这时,一条黑影闪进来,扑通一声跪下。

"爹爹,我和柳毅哥哥真心相爱,他没有骗我,女儿心甘情愿……"

洞庭龙气得浑身发抖,一巴掌拍在那张黑不溜秋的龙椅上。

"你一个女儿家,如此厚颜无耻,替一个不明身份的人求情,来人啦,将这个有辱门风的忤逆之女拉出去看管起来。没有我的许可,任何人不得相见!"

一伙女仆围上来将小龙女拖出书房,小龙女奋力挣扎,悲恸的哭喊声震颤心寰。

洞庭龙君闭上眼睛,全当没有听见。

柳毅被推进了一间黑咕隆咚的小屋子,咣当,房门被锁死了。守卫见柳毅嗷嗷地叫,眼露凶光地吼道,"老实在里面呆着,只要不再惹龙君

233

生气，没准会给你留个全尸！"

　　幻想破灭了，愚昧狭隘，冥顽不化的洞庭龙君完全指望不上。自己受困倒无所谓，他放心不下的是小龙女。姑娘看上去温顺柔软，骨子里刚烈倨傲，担心她想不开，干出什么傻事来。他用力吸了口气，用腹语说道，"龙行天下，我吟我唱，火龙毅现身！"

　　一道炫目的红光从牢房窗口射向屋外，映红了半边天，守在外面的兵士们吓得面色如土，大喊大叫叫道："火龙，大火龙啊……"

042　小白龙助力

　　火龙毅如同挣脱笼子的鸟儿，冲向广袤的蓝天，嗥嗥的嘶叫声在空中回荡，卷起阵阵狂风，搅得飞沙走石，天昏地暗。老百姓被突发的异样天象吓得不轻，慌忙焚香烧纸钱叩拜，祈求老天保佑，化解灾难。

　　焚香浓烈的气味在空中弥漫，火龙毅鼻子顿时痒痒的，接连打出几个喷嚏，猛然惊道：糟糕，扰民了！

　　他停住身子，双手覆盖蓝罗刹凹凸的地方，长长的尾巴缩进了身子，只听一声闷响，从半空中摔了下来，把自己摔晕了。

　　柳毅醒来的时候仰面朝天，他不知道自己为何一个人躺在荒郊野外。迷蒙之中记起了一些事情，心情变得沉重起来。天上繁星点点，隐约听到哗哗的流水声，不远出的草丛里，射出几道绿莹莹的亮光，伴随凄厉的狼嚎声，数不清的小黑点朝他奔跑过来。

　　狼群？

　　柳毅并不慌张，张开嘴巴呼出熊熊的烈焰，烧得饿狼们惨叫着逃走了。

　　驱走了狼群，柳毅环顾四周，到处黑魆魆的，什么都看不清楚。

　　"小龙女，你在哪儿呀？"

　　柳毅焦虑地呼唤，湖风中呼呼，恍惚听到女人忧伤的求救声。

"柳毅哥哥,我被爹爹关在龙宫西边的小阁楼……"

柳毅挣扎着爬起来,他要去找小龙女,刚走出几步就犹豫了。凭自己的功力,将她从小阁楼救她出来轻而易举。可是,婚姻之事靠打打杀杀绝对不行。即便自己法力无边,也很难改变冷酷古板的洞庭龙君。

一颗明亮的星当空划过,柳毅听到了那个熟悉的声音。"兄弟,遇到了什么难事,可以找你的堂兄小白龙……"

这是悟空哥哥的声音。他心里豁然开朗,暗问自己,为什么不向小白龙哥哥求救呢?

小白龙哥哥大他三岁,很小的时候,他隔三差五从东海龙府到西海龙王府玩耍,总要在堂兄家里住上一阵子。小白龙哥哥很疼他,把他当亲弟弟待,细心地照顾他的生活起居。家里有什么好吃的好玩的,总让他先来。前天夜里,小白龙哥哥托梦过来,说他陪师父唐三藏去西天取经,一路马不停蹄,茹苦含辛,帮助师父取得了真经,自己修成了正果,被如来佛祖封为八部天龙,眼下正在王母娘娘跟前当差,深得玉皇大帝的赏识。

堂兄素来跟洞庭龙君关系不错,还在天上的时候,小毅子就听说过这件事。洞庭龙君郑重其事地承诺过,只要小白龙有事相求,他必定不讲任何条件予以满足。想到这儿,柳毅精神一振,提起脚就走,他要找他的小白龙哥哥。

"哎哟!"

一阵钻心的疼痛袭来,借着夜光看过去,发现自己的左脚被什么硬物刺破而鲜血直流。柳毅受到启发,连忙解开衣襟,顺手拿起脚边那块锋利的石头,只听嗨哟一声,石头刀刃似的从他的腹部划过去。他用力运气,将腹部鼓胀起来。

哧,哧哧……

一股异常刺鼻的血腥味穿过黎明的薄雾，冲向远空。

"哈欠，哈欠，哈欠……"

正在瑶池当值夜班的小白龙鼻子忽然奇痒无比，接连响起一串喷嚏。

"不好，龙族有难？"

八部天龙不安地叫了起来。

"天龙，你遭遇风寒了？"

王母娘娘正睡得迷迷糊糊的时候，被八部天龙的喷嚏声惊醒了。

"回娘娘的话，小仙被本族的血腥气息冲到了，这是紧急求救的信号，专门冲我来的。"

"是嘛，让老身看看。"

王母娘娘睁开眼睛朝下看去，立刻大惊失色。"天龙，快，快，快，你赶紧下去，小毅子有难呀！"

八部天龙得令，摇身变为一束洁白之光降落到柳毅的身边。他双手往堂弟腹部轻轻一拂，对着伤口吹出一口仙气，柳毅汩汩外冒的鲜血当即止住了。

小白龙俯下身子，托起柳毅的脑袋，右手握住他抓狂的双手。

"弟弟，你这是何苦呀，连命都不要了？"

柳毅从昏厥中苏醒过来，发现自己躺在堂兄白龙哥哥的怀里，嘴角抽动了几下，声音微弱地说，"哥，救，救，救命……"

堂弟命悬一线，眼看要晕死过去，八部天龙将右手的食指和中指扣紧，其他几个指头弯曲，朝太阳升起的方向点了三下，一道强光穿过夜空直射过来，他一伸手，接住飘来的一颗金色小药丸。

这是如来佛祖赐给他的定魂丹，但凡性命堪忧之人，只要服下此丹药就会立马起死回生。

八部天龙撬开柳毅紧咬的牙关让他服了下去，扶起堂弟，轻声怨道，

"不就报个信吗，为何采用如此极端方式，看你把哥哥都吓死了！"

贵为上仙的堂兄依然真诚仗义，动用绝世珍宝救他一命，柳毅感动得热泪滚滚而下。

柳毅抓住堂兄，声音颤抖说，"弟弟迫不得已才出此下策！"

八部天龙拍拍柳毅肩膀说，"哥哥不救你救谁，到底发生了什么事，只要能帮得到的，我会不遗余力！"

柳毅擦去脸上的泪花，将自己跟小龙女前世今生的缘分，两人真心真情相爱，被昏庸洞庭龙君横加阻止的事情和盘托出。他就一句话，恳请哥哥帮忙，他要娶龙儿。

八部天龙脸色沉了下来，嘟哝道，"为了一介女流，差点把命搭上了，看把你出息的！"

柳毅不高兴了，满脸怒气道，"你从天上下到凡间，难道就为了看我的笑话？不想帮就算了，大不了两条尸体两条命！"

"你这算什么话，越说越离谱了。哥哥看你处理问题还像当年那样鲁莽冲动，替你担忧呢！"

看来误会了堂兄一番好意，柳毅红着脸给堂兄道歉。

八部天龙两眼盯住堂弟的眼睛，正色道，"要想促成你俩成婚，说难也不难，但必须答应哥哥三个条件。"

柳毅想都没想就表态，"只要哥哥答应帮忙，别说三个条件，就是三千个，三万个，弟弟一定无二话可说！"

八部天龙要柳毅站直腰身，伸手摘下了他脖子上那块宝玉。

"从天上下来之前，娘娘千嘱咐，万叮咛，蓝罗刹威力强大，倘若落入歹人之手，就会造成天下大乱。它的使命已经完成了，我必须带到天上去，亲手交给王母娘娘，从此绝迹江湖。"

柳毅点头。

"第二条。你若同洞庭龙府三公主婚配，此生就不能重登仙界，能不能做到？"

柳毅将腰杆挺直，目光坚定说，"为了龙儿，我连命都可以不要，还有什么不能舍弃的！"

"第三条，遣出你体内龙性，驱去腹内仙气，变半仙半人为肉体凡胎。从今以后，你就是一个普普通通的凡间人士。"

柳毅毫不犹豫朝前跨出大步，靠近堂兄说，"哥，动手吧！"

看来堂弟铁了心，没有丝毫回头的意思，八部天龙苦笑着摇头，右手竖立成掌，罩住柳毅的面门，一股粉红色的气流渗入他的体内。顿时，柳毅面部鼓胀，身子颤抖，嘴里吐出一串白沫。

八部天龙"嗨"出一声，做了一个收起的动作，柳毅稗草似的倒伏于地。

"弟弟，你先在这儿睡一会儿，哥哥这就去会洞庭龙君！"

八部天龙用手在空中画了一个大圆圈，一道蓝光将柳毅圈了起来，这是严密的保护墙，再凶猛贪婪的野兽都奈何柳毅不得。

八部天龙变成一束洁白之光，无声无息钻入波涛汹涌的洞庭湖。

一会儿就迷路了，他将头顶那颗夜明珠的位置调整一下，迎面飘来一条晶莹的光束给他引路。

这颗夜明珠比拳头还要大，乃洞庭湖万年的蚌壳精孕育而成。当年，洞庭龙君为了答谢小白龙那份情谊，亲手送给他当作纪念。

老龙君一辈子城府颇深，心机沉重，朋友不是太多，轻易不会向人许诺什么，唯独对小白龙不一样。

那年，玉皇大帝发起了水族龙君排位活动，这是有关水族那些头领们前途命运的大事。

水族虽不及天庭辽阔，却是个大世界。广域海疆，宽阔的湖面江流，还有池塘沟汊，加起来比陆地的面积要大得多。玉皇大帝曾经实地考察过，水底世界鱼龙混杂，成事不足，败事有余的恶龙夹杂其中。有的小龙，表面上忠君，实际上"小九九"不少。总之，水族世界五花八门，良莠不齐，令他挺不放心。但谁好谁歹，玉皇大帝心里有杆秤，经年观察下来，认为洞庭龙君不错，有意拔擢他。

洞庭龙君看似低调，却是一身傲骨，一般人入不了他的法眼。若遇上一些紧急事务，那个焦躁泼辣的性格就展露无余了。为此，得罪过不少小龙，引来闲言碎语。

水族历来群雄争霸，谁都不服谁，诸多小龙一直眼红洞庭湖得天独厚的优势，只想把洞庭龙君拉下马取而代之，便抓住一些不着痛痒的事情放大，有关洞庭龙君的风言风语喧嚣尘上。

玉皇大帝向来追求完美，那些水族小龙对洞庭龙君有意见，说明玉中有暇。为了慎重起见，考虑建立排位备选机制，采取百分制考评，按分值从高往低排位，排在前面的才有重用的机会。

这些隐秘的事情，玉皇大帝只跟王母娘娘说过，连太白金星都瞒得死死的。恰巧，让瑶池信使小白龙无意中听到了。

小白龙历来同洞庭龙君走得挺近，原因是他看上了洞庭龙君的女儿三公主。

小白龙暗恋三公主，洞庭龙君心知肚明，故意假装什么都不知道。但老装下去也不是个事，难保不惹出麻烦来，直截告诉小白龙，他家的龙儿名花有主了。

虽然对小龙女的爱恋没有得洞庭龙君的支持，但小白龙从未抱怨过。相反，对洞庭龙府生出别样的亲切之情，将如此隐秘之事悄悄透露给了洞庭龙君，暗示他改改身上的傲气，多到天庭走动走动，协调好周边的关系。

不料走漏了风声，这些话传到了玉皇大帝耳朵里。老人家平生最恨身边的人多嘴多舌，凡是泄露天庭机密者他决不会轻饶，厄运就落到了小白龙的头上，他要严厉处置这条爱嚼舌头的小龙。

小白龙不以为然，一气之下犯了一个更致命的错误——纵火烧毁了玉帝赏赐给他的明珠。

这还了得，两罪相加足够小白龙死一百回。眼看小白龙要被处死，大慈大悲的南海观世音菩萨反复向玉帝求情，说白龙是个可造之材，品德修养还是不错的。只是年轻气盛，做出不理性的举止。他这才免于死罪，被贬到蛇盘山。

有人在他前途命运转圜的关键节点上，甘冒杀头风险通风报信，这令洞庭龙君万分感动，星夜直奔蛇盘山，赠送小白龙夜明珠，并发下重誓，只要小白龙日后有事相求，他决无二话。

缘分天注定，既然柳毅跟三公主无缘，何不成人之美？况且，当事人还是自己非常喜爱的堂弟。

八部天龙纵身一跃，飞进了宽大宫殿，只见一位老态龙钟的长者坐在堂上两眼紧闭，看不出呼吸的样子。

八部天龙吃惊不小，趋上前去，轻声唤道，"龙君，天龙特地拜见您老！"

洞庭龙君迷神闭眼，仿佛什么都没有听见。

043 迎娶美娇娘

眼前的这一幕,令八部天龙心里直打鼓,莫非洞庭龙君年事已高,寿终正寝了?

他伸出两个指头,凑近洞庭龙君的鼻子试试他的鼻息,洞庭龙君突然睁开眼睛,两人都吓了一跳。

"龙,龙,龙君,您,您,您在打瞌睡呀?"

洞庭龙君从睡梦中醒来,揉揉眼睛,神色慌张问道,"八部天龙,什么风把你吹这儿来了,天庭没发生什么大事吧?"

八部天龙定下神,不用洞庭龙君招呼,拖过一把椅子,把屁股放了上去。

这次造访洞庭龙府,能不能说服固执倔犟的老龙君,他没有百分之百的把握。路上的时候,琢磨如何恰如其分切入主题,想了几套方案,感觉都有缺陷。洞庭龙君如此发问,他脑子灵光一闪,好主意就来了。

堂弟原本来自天庭,他的婚姻大事,直接牵动王母娘娘的情感,说不定还会惊动玉皇大帝,这就是天上的大事了。洞庭龙君最在乎天庭的态度,这就是他的命门和软肋。胜券已然在握,他故意同洞庭龙君玩深沉,坐在那儿不言不语。

"我说八部天龙上仙,您别给老夫兜圈子捉迷藏了,老大远的来到我们洞庭龙府这个小地方,到底有何贵干?"

八部天龙淡然笑道,"小龙远道而来,累得喉龙都冒烟了,是不是先弄点喝的?"

洞庭龙君连忙道歉:"唉哟,光顾了说话,怠慢贵客了,实在抱歉,还望大仙见谅!"

洞庭龙君吩咐书童看茶。书童踮起脚,从暗红的柜子取出一个深褐色陶罐,洞庭龙君接在手中。

这是君山黄茶中的极品——万年青枝绿叶,他要亲手给珍贵的客人八部天龙沏上一杯!

内行人清楚,君山岛悬崖峭壁上生长一种茶树,一树长出二十片叶子,一百年采一次,其声名同武夷山绝壁上的"大红袍"有得一比。此物之稀罕,堪比黄金。

八部天龙连忙摆手道,"龙君,小龙不敢消受,您还是留着向大帝进贡,我这儿随便来点茶水解渴就行。"

洞庭龙君不依,开启了陶罐,一股奇异的清香扑面而来,八部天龙感到神清气爽,心胸亮堂,暗地赞道,"好茶,绝对好茶……"

书童手脚麻利,将泡好的万年青枝绿叶茶捧给了八部天龙,说声"您慢饮"便退了下去。

稀世之宝,一口喝了太可惜,得慢慢地品尝。八部天龙端着茶杯,左看右瞧,上看下看,如同把玩一件绝世奇珍。

"茶香四溢,沁人心脾,形象生动,寓意深刻啊!"

这话前头没有铺垫,中间没有桥段,后头还有几分神秘,让人摸不着脑袋。"

"天龙,恕老夫愚钝,您这话是何意,还望明示。"

八部天龙微笑着看了洞庭龙君一眼,将茶杯靠近他。

"龙君,您请看,杯中茶叶成双成对,即便沉浮,依然不离不弃,宛如恩爱的情侣。"

爱茶如命的洞庭龙君,算是赏茶品茶的高手,万年青枝绿叶在杯中细微的变化他都了如指掌,还真没品出情侣之说。让八部天龙这样一说,他细心观察了小半天,感觉还真像那么回事。

八部天龙喝了一口,抬起头嘴巴咂吧几下说,"君山毛尖,名扬天下,果然名不虚传!"

唠了半天,王顾左右而言他,洞庭龙君摸不准八部天龙的来路,迷茫地瞅了他几眼。

八部天龙心里暗笑,这三部曲他只唱了一出,老家伙就扛不住了。时机已到,便不再云天雾兜圈子,放下茶杯双手抱拳道,"小龙这次专程造访洞庭龙府,恳请龙君帮个忙!"

不就帮个忙吗,搞得云嶂雾锁,好个天龙,把人都搞晕了。看来没什么大事,悬在头顶上的石头总算落地了。洞庭龙君神态轻松地抚了一把长髯白须,呵呵笑道,"啥事还难得住法力无边的八部天龙呀?"

八部天龙一脸认真说,"小龙的确有事相求,这件事还只有您能帮得到。"

洞庭龙君脸上露出诧异的神色,思考片刻,掷地有声说,"还是那句话,只要您吩咐,老夫哪怕肝脑涂地,在所不辞!"

八部天龙微微笑道,"倒没有那么严重,小龙就想您成全我当回月下红娘。"

"这有何难,只要天龙乐意,你想给谁保媒,老朽还会拦路不成?"

"令爱三公主品行端庄,美丽淑娴,在下请求您玉成贵府同我们龙族的万世姻缘。"

洞庭龙君闻言,喜形于色,两眼流光溢彩,爽快地答道,"只要贵族不嫌弃，老夫立刻应运！"

"此话当真？"

"老夫说话历来一言九鼎，吐口唾沫都是钉！"

"龙君在上，小龙这就替堂弟柳毅谢过了！"

洞庭龙宫大惊失色，结结巴巴道，"你，你，你……"

洞庭龙君"你"了半天，被噎住了似的没了下文。

"柳毅原本来自天上，他是王母娘娘的干儿子，玉皇大帝对他宠爱有加。他的人品和才华，就晚辈不多说了，您大概知道了十之八九。柳毅冒着生命危险，救令爱于水深火热之中，单就这点，值得赞赏和信赖！"

八部天龙有些激动，亮开嗓门说，"我知道您还在为柳毅杀死璟孽龙这件事耿耿于怀。"

洞庭龙君不吭声，脸上的神色有些难看。

"这条小龙干出的坏事罄竹难书。他篡夺王权，残害忠良，生活作风糜烂，玉皇大帝早就心怀芥蒂想灭了他。念在他的父亲老龙君忠厚老实，治理泾水有功，惩处的事就往后拖延了一段时间，真正的目的想让他改过自新。"

洞庭龙君喉咙咕噜几声，好像有话要说。

八部天龙晃晃手，示意洞庭龙君听他把话说完。

"璟龙不但不知悔改，反而变本加厉，发展到了令人发指的程度。柳毅为民除害，功德无量。您是一代圣君，不用晚辈赘言，非曲直应能分辨得清楚。"

璟小子胡作非为，洞庭龙君心里当然有数，他是骨鲠在喉，咽不下去，吐不出来。无数次默念过，如果谁能替他出头，好好教训那个混账女婿，令他痛改前非，一定千感万谢。他属于死要面子活受罪的那种人，真有旁人干预他的家务事，心里就不乐意了。八部天龙一番话入情入理，

245

他无言以对，两眼盯着室内柱子上的龙形雕像发呆。

"柳毅和小龙女两情相悦，真心相爱，这桩婚事乃天意所为。此番拜访龙君替柳毅求亲，有一半还是王母娘娘她老人家的意思。"

事情到了这一步，洞庭龙君没有什么可说的了，当即表态顺应天意。

"龙君圣明，成就了一桩美妙的姻缘！"

八部天龙哈哈大笑，笑声里不乏酸涩之意。

八部天龙离开龙宫，将好消息告诉了柳毅。

恍惚在梦里，柳毅半天才回过神，连连向堂兄道谢。小白龙不自然地笑笑，拍拍堂弟肩膀说，"天庭公务繁忙，我不能在此久留了！"

言毕，他消失得无影无踪。柳毅朝着堂兄远去的方向，深深鞠了一躬。

"小毅子，你要好好对待弟妹，不然，我决不轻饶你的……"

声音从远空传来经久不息。柳毅喉咙发硬，两行热泪夺眶而出。

棘手难办的事情让堂兄顺利解决了，柳毅满心欢喜地回到客舍，洗了个热水澡倒头便睡，不知道睡了多久，听见有人敲门了。

"姑爷，龙君有请。"

柳毅赶紧开门，见是相爷，忙问，"龙君请我？"

相爷挤挤眼睛，脸上露出神秘之色。"没错，龙君请您过去说话。"

"有劳相爷了，您请前边引路。"

相爷手朝君山岛上那颗高大的古橘树方向指指，乐呵呵地说："龙君在那儿等您。快去吧，三小姐的凤鸾车驾早就备好了，就等您迎娶。"

古橘树披红挂彩，漂亮的婚车停靠在大树旁边。洞庭龙君一身崭新装束，同夫人手牵手，笑容满面地说着什么。

柳毅一阵风跑过去，眼见就到洞庭龙君夫妇的跟前，斜刺里杀出几条彪形大汉，不由分说扒掉他身上的破旧外套换上了新郎装，披上红绶带，戴上了黑颜色礼帽。

龙君的书童牵来一匹枣红色大马，交到柳毅手里。

"凤儿？"

柳毅惊呆了。

"姑爷，那是毅成。看胖了，还是瘦了？"

柳毅顺着龙君手指的方向看过去，王嫂将毅成托举起来。

小毅成长得胖嘟嘟的样子，呀呀呀地欢笑，小指头伸进嘴里，不停地吮吸，口水直往下流，模样儿煞是可爱。

柳毅懵了，他们什么时候来的？

洞庭龙君拉过柳毅，笑嘀嘀道，"我派相爷火速将毅成和奶妈接了过来，就让你们父子俩见个面。"

夫人庞氏笑眯眯地说，"毅成这娃娃好可爱，我和老爷都很喜欢。这样吧，你跟龙儿去老家柳家湾成亲，毅成和奶妈暂时留在洞庭龙府。"

洞庭龙君抢过话头说，"等你功成名了我们再把毅成送回去。你要记住，考不上功名，别想进我们洞庭龙府！"

柳毅胸口一热，一肚子感激的话语要对洞庭龙君夫妇说。

洞庭龙君晃晃手，示意什么都别说了。他拉起夫人的手，转身进了洞庭龙府。两位老人进入龙宫的那一刻，他们的肩膀抽动了起来，不停提起衣袖往脸上擦。柳毅鼻子一酸，眼泪夺眶而出。

此刻，锣鼓声骤然而起，迎亲的队伍，沿着洞庭湖岸，浩浩荡荡朝柳家湾进发。

尾声

　　柳家湾离洞庭龙宫几十里路,太阳快下山的时候,迎亲的队伍到了村口。此刻,柳毅的心里五味杂陈,变得紧张不安。离家两年多了,家乡变成什么样子了,孤苦可怜的母亲还好吗?

　　婚车走在车队的最前头,小龙女紧挨柳毅而坐,她好像看出了丈夫的心思,将头贴住他的胸口。

　　"吁——!"

　　车夫喝住了马车,柳毅撩开车帘子问什么情况。车夫告诉新郎官,前面是一段沟沟坎坎的坑洼路,车子过不去了,只能步行。

　　柳毅将小龙女扶下车,两人十指相扣,手牵手向村口走去。走出不到百步,眼前一片荒芜杂乱的滩涂,一座孤零零的坟茔扑入眼帘。柳毅停住脚步,目不转睛注视着坟头的墓碑。小龙女见柳毅神色肃穆,面孔僵硬,拉住他的手说,"毅哥哥,我们去看看静儿姐姐。"

　　柳毅搂住小龙女,自言自语道,"静儿,你若在天有灵,一定会祝福我和小龙女的。"

　　小龙女抽泣道,"姐,妹妹替你照顾毅哥哥,你就放心吧!"

　　两人唏嘘感叹了一阵,快步朝村里走去,一刻的功夫,柳毅看见了那座熟悉的茅草房,撒开两条腿就跑,小龙女跟在后面紧追不放。

"谁呀？想喝水自个儿去倒。茶壶在灶台上，我瞎老婆子行动不便，照顾不过来，多多谅解啊！"

柳毅扑通跪下，"娘，我是您的毅儿！"

"毅儿？"

一位满头白发的老妇人大吃一惊，哆哆嗦嗦摸了过来，从头摸到脚，将柳毅浑身上下摸了几遍，用鼻子闻了闻后嘤嘤地哭泣起来。

"天哪，真是我的毅儿，我家的小毅子。娘日日想，夜夜念，眼睛都哭瞎了，就盼我儿平安回家呐！"

母子俩抱着头，哭成了一团。

"龙儿给娘请安，祝母亲大人身体康泰，万福金安！"

小龙女挨着柳毅身边跪下，眼含热泪拜见了婆婆。

玉娘的手颤抖着摸过来，摸到了一双细皮嫩肉的手。

"毅儿，这家姑娘是……"

"娘，她是您老的儿媳妇龙儿！"

"呵呵，我想也是！"

玉娘干瘪的眼里流下了一串热泪，紧紧抓住了小龙女的手。

"娘，今天是我和小龙女成亲的日子，我俩给您磕头了！"

玉娘怔了一下，那双粗糙的手朝前一挥道，"你们先不急，等等娘！"

她摸索着进了里屋，一会儿摸了回来，将一块黑色木板端端正正放到右边座位。那块木板工工整整刻着一行字——"殿中侍御史柳湘桓之灵位"。

柳毅只看了一眼，就哇的一声大哭起来。

玉娘止住柳毅，声音洪亮地说，"毅儿，别哭了。今天是你和龙儿的大喜之日，爹娘在这里做主，你们马上拜堂成亲！"

柳毅揩干脸上的泪水，依照湘水之滨结婚成亲大典，同小龙女一拜天地，二拜高堂，夫妻对拜。

婚礼仪式完毕，柳毅将父亲的灵位安放好，玉娘将他叫到卧房，打开靠墙的一只赭红色箱子，从里面摸出一支躯干粗壮的毛笔交到了柳毅手里。

"当年，你爹当殿中侍御史，就用这枝笔据实记载朝廷发生的那些事情。你爹一辈子刚正不阿，宁死不屈，临终前留下话，望你一旦获取功名，就应奉行君子之道，成为利国利民，老百姓拥戴的好官！"

柳毅双手捧住毛笔，放在父亲的灵位前，虔诚地磕了三个响头。

次日，夫妻俩一大早就起了床，紧张地忙碌起来，将摇摇欲坠的茅草屋整修一新。

日头当顶了，阳光像水洗一般明亮，小龙女用手背揩干额头和脸上的汗水，十分认真地对丈夫说，"从今天起，我俩各自分工。家务活我全包了，包括娘的生活起居。你的任务就是专心致志准备考试，别忘了老丈人给你的嘱托。"

柳毅看着俏丽能干的妻子，感激地点头。

一年之后，他们的孩子出生了。一个肥头大耳的男娃娃。小家伙跟哥哥毅成十分的相像，小龙女给他取名为毅阳，寓意太阳光芒万丈。

儿子一岁后，逢殿试，柳毅快马加鞭赴京赶考，锦绣文章名震京师，一举金榜题名。

关于柳毅的仕途，民间有几个版本，传说不尽相同。有人说他正值刚毅，大义担当，深得皇上的赏识，当了一名出色的史官，享有"魏征再世"的美誉。还有一种说法，说柳毅无意京城生活，执意回到湘水之滨。朝廷任命他为地方刺史。柳毅到任后兴修水利，筑堤建垸，整治水患，降低赋税，剿灭肃清湖霸恶匪，拔擢和举荐贤能之士，营造了政清官正的吏治之风，让当地百姓过上了太平富足的日子，被人们称赞为"柳青天"。